[英国] 戴维·霍普金斯 著 舒笑梅 译

达达和超现实主义

牛津通识读本 ·

Dada and Surrealism

A Very Short Introduction

译林出版社

图书在版编目（CIP）数据

达达和超现实主义／（英）霍普金斯（Hopkins, D.）著；舒笑梅译．—南京：译林出版社，2013.6（2021.11重印）

（牛津通识读本）

书名原文：Dada and Surrealism: A Very Short Introduction

ISBN 978-7-5447-3275-8

I.①达… II.①霍… ②舒… III.①达达主义②超现实主义 IV.①I109.9

中国版本图书馆 CIP 数据核字（2012）第 219848 号

著作权合同登记号　图字：10-2014-197 号

达达和超现实主义［英国］戴维·霍普金斯／著　舒笑梅／译

责任编辑　於　梅
责任印制　董　虎

原文出版　Oxford University Press, 2004
出版发行　译林出版社
地　　址　南京市湖南路 1 号 A 楼
邮　　箱　yilin@yilin.com
网　　址　www.yilin.com
市场热线　025-86633278
排　　版　南京展望文化发展有限公司
印　　刷　江苏凤凰通达印刷有限公司
开　　本　635 毫米 × 889 毫米　1/16
印　　张　24
插　　页　4
版　　次　2013 年 6 月第 1 版
印　　次　2021 年 11 月第 8 次印刷
书　　号　ISBN 978-7-5447-3275-8
定　　价　39.00 元

序言

吕效平

《新概念英语》里有一篇小课文，幽默地调侃了现代艺术品及其与消费者之间的关系：一位学艺术的学生正在自己房里挂一幅现代绘画，他7岁的妹妹走进房里审视半天，说："画还行，可你是不是把它挂倒了？"这位画过很多画的学艺术的学生仔细再看，小妹妹说的居然是正确的。

上世纪初的达达艺术家和超现实主义艺术家的绘画作品大概还没有走得那样远，使那些并非外行的消费者分不清绘画作品的上下。但是，他们却开创，或者也可以说是顺应了一个强大的欧洲艺术潮流，这个潮流发展到上世纪下半叶，辨别某些艺术作品的内容和属性似乎越来越困难了。十几年前我在北京看过一场挪威人演出的戏剧，这些挪威艺术家在台上既不向我们展示 Drama 的魅力，也不向我们炫耀 Theater 的绝活，只是像我们这些平庸的人一样地喝酒游乐。据说这台戏每晚的演出并不相同，演员们在台上是自由地表演的。难怪有人在表达他宁可看好莱坞商业电影时说："看欧洲电影，我要先设法拿到一个哲学硕士学位。"在我自己开始讲"欧洲电影专题"课后，有一天夜里接到一位苦恼的学生的电话，他问我："老师你看过《16 欧洲著名导演短篇集》吗？第9篇我怎么就是看不懂啊？"我说：

“我也没看懂。但我提醒你一下，可能你就不会抱怨看不懂了。你就把它当作一个梦境吧，一个欧洲人的梦境。”后来他没有再来过电话，不知道是苦恼消除了，还是对我也失望了。

古希腊是欧洲艺术最重要的源头。古希腊哲学家亚里士多德关于艺术摹仿自然的理论即使在中国读者中，知晓率也是非常高的。他的《诗学》是人类第一本戏剧学理论专著，其中自然也涉及到许多艺术的一般原则。他在这本论著里说：

> 作为整体，诗艺的产生似乎有两个原因，都与人的天性有关。首先，从孩提时候起人就有摹仿的本能。人和动物的一个区别就在于人最善摹仿并通过模仿获得了最初的知识。其次，每个人都能从摹仿的成果中得到快感。可资证明的是，尽管我们在生活中讨厌看到某些实物，比如最讨人嫌的动物形体和尸体，但当我们观看此类物体的及其逼真的艺术再现时，却会产生一种快感。这是因为求知不仅于哲学家，而且对一般人来说都是一件最快乐的事。①

但是，在这本书里，亚里士多德又要求悲剧必须“摹仿”人的一个“完整”的行动。所谓“完整”，就是有“头”，有“身”，有“尾”，“身”是由“头”引起而必然引出“尾”的部分，“尾”是由“身”引起而不再引起别的事件的部分；在这些互为因果的各部分之间，不允许与其无关的穿插事件，也不允许颠倒顺序，如果其中任何一个部分是可有可无或者可以随意置放的，悲剧所摹

---

① 亚里士多德《诗学》，陈中梅译，商务印书馆1996年版第47页。

仿的“行动”的“完整性”就受到了破坏，这个悲剧就是失败的。[①] 亚里士多德的理论在这里是自相矛盾的：我们每一天的生活，充满了互不相关的偶然事件，没有一个人在一天或者一生中的行动是“完整”的；如果艺术真是“摹仿”了自然，戏剧情节的完整性就是不可得的。或者艺术的“摹仿说”是相对的，有条件的；或者戏剧情节的“整一说”是可以反思和讨论的。19 世纪末，现实主义和自然主义的艺术潮流发展到高潮，法国自然主义的艺术家和理论家左拉就同时利用了亚里士多德的理论权威和他的矛盾。左拉要废除戏剧情节整一的原则，他说“我们毋需去想象一段惊险故事，把它复杂化，以戏剧手段来一场接一场地进行安排，把它引向一个最终的结局；我们只须在现实生活中取出一个人或一群人的故事，忠实地记载这个人或这群人的行动即可”。[②] 而他反对戏剧“情节整一性”的理论依据，恰恰就是亚里士多德的艺术“摹仿说”，他说“全部文学批评，从亚里士多德到布瓦洛，都已提出了这个原则，即一部作品应该以真实为基础。这种看法鼓舞了我，并给我提供了新的证据。自然主义流派……是存在于无可摧毁的基础之上的。”[③] 实际上，艺术不可能仅仅“摹仿”自然的问题早在自然主义艺术诞生之前就已经提出来了。18 世纪的德国戏剧家和思想家莱辛远比自然主义艺术家左拉更机智，他说：艺术“摹仿”自然当然是不错的，然而人的心灵也是自然的一部分啊——艺术摹仿我们的心

---

① 参阅《诗学》第 7、第 8 章。

② 左拉：《戏剧中的自然主义》，《西方文艺理论名著选编（中卷）》，北京大学出版社 1986 年版第 200 页。

③ 左拉：《戏剧中的自然主义》，《西方文艺理论名著选编（中卷）》，北京大学出版社 1986 年版第 189 页。

灵，就是摹仿自然。[1]“摹仿我们的感情和精神力量的自然”，[2]莱辛以亚里士多德的名义把艺术更为广阔的空间和许多离经叛道的行为合法化了。不知道为什么，20 世纪初，艺术厌倦了诉诸感官的物质世界的自然，纷纷走向了人的内心世界，或者用莱辛的话说，把人的“感情和精神力量的自然”当作摹仿对象。毕加索和达利的画、乔伊斯和卡夫卡的小说、契诃夫和贝克特的戏剧莫不如是。有人说，人类最伟大的发现并不是哥伦布的地理发现或者牛顿、爱因斯坦的物理发现，而是对于自己心灵的发现。物理和地理的发现是一次性的，从牛顿到爱因斯坦，用了二百年的时间；哥伦布之后，不再有伟大的地理发现，哥伦布的后人只在享用他的发现成果。然而心灵的“发现”，不仅仅存在于尼采或者弗洛伊德的著述里，而且持续地存在于达达和超现实主义以及整个现代主义艺术之中。每一件直接揭示心灵的真正艺术品，都是崭新的和动人的。

艺术的边界从来就是一个问题。当曹禺说他不知道《雷雨》悲剧的根源时，《雷雨》是一首“诗”；当社会学家指出制造《雷雨》悲剧的罪恶力量就是周朴园时，《雷雨》就成了社会革命的工具。在电视和网络时代，资本比以往任何时代都更具有操控艺术和把自身包装为艺术品的能力。现代艺术家自己在寻找表达心灵的新形式或者争取被世人知晓时，往往也会以夸张的姿态宣称取消艺术的边界。达达艺术家们就多是跨过艺术边界的行为艺术家。在 2007 年上海的一个小剧场戏剧展演上，坦然地宣称“拒绝美学”的环境戏剧“版权”所有人理查德·谢克纳教授

---

① 参阅莱辛《汉堡剧评》第 70 篇。

② 莱辛《汉堡剧评》，张黎译，上海译文出版社1981年版第359页。

把《哈姆雷特》做成了一场“游戏”，比他走得更远的德国“纪实戏剧”则把股票市场搬进剧场。为了与欧洲股票交易同步，戏剧演出在晚上九点以后开始，有兴趣的观众当场买卖股票，由“演员”在网上操作，一个大屏幕接通着欧洲的股票市场。戏剧的悬念变成了股票交易或赚或赔的悬念。艺术本来是使人亢奋的东西，这个戏由于现场的投资远远低于股票交易所，所以远比真实的股票交易枯燥和抑郁得多。德国“纪实”戏剧家的“反戏剧”演出究竟是不是一种艺术呢？这个问题其实由来已久了：“宁要生活”的反艺术的达达们，究竟是不是艺术家呢？既然达达们已经被接受为艺术家，为什么“纪实戏剧”不能被接受为戏剧？现在的戏剧学院开出一门课程，专门训练公务员和商人的行为气质，这门课被称为“人类表演学”。我的老师董健教授和“拒绝美学”的谢克纳教授有过一次面对面的当众辩论，董老师的意思是：你那个训练公务员的“人类表演学”是庸俗的、亵渎艺术的。重要的并不是达达、“纪实戏剧”和谢克纳教授是否做出“反艺术”的姿态，而是做出这种姿态的主体是社会政治集团，是资本，还是个人。艺术在本质上是个人的行为，《达达和超现实主义》这本书再次证实了这一点。根据这个标准，“拒绝美学”的谢克纳教授最终还是脱不了艺术家的身份，就像要把艺术生活化的达达们仍然被我们当作艺术家一样。但是谢教授不明白，他所支持的“人类表演学”在中国的实践，却真正实现了他“拒绝美学”的理想。

西方的戏剧家极赞中国戏曲好。他们的意思，是为发展他们本国的戏剧艺术开拓新的资源。中国戏剧家们非常高兴地接受了西方戏剧家的结论，其结果却是，鼓励了我们的故步自封，消蚀了我们开辟艺术疆野的雄心。达达和超现实主义的成员多是对资产阶级主流社会持批判态度的左派艺术家，他们在当代中国的命运也是悖论性的：你接受他们批判资本主义的具体观点，非常可能只好放弃他们抽象的“批判精神”；你摹仿它们抽象的“批判精神”，非常可能只好忘记他们批判自己所处国度与时代的具体观点。

无论如何，达达和超现实主义更详尽地被介绍到中国来是一件扩展我们思想与艺术资源的好事。作为汇入西方现代主义艺术的两支流派，它们已经成为历史了，但是它们所面对的基本问题仍然是今天中国艺术家们所面对的问题，它们所做出的姿态和给出的答案，也是艺术史上可以启迪我们的好案例。

对于会读书的人来说，书永远是好的。

献给本杰明

目录

前言

问题:换一只灯泡需要多少超现实主义者?

回答:一条鱼。

每个人都对达达和超现实主义有所了解。达达起源于1916年,一直延续到20世纪20年代初期才结束。作为一种国际化的艺术运动,达达旨在颠覆传统的资产阶级艺术观念,通常是一种公然挑衅的反叛艺术。别的不说,当第一次世界大战在欧洲爆发时,它的参与者,如马塞尔·杜尚、弗朗西斯·皮卡比亚、特里斯坦·查拉、汉斯·阿尔普、库尔特·舒维特和劳乌尔·豪斯曼等人用他们对似是而非和傲慢鲁莽举止的热爱来与这个疯狂失常的世界抗衡。

超现实主义作为达达艺术上的后继者,于1924年正式诞生。它于20世纪40年代后期消亡时实际上已成为一种全球化的运动。马克斯·恩斯特、萨尔瓦多·达利、胡安·米罗和安德烈·马松等超现实主义艺术家坚信,人的本性基本上是非理性的,因而他们对精神分析有着混乱而难以控制的喜爱之情,力求探索人类心灵的神秘之处。

对很多人来说,达达和超现实主义与20世纪艺术史中的诸多运动区别不大，只不过是“现代艺术”的化身。达达被看作是对传统的批评和反抗；超现实主义虽然同样在精神上反资产阶级，却更沉迷于光怪陆离的事物之中。然而为何是达达“和”超现实主义？为何把它们放在一起？它们是两项运动，但经常被混为一谈。一直以来，艺术史家发现达达为超现实主义“铺平了道路”这一笼统的概括非常好用，然而实际情况却是这只适用于达达运动的一个地点，即巴黎。本书当然要重述这段历史，但也会把它们当成是两场明显不同的运动来加以呈现，以便二者可以相互抗衡。比如说达达沉迷于现代生活的混乱和破碎之中，而超现实主义更多地是以修复为己任，试图创造一个新的神话，让现代男女重新接触到无意识的力量。这二者之间的差异涉及一些重要区别，这些区别正是我打算尽可能生动地表述出来的。

总的来说，达达和超现实主义比上世纪的其他任何运动更为深入地渗透到了我们的文化之中，尤其是超现实主义已经进入到我们的日常语言之中：我们会谈论某部电影的“超现实幽默”或“超现实情节”。正是这种延续性意味着我们很难把它置于远离我们的“历史”之中。不可否认，有关这两场运动的评论和历史描述已越来越详尽。曾被认为是反学术的达达如今在大学里被广为研究。同样，有关达利和勒内·马格里特等臭名昭著的超现实主义艺术家的研究专著现在也屡见不鲜。但是，通常过剩的信息令人眼花缭乱，因而使我们失去了批评的距离。

我意识到了这一问题，于是围绕主要专题构建本书的结构。第一章记载达达和超现实主义的发展历程，讨论同时研究二者的种种假设。第二章详细审视这两场运动各自传播思想的方式，尤其是从公共事件和出版物方面来加以思考；在此过程中展示它们如何构建了艺术与生活的对话。第三章仔细研究美学问题，重点关注诗歌、拼贴、照片蒙太奇、绘画、摄影、现成品和电影。反艺术以及这两场运动在现代派美学辩论中的定位在此肯定是重要的问题。最后两章结合当下评论这两场运动的历史观点，突出反映我和他人近年来的研究成果。我在集中研究它们的政治之前，考察了达达和超现实主义对于非理性主义和性欲等一系列重要议题的态度。本书结尾反思了这两场运动的影响，尤其思考了它们与新近艺术之间的关系。

我主要关心的一直是向达达和超现实主义提出的疑问，这些问题与我们目前的文化思虑一致。例如，身份问题——不管是种族的还是性欲的都是我们许多人以及超现实主义艺术家关注的焦点。例如，法国摄影师克劳德·卡恩和古巴画家韦尔弗雷多·兰姆就率先设法回答这个问题。但是要想理解他们此种关切的力量所在，就必须再次创造出让他们做出此种反应的背景。同样，考虑到目前超现实主义在整个文化中的普及程度（譬如达利的作品在海报中随处可见），我们可以安全地假设，达达和超现实主义所称颂的“黑暗的一面”，即我们心灵生活中的无意识的部分，现在被广泛地认为是“积极”的事情。然而，在法西斯主义曾经十分强大的文化中，很多人可能会怀疑陷入非理性到底有没有好处。不过现代派批评家则反驳说，无论达达主义者和超现实主义者曾认为他们是多么反资产阶级，他们只是在帮着扩展能被资产阶级文化同化进价值体系的经验范围。在我们的“后现代”文化里，我们太轻而易举就把自己黑暗的动机和冲动审美化了。本书审视这些态度的多种历史渊源，澄清为何以及在何种背景下它们曾是“激进”的。在这一过程中，我们会不可避免地怀疑自身的动机。

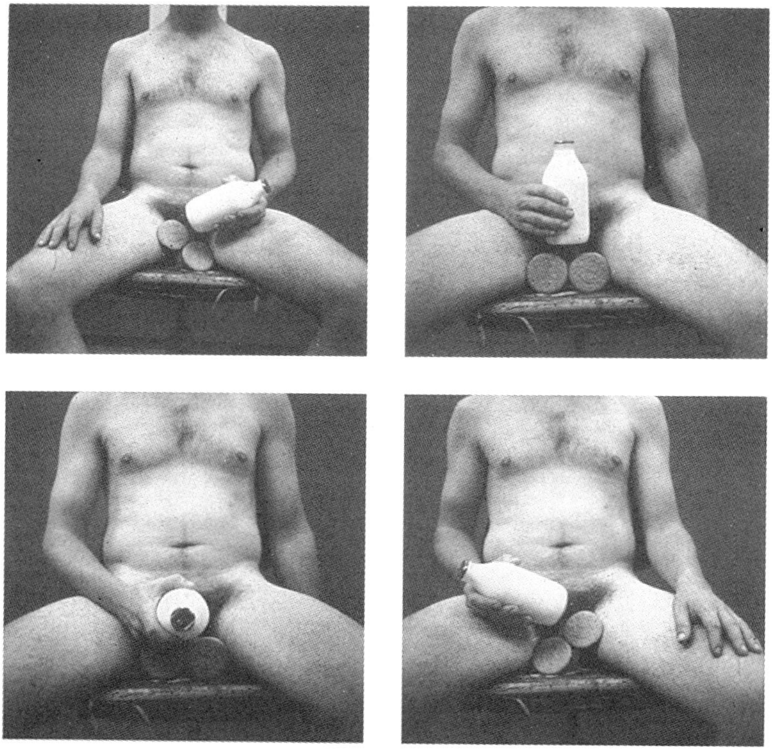

图 1 莎拉·卢卡斯,《下马饮奶》,组图,1994 年。

此种探询并不一定意味着对达达和超现实主义的盲目崇拜,而是试图证实它们为何在我们的文化中仍然是如此重要的力量。考虑到当代艺术依然深受这些运动的影响,这种探询就显得尤为迫切。只要瞥一眼 20 世纪 90 年代英国最引人注目的艺术家之一莎拉·卢卡斯的作品,这一点就显而易见了。

卢卡斯的作品展示了一组让人大吃一惊的欲望,而这曾是达达的一贯作风。与此同时,她采用了一度在超现实主义中流行的身体形象的替代或移位。她的作品间接依赖马塞尔·杜尚、曼·雷、勒内·马格里特等达达主义者和超现实主义者所取得的成就。但卢卡斯的作品是仅仅证实了达达式的震惊已经令人习以为常了，还是在文化上以一种非常重要的方式强化了此项传统？

这些都是我在思考达达和超现实主义对当下间接施加了何种影响时所必须考虑的问题。至本书结尾时，我们应该能得出很好的答案。不过，以下各章的中心任务是勾勒出达达和超现实主义的历史和主题轮廓。

第一章

达达和超现实主义:历史回顾

20世纪初社会混乱多变。第一次世界大战和俄国革命深刻地改变了人们对世界的理解。弗洛伊德和爱因斯坦的发现以及机器时代的技术革新极大地转变了人类意识。在文化方面,乔伊斯的小说和T.S.艾略特的诗歌——前者的《尤利西斯》和后者的《荒原》都发表于1922年——别具一格地显露出新的“现代主义”的感受和认知模式,其特征是引人注目的非连续的感觉。因此,理论家马歇尔·伯曼看到,人们在享受欢欣愉悦的同时也感到灾难迫在眉睫,这是对当时破碎的生活状况的反映。伯曼把这种感觉定义为现代主义情感。

20世纪初期的艺术运动有力地反映了这一新的思维倾向。有些运动,比如在1910年至1913年间达到巅峰的立体主义和未来主义,在技术层面上大胆创新。它们在传统绘画平静的表面下探索意识自身的结构。然而,尤其因为达达和超现实主义相当重视心理研究,我们应该可以从这两次运动中发现对现代心灵最有力的探索。达达认为自己部分地重演了第一次世界大战引发的心灵动荡,而超现实主义所颂扬的非理性主义可以被看作是对打着文明的幌子发挥作用的各种力量的全盘接受。本章将概述这两场运动相互重叠的历史,不过首先要解决的是:是什么态度把它们和20世纪早期的其他艺术运动联系在一起的呢？

“先锋派”

达达和超现实主义首先是“先锋派”运动。法国乌托邦社会主义者亨利·德·圣西门于19世纪20年代首先使用该词，它最初具有军事含义，后被用来指代一位现代艺术家应该渴求的进步的社会政治立场和审美姿态。宽泛地说，19世纪的艺术是资产阶级个人主义的同义词。被资产阶级所拥有或由资产阶级制度所体现的艺术是资产阶级成员用来暂时逃避物质束缚和日常生存矛盾的一种手段。这种情形于19世纪50年代受到了法国现实主义画家古斯塔夫·库尔贝的挑战。现实主义把社会主义的议事日程和与之相称的美学信条结合起来，可以说，实际上代表了艺术领域中第一种刻意的先锋派趋势。到20世纪初叶，几场重要的艺术运动——如意大利未来主义、俄国建构主义或荷兰风格派，以及达达和超现实主义——致力于反对任何把艺术和现代世界中的偶然经历截然分开的举措。在政治方面，它们这样做的理由发生了变化——例如建构主义者就直接对俄国布尔什维克革命做出反应——但是它们倾向于分享同一信念，即现代艺术需要与观众形成一种新的联系，产生毫不妥协的崭新形式，以便与社会经历的转变相对照。因而，文化理论家彼得·贝格尔在20世纪70年代写道，20世纪早期欧洲先锋派的使命就在于破除艺术“自治”（“为艺术而艺术”）的思想，将艺术融入他所说的“生活实践”之中。

因此，达达和超现实主义有着同样清晰的先锋派信念，即社会和政治的激进主义必须与艺术创新相结合。艺术家的任务是超越审美愉悦，影响人民生活：让他们以不同的方式看待和经历世界。譬如，超现实主义者的目标就与法国诗人阿尔蒂尔·兰波“改变生活”的号召相差无几。

正如上文已经提及的那样，20世纪早期的现代艺术——例如毕加索绘画中分裂的碎片和布拉克的立体主义——体现了与传统艺术常规的令人震惊的断然决裂。标准的艺术史认为这一决裂代表了19世纪晚期法国艺术家如高更、修拉、梵高和塞尚等人的影响，以及19世纪八九十年代受欧洲象征主义影响而产生的情感的普遍转移。例如，在塞尚和高更的绘画中，空间被展平，色彩彻底远离自然主义，夸张得失真。此类前提为放弃文艺复兴的绘画传统，如线状透视法，铺平了道路。毕加索于1907年创作的原始立体主义作品《亚维农的少女》成为打破传统的转折点。与此同时，德国表现主义和法国野兽派以表现式的、非自然主义风格的色彩使用法开展了更进一步的实验。

达达和超现实主义的新的绘画语言当然得益于立体主义、表现主义和未来主义。例如，立体主义的拼贴手法直接导致了达达主义者们采用“照片蒙太奇”手段。但是达达主义者和超现实主义者对隐含在许多立体主义作品中的一个观念——单是形式革新就可以为艺术提供基本原理——深感不快。尽管立体主义艺术旨在震慑或迷惑观众，使他们重新思考与现实的关系，它最终还是“自治”的艺术，即为艺术而艺术。对达达和超现实主义来说，它们下的赌注比这要高出很多。像某些20世纪的其他艺术运动一样，如未来主义反映了在20世纪最初的十多年间迅猛发展的、多感觉的世界，达达和超现实主义致力于探索经验本身。

这种对活生生的经验的专注意味着达达和超现实主义对

以下这一观念所持的矛盾态度:“艺术是神圣的、远离生活的”。这一点至关重要,也是为何在艺术史中我们不能把达达和超现实主义看成是具有特殊风格的某些“主义”的原因。实际情况是,本书所涉及的艺术家较少在风格上同质,而且对他们而言,文学和视觉艺术同等重要。把这些运动描绘成受理念驱使的生活态度而非绘画或雕塑流派可能更加准确。任何形式,从文本到现成品再到照片,都可被用来体现达达或超现实主义思想。在达达中,对狭义艺术的基本怀疑常常转变成对其价值和制度的公开反对。因此,在这一点上,我们要撇开普遍性不谈,来考察达达的整体历史轮廓,然后在此基础上讨论超现实主义。

达达的起源:苏黎世和纽约

达达的“起源神话”围绕诗人及理论家雨果·巴尔这个人及其1916年2月在苏黎世镜子胡同开张的伏尔泰酒馆而展开。

这家酒馆最初是以巴尔此前曾经旅行并寄居过的城市,即慕尼黑和柏林的酒馆为原型而设计的。像那些地方的酒馆一样,伏尔泰酒馆提供各式各样的节目表演,从街头歌谣的吟唱到以突出的表现主义模式创作的诗歌朗诵,应有尽有。在酒馆里,那些和巴尔一样旅居国外的早期同伴包括其女友兼酒馆演员埃米·亨宁斯,罗马尼亚诗人特里斯坦·查拉、艺术家马塞尔·扬科,阿尔萨斯诗人兼艺术家汉斯/让·阿尔普(他这两个可以互换的名字反映了他的法/德双重国籍),以及阿尔普的伴侣、出生于瑞士的纺织设计师和舞蹈家苏菲·达厄贝。不久之后,德国诗人理查德·许尔森贝克加入其中,后来加入的还有德国作家瓦尔特·塞纳、德国的实验派电影制片人汉斯·里希特以及瑞典的实验派电影制片人维金·埃格林。

图2 马塞尔·扬科,《伏尔泰酒馆》,布面油画(已丢失作品的照片),1916年。

虽然这个团体在伏尔泰酒馆上演的表演活动最初十分传统，但很快它们就变得富有挑衅性了。查拉这样回顾1916年6月一场特别声名狼藉的表演：

> 面对密密麻麻的拥挤人群……我们要求享有以不同颜色小便的权利……嚷出诗歌——在大厅里喊叫、打斗，第一排同意第二排宣称自己无能。其余人大声喊叫：谁是最强的？大鼓被抬了进来，许尔森贝克与200人对峙。

在一定程度上，这些冲突事件是1909年至1913年期间紧随意大利未来主义者到来的。未来主义者在意大利和欧洲各地进行了系列演出。尽管伏尔泰酒馆的表演者，如巴尔和许尔森贝克对未来主义的了解不算全面，却知道未来主义的领袖人物马里内蒂的实验性诗歌或"自由对话"，也知道未来主义表演者所使用的刺耳的嘈杂声或一连串无意义的噪音。巴尔发展了"语音"诗歌的形式，让生造的词汇和基本的语言片段混杂其中。他于1916年创作的诗歌《商队》似乎在模仿小号声和一群大象缓慢行进的声音，开始了"Jolifanto bambla ô falli bambla"的呢喃。其他达达诗人和演员也加入进来壮大力量，一起背诵"同步诗歌"，即多人同时大声朗诵或吟唱诗文。在某种程度上，这些技巧是以未来主义诗歌为蓝本并从中演化而来的。然而，与其意大利先驱相比，达达的语音诗歌更加"抽象"，毫不妥协，且达达主义者也不像未来主义者那样对技术进步充满信心，也没有他们那种拥护军事的热忱。

达达表演也借鉴了表现主义的一些元素：后者在那之前一直是风靡德国的艺术风格，而在那之后伏尔泰酒馆中的德国籍艺术家逐渐摆脱了这种风格。像法国立体主义一样，表现主义者曾一度崇拜非洲艺术，而且伏尔泰酒馆的演员偶尔也参与“黑人舞蹈”。人们可以从许尔森贝克用来刺激酒馆观众的连续不断的、著名的击鼓声中听到更多原始意义的弦外之音。

伏尔泰酒馆的艺术活动种类繁多，从诗歌朗诵和舞蹈表演一直到汉斯·阿尔普极端简化的几何图形拼贴，后者常在表演中间展出。这说明达达主义者平等看待视觉艺术和文学作品，这一态度基本上是19世纪类似浪漫主义和象征主义的文化运动以及未来主义和表现主义的遗产。但是这一团体一直无法具备明确的艺术判断力以及反抗性的文化精神；他们最终在受到其他事物影响的同时，也会受到社会和政治现实的影响。他们之所以选择苏黎世是因为这是个中立的地方，而他们自己的祖国则正陷于第一次世界大战的深渊之中。在其他地方爆发战争的同时，苏黎世的达达主义者们认为战前的艺术多半是颓废的。这一看法很重要。如果说油画和铜铸雕塑已经变成上层阶级闺房中的内部装饰，那么达达主义者将会用纸张或现有的物品组装出新的结构。如果说诗歌原本被视为传达细腻情感的工具，那么他们就把它拆碎，引导它成为含混不清的话语和咒语。作为一个团体，他们因为憎恨艺术的专业化而团结在一起，把自己看成是文化的破坏者，但他们反对的未必是艺术本身，而是艺术为人性的某种观念而服务的方式。尤其是阿尔普，他在文章中将把战前的艺术与自我中心主义及对人性的过高评价等同起来。他在后来的写作中将说出达达主义者的共同感觉：

> 出于对1914年世界战争无谓杀戮的厌恶，我们在苏黎世献身于艺术。当枪声在远方发出持续而低沉的隆隆声

> 时，我们竭尽全力唱歌、绘画、拼图、写诗。我们在寻求一种基于基本原则的艺术来治疗时代的疯狂，寻找一种可以在天堂和地狱之间恢复平衡的事物的新秩序。

有趣的是，此处阿尔普提到了艺术的治疗作用和“事物的新秩序”，有重要的建设性意义。其他达达主义者则较为消极，意图破坏作为一种概念的艺术。阿尔普用一种救世主般的预言认定，艺术可以被重新发明。但是达达的到来将代表什么？让我们重新回到“达达”一词，其起源让人十分费解，因为每个团体的不同成员都宣称他们在不同的情况下发现了这个词，似乎正是该词的十足开放性吸引了他们。《逃离那个时代》是雨果·巴尔写于达达年间的日记，现在是研究苏黎世达达运动的重要原始资料之一。巴尔在其中回忆道，在伏尔泰酒馆活动了几个月之后，团体成员开始意识到他们需要一个集体出版物，以及随之而来的某种标签：

> 查拉一直在为这本杂志操心。我提议称它为“达达”，该提议被接受了……达达在罗马尼亚语中意为“是的，是的”，在法语中则意为“木马”和“竹马”。对德国人来说，它意味着愚蠢的天真、生育的快乐以及对婴儿车的全神贯注的痴迷。

然而，许尔森贝克却回忆说，他在和巴尔一起快速翻阅词典时发现了这个词。看到它，他深受触动，感叹道：“这个孩童发出的第一个声音表达了一种原始感，它从零开始，是我们艺术的新生。”重要的是，巴尔强调这一概念的国际流动性，把它看作是一种文化世界语，而许尔森贝克则强调破裂和新生的观念。这两种态度都是达达的重要组成部分。除此之外，这个词又自相矛盾地代表既是一切又什么都不是。它相当于是把肯定和否定荒谬地混合在一起，是一种伪神秘主义。艺术是枯萎的宗教，而达达诞生了。

然而，此处复杂的是，达达同时也在其他地方诞生了。1915年两个旅居国外的法国人马塞尔·杜尚和弗朗西斯·皮卡比亚来到了纽约差不多相同的地点，更加远离了欧洲战争。两位艺术家战前在法国艺术圈中都很出名，但是他们却被吸引到美国，感觉这个国家更能接受新思想。杜尚受立体主义影响而创作的画作《下楼梯的裸女2号》在巴黎先锋派中几乎未获成功，但是当它旅行到达纽约后，即在1913年的“军械库展览会”中大获成功。到1915年，杜尚一方面结合由马蒂斯介绍到法国艺术中的视觉革新，另一方面结合立体主义，形成了他所谓的“反视网膜”的立场。杜尚对只吸引人的眼球而非智慧的艺术的厌恶与他所怀有的机器时代败坏了人类心灵这一愤世嫉俗的态度紧密相连。人文主义者的华丽辞藻继续维护着有关心灵和浪漫爱情的信念，但是杜尚和皮卡比亚则把它看作是面对这个社会的机械化趋势时产生的自我欺骗。1915年至1916年间，他们开始创造出一种机器和人混杂的戏仿语言，这在杜尚的玻璃画《甚至，新娘也被她的男人剥得精光》（又名《大玻璃》）中体现得最为显著。1923年这幅作品因“确实未完成”而被放弃。

杜尚讨厌将视觉艺术与“手工艺”相联系，同时相信思想应取代人工技巧成为艺术作品的首要成分。这些想法促使他自1913年起开始选择“现成品”作为艺术客体。最为臭名昭著的是，1917年4月他向纽约独立艺术家协会的展览提交了一个男性小便池——戏谑地签上了R.穆特，并将它命名为《泉》。

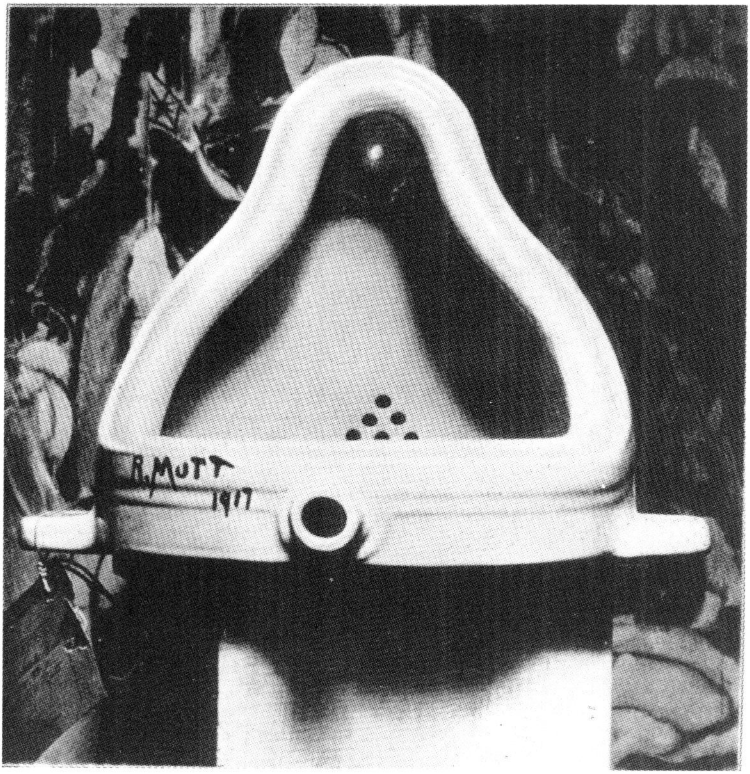

图3　杜尚，《泉》，现成品。载于《盲人》杂志第二期（1917年3月）。摄影：阿尔弗雷德·斯蒂格利茨。

虽然根据规定，会员只要缴纳会费就有权参展，但这件作品还是被立场坚定的组委会拒绝了。被拒本身就是一种达达表现。

至此，我们对苏黎世达达以及杜尚和皮卡比亚所从事的部分达达活动有了一定了解，但是20世纪20年代早期之前这一名称在纽约几乎无人使用。为此，杜尚和皮卡比亚在1915年至

1917年间的活动常被冠以“原始达达”的标签。当然，很快这两位欧洲人身边就形成了一个规模相当庞大的先锋派网络，其中包括在纽约的“291”美术馆积极倡导先锋派艺术的重要人物，美国摄影师阿尔弗雷德·斯蒂格利茨及其同事，即所谓的“斯蒂格利茨艺术圈”的成员。另外还有以富有的艺术收藏者，杜尚的赞助人沃特·阿伦斯伯格和路易斯·阿伦斯伯格命名的“阿伦斯伯格艺术圈”的成员。然而，它的主要人物还是后来与杜尚一起合作了不少项目的美国摄影师曼·雷，此外还有因其与生俱来的怪癖而成为达达吉祥物的另外两个人：变化莫测的阿瑟·克拉旺和出生于德国的作家埃尔莎·冯·弗朗塔格-诺布朗霍文男爵夫人。

德国达达

1918年达达延伸到柏林，这是由理查德·许尔森贝克的辩论热情所带来的结果。此前一年，他离开苏黎世前往柏林。在柏林，由于全城笼罩在严酷的社会现实之中，“为艺术而艺术”的合法性遭到了更为明显的破坏。此时德国刚刚战败，因为要对法国和比利时进行战争赔偿，它正面临着经济崩溃。除经济不稳定之外，受1917年俄国布尔什维克革命的影响，德国处在社会革命的边缘。当权的相对保守的社民党政府遭到了共产主义者，尤其是斯巴达克联盟的强力反对，便对其成员采取了镇压行动。因此，柏林达达主义者的高度政治化不足为奇。他们在“达达俱乐部”的联盟下，又分成两个友好团体。一个团体包括瓦尔特·梅林、维兰德·赫茨菲尔德和赫尔穆特(即后来的约翰)·哈特菲尔德、乔治·格罗兹(后三位是共产党的正式党员)，他们是共产主义的同情者。另一个团体包括劳乌尔·豪斯曼、汉娜·赫希和约翰内斯·巴德尔,他们则更同情无政府主义。

柏林的反艺术清楚地显示出它对表现主义这一德国主流审美趋势的公开反对。在柏林,对人文主义影像学和放纵感官的“视网膜艺术”的杜尚式的厌恶变成了对“内在性”和精神化了的表现态度的不满。虽然实际上格罗兹、豪斯曼等柏林艺术家之前曾用与表现主义一致的绘画风格来进行创作,如今理查德·许尔森贝克在1920年的一篇重要宣言中却对先前的这一代艺术家大加批评,断言:“他们在与自然主义的斗争中,借口宣传灵魂,实际上是返回到一种抽象的、可悲的姿态,这种姿态假定生活是舒适的,不受内容或冲突的伤害。”与他们相反,许尔森贝克争辩道,一种新的艺术——柏林达达主义者的艺术——眼见着“被上周的爆炸震得粉碎……永远尝试在昨天的崩溃之后收集残骸”。

柏林达达团体抛弃了传统绘画, 支持豪斯曼的语音诗歌,或是豪斯曼、赫希、格罗兹和哈特菲尔德等人对照片蒙太奇手法的高度原创性的有效利用,这一点不足为奇。他们的早期照片蒙太奇中破碎的摄影形象最终让位于约翰·哈特菲尔德所擅长的看起来天衣无缝的摄影画面。在表现机器方面,那些破碎的摄影形象可以宽泛地与纽约达达主义者所采用的方式相比较。为了达到强烈的讽刺效果,哈特菲尔德的一流蒙太奇使用了本质上属于超现实主义的并置技巧。1920年6月在柏林举办的“达达交易会”是达达的一次重要的公开示威活动,受其直接后果的影响,柏林达达寿终正寝。此后,哈特菲尔德将会无情抨击正在德国抬头的纳粹主义, 他的照片蒙太奇常常会出现在《工人画刊报》等共产主义报刊的封面上。

在德国其他地方另有一些达达前哨。汉诺威是库尔特·舒维特的故乡，与柏林相比较为保守、安静。舒维特与豪斯曼、赫希等柏林艺术家交好，但由于他缺乏政治承诺而且被认为有"资产阶级"习气而被许尔森贝克拒绝进入"达达俱乐部"。舒维特以独特的风格创作，率先尝试了一种拼贴形式，其中城市的碎屑（废弃的车票、糖果包装纸等）被组成了抽象的视觉结构，而后间接地被重新赋予了价值。舒维特从自己一幅拼贴中出现的一个单词——"德国商业银行"（Commerzbank）中抽取出"莫斯"（Merz）作为标签来命名他的活动。20世纪20年代中期，他创造出一个巨大的原始装置，这个被称作"莫斯堡"[①]的作品由他的几间房间发展而来。20年代初期，舒维特与参与国际建构主义运动的艺术家建立了紧密联系，这一运动的几何分离原则曾在德国和荷兰广泛传播。荷兰风格派运动的创始人之一特奥·凡·杜斯堡在这段时间化名I.K.邦塞特间接参与了达达运动。1922年9月，他和舒维特、阿尔普、豪斯曼、查拉等人一起参加了在魏玛举行的"达达与建构主义大会"，与重要的德国建构主义者如拉斯洛·莫霍利—纳吉和埃尔·李斯特斯基等建立了联系。有几年时间，在这些团体的内部和团体之间出现了零星合作。就某种意义上而言，这一段经历超出了达达。至少达达反对纯美学实验，但是阿尔普和舒维特则出于对抽象概念的极大兴趣，对这一规则不加理会；而且，不管怎么说，苏黎世达达的论调中包含了对"新秩序"的呼唤。

战后不久即被英国占领的科隆远没有柏林那么混乱，这就

---

① "莫斯堡"是集装置、拼贴和建筑艺术为一体的艺术品，它的另一个名字叫做"情欲秘密的教堂"。——书中注释均由译者所加，以下不再一一注明。

为1918年至1920年间又一个达达分支的出现创造了环境。此处的主要人物有马克斯·恩斯特和阿尔弗雷德·格吕内瓦尔德，后者为自己选用了笔名约翰内斯·巴格尔德。巴格尔德这个姓可被翻译为“钱袋”，间接影射了格吕内瓦尔德的银行家父亲。科隆达达的组成人员还包括弗朗兹·塞威特、海因里希·赫勒和安格利卡·赫勒等人在内的一个更加政治化的派系，但科隆团体实际上仅仅围绕过一个主要活动联合起来，那就是1920年4月举办的无政府主义的“科隆达达交易会”（见第二章）。除此之外，恩斯特那些本质上无关政治但又极其荒诞的拼贴和照片蒙太奇，以惊人的形象碰撞为特征，为这一达达小分队设定了基调。和杜尚和皮卡比亚的作品一样，我们在恩斯特对传统宗教圣像学的再加工中可以发现他对之前艺术的强烈不满。

法国达达

科隆在文化意义上置身于德国和法国之间，因此与其他德国达达主义者相比，恩斯特对巴黎的期待更高。他最终于1922年来到巴黎。巴黎达达是个复杂事件，因为它的成员和拥戴对象常常变换。随着皮卡比亚——达达自封的虚无主义大使的到来，巴黎达达于1919年初诞生。皮卡比亚此前曾在瑞士逗留了一段时间，其间曾在苏黎世出现。在苏黎世达达的编年史作家汉斯·里希特看来，这段时间代表着“一次死亡经历”。不管怎么说，苏黎世达达的最后阶段是虚无的：瓦尔特·塞纳于1919年4月在达达的最后一次公开活动上发表了十分沮丧的《最后一篇松散的宣言》。在巴黎，皮卡比亚接待了重访祖国的杜尚。杜尚令人费解的表象人格通过一些批评传统信仰的行为表现了出来。例如他在《长胡子的蒙娜丽莎》（*LHOOQ*）中把字母LHOOQ

(如果大声读出来的话，这些字母相当于法语中的一句话:“她有个热屁股”)写在一张被临时画上胡子的《蒙娜丽莎》的复制品上。他的举动很快赢得了一群聚集在《文学》杂志周围的巴黎年轻诗人的欣赏。这群人实际上由安德烈·布勒东“领导”，其中的著名成员包括路易·阿拉贡、泰奥多尔·弗伦克尔、保罗·艾吕雅和菲利普·苏波。

布勒东自身的个性极具感召力，同时他又深受其他楷模的影响。对他至关重要的人是法国诗人纪尧姆·阿波利奈尔，他是毕加索的伙伴，也是立体主义的主要倡导者，于1918年去世。在多个方面，布勒东即将像阿波利奈尔那样促进先锋艺术的发展。另外一个影响来自布勒东的朋友雅克·瓦谢。瓦谢是个花花公子，他的苦涩幽默(他给自己取名为“乌没”)和无意义感使得他在1919年停战条约签订后不久服用过量鸦片自杀。布勒东记下了这些先行者以及杜尚的所作所为，形成了自己极其重要的理性达达品牌。

1919年初，布勒东注意到了特里斯坦·查拉，后者在苏黎世团体出版的杂志《达达》第三期上发表了有力的1918年宣言，从虚无主义的论调转换到救赎思想。“‘热爱你的邻居’这一准则是虚伪的。‘了解你自己’虽不切实际但尚可接受，因为它包含敌意。没有怜悯。大屠杀之后我们不再指望拥有净化的人性。”查拉用熟稔的苏黎世风格写道。查拉于1920年1月到达巴黎，但在随后几年里，倾向于寻求一致观念的布勒东渐渐与无政府主义的皮卡比亚和查拉疏远了，并不可避免地成为了先锋艺术的领袖。

巴黎达达的基调相当消极。虽然它反对战后当权的法国右翼政府，但巴黎达达很少像柏林达达那样公开政治化，也与苏黎世达达早期的原始建构文化精神相差甚远。它的主要表现是一系列的公然挑衅，其中一次是在1920年3月，布勒东大声朗读了皮卡比亚的《食人者宣言》：

> 你们在这儿干什么，在屁股上涂鸦，像一群严肃的傻瓜……
>
> ……你们这些严肃的人，闻起来比牛粪还糟
>
> 至于达达，它闻起来什么都不是，它是虚无，虚无，虚无。
>
> 它就像你们的希望：虚无
>
> 它就像你们的天堂：虚无……
>
> 它就像你们的政客：虚无……
>
> 它就像你们的艺术家：虚无……

从根本而言，巴黎达达和其他地方的达达一样，向过时的艺术论调宣战。在同一次活动中，皮卡比亚展示了一幅油画，上面画着一只塞饱了的猴子，它的四周写着："塞尚的画像，伦勃朗的画像，雷诺阿的画像……"

超现实主义：开端

到1922年中期，达达运动最后盛开的花朵巴黎达达已经陷入了自身的消极之中。布勒东组织了旨在确定先锋活动总体方向的"巴黎代表大会"，暗指达达变成了它曾避免成为的东西：艺术史上的又一次运动。这次大会标志着巴黎达达的终止。在此，布勒东对文化政治的爱好显而易见。他指责达达"粗野的否定"以及"为丑闻而丑闻"的爱好。他抓住这个机会重新引导先

锋艺术的重要事项，为超现实主义铺设了道路。

马克斯·恩斯特于1922年晚些时候从科隆来到巴黎，带来了与德国达达活动的联系，虽然并不是德国达达最为政治化的活动。1922年到1924年间，达达和超现实主义之间产生了一段空隙，这段时间被参与者称为“朦胧运动”。在此期间，布勒东、阿拉贡、艾吕雅和新加入到《文学》圈子的罗贝尔·德斯诺斯、勒内·克勒韦尔等人一起参与了各种实验活动。其中最具戏剧性的是“降神会”。在该活动中，一些成员（主要是德斯诺斯）在自我催眠状态下回答问题时表现得很古怪。这种对非理性的兴趣曾在达达中作为反资产阶级的自由的心灵表演而得到表现，现在正在被系统开发。战争期间，布勒东在法国军队中担任医疗勤务兵时熟悉了西格蒙德·弗洛伊德的无意识理论。这位精神分析学家的著作在20世纪20年代早期被首先译成法语，布勒东和友人很快把无意识的科学思想吸收到诗学兴趣中，并由此开发了“自动写作”技法。“自动写作”部分地模仿了弗洛伊德的“自由联想”，指在事先未形成任何想法的情况下快速写作。然而，1921年布勒东和弗洛伊德在维也纳的会面清楚地表明，弗洛伊德并不赞成把他的治疗手段加以改造，运用到此种艺术创作之中。

到1924年，布勒东觉得时机成熟，可以把这些趋势整合在一个统一的名称之下。经过长时间的酝酿之后，布勒东发表了《第一次超现实主义宣言》，超现实主义诞生了。

超现实主义一词最初由布勒东的偶像阿波利奈尔于1917年创造出来。阿波利奈尔曾试图描述艺术中新的超逻辑精神，这一模糊的尝试在布勒东1924年的宣言中变得十分精确。其中，超现实主义被描述成是“基于某些此前曾受到忽视的联想的超级现实、梦的无所不能、客观公正的思维游戏等信念之上”。这一宣言基本上是诗人的章程，它很少考虑到盛行其时的视觉艺术，而是优先考虑“心灵的自动性……通过书写文字或其他方式”。要做到这一点，就要“摆脱理性施加的所有控制，不作任何美学考虑”。这一事实清晰地表明，超现实主义继承了达达的一个中心原则，即对自我指涉的自治艺术的批评，这又让我们回到了先前的讨论。和达达一样，超现实主义致力于消除艺术所有权和“生活”所有权之间的区别。布勒东把弗洛伊德称为超现实主义运动的指路明灯，将他视为实施“调查研究”的“人类探索者”而非美学生产者。人们除了指望一场革命之外别无期待。布勒东声称“想象也许在某种程度上……正在要求权力”。

超现实主义以一场文学运动开始，早期先驱是法国诗人和作家，如阿尔蒂尔·兰波、埃塞德·杜卡赛（洛特雷阿蒙伯爵）、雷蒙·胡塞尔和阿尔弗雷德·雅里。随着20世纪20年代向前迈进，视觉艺术家，尤其是画家，越来越受到“图画诗歌”理想的吸引，并加入到这一行列中来。马克斯·恩斯特的艺术风格主要受意大利画家乔治·德·基里科复制作品的影响，后者有时被视为“梦之绘画”的先行者。

尽管梦成为了超现实主义艺术家最重要的表现主题，但把它们转变成视觉现象却需要大量有意识的思考。正如不同评论家指出的那样，这与摆脱理性控制的理想相反。类似这样的批评性干预在超现实主义中多少变成了一种行为标准，要求不断地重新评价准则。确实，对“梦之绘画”的攻击促使安德烈·马松、胡安·米罗等艺术家创作出了曾长期由该运动的诗人加以实践的自动性的视觉对等物。“梦之绘画”的另一个缺点是，它一下子就能被理解，而梦却是随着时间的推进而展开的。因此，这就为电影回应超现实主义的要求开辟了道路。20年代后期出现了两部十分重要的电影：《一条安达鲁狗》和《黄金时代》。它们都是由被吸引至巴黎的西班牙人路易斯·布努艾尔和萨尔瓦多·达利合作完成的。

1929年达利的兴趣转向了超现实主义，这显示了超现实主义在吸收新天才方面有多么成功。与此同时，一些名人也会偶尔提供帮助：毕加索虽未正式加入，但在20年代中晚期曾同意

图4 马克斯·恩斯特，《圣母怜子／夜之革命》，布面油画，1923年，伦敦泰特美术馆。

杂志《超现实主义革命》刊登其几幅新作；有些人，如画家恩斯特和伊夫·唐居伊，成为了该运动的支柱。另一个重要人物是摄影师曼·雷。纽约达达运动时期他曾是杜尚的合作者，现在几乎成了超现实主义正式的专职摄影师，同时他还自己制作实验性的“雷氏相片”（不使用照相机的照片），并在工作室里研究裸体画。其他一些人偶尔获得或失去越来越专制的布勒东的好感，有几个人因为没能在理论或意识形态上达到一定的纯净而被草草开除会籍。就这一点而言，1929年是个分水岭，因为主要人物如乔治·里伯蒙-德塞涅、罗贝尔·德斯诺斯、罗歇·维塔克、安德烈·马松、菲利普·苏波、安托南·阿尔托、人种志学作家米歇尔·莱里斯等，在一次特别召集的会议上被指责未能遵守团体协议，被布勒东在《第二次超现实主义宣言》中公开斥责。

事实真相是，有一段时间超现实主义的两个团体曾经不和。一个团体是以布勒东在巴黎的居住地和团体会议召集地“封丹街”命名的超现实主义者，另一个团体是包括马松、米罗、莱里斯等人在内的“布洛梅大街”。后者对尼采哲学的偏好总是使他们与布勒东格格不入。当他们获得人种志学专家，作家乔治·巴塔耶的好感时，布勒东觉得必须采取果断行动，因为在20世纪20年代后期，巴塔耶主要通过他的杂志《文献》成为了布勒东在知识分子圈内的主要对手。布勒东的第二次宣言有一部分就旨在削弱乔治·巴塔耶的影响。在巴塔耶看来，布勒东的思想因其唯心主义的假设而存在缺陷。布勒东的美学植根于黑格尔的辩证法，他认为当两个互不相容的形象产生碰撞时就产生了一种新的现实。超现实主义者经常列举的一个例证是被洛特雷阿蒙延伸了的明喻：“美丽就像是解剖台上缝纫机和雨伞的偶遇。”与这种启示美学观相反，巴塔耶倡导他所谓的“基本的唯物主义”，即艺术应该直面人性中最低劣或最兽性的部分。因此，赞成巴塔耶观点的马松等艺术家往往会创作在布勒东看来是无端冒犯的形象。对布勒东更直接的攻击由巴塔耶阵营1930年出版的一本小册子《一具尸体》发起。布勒东被描述成殉难的基督，因其苛刻的评判和妄自尊大而遭到讽刺。

无论如何，布勒东的《第二次超现实主义宣言》标志着超现实主义的哲学方向发生了转变。之前运动内部侧重于精神内容，或布勒东所谓的“内在模式”。现在的重点是内在王国与外部现实之间的交互作用以及它们的辩证关系。这一新方向对视觉生产产生了影响。在很多方面，达利的迅速崛起取决于“梦之绘画”的重新流行，但职业战略家达利巧妙地把工作重点从内在幻想转移到了他所描述的对于外部现实的“偏执狂的解读”上。与此同时，在达利和出生于瑞士的艺术家阿尔贝托·贾科梅蒂及梅雷·奥本海姆的引领之下，1930年前后超现实主义者当中出现了一次真正的对物品的崇拜。此处的重点是，艺术家要在外部世界中找到符合无意识要求的客体，以此彻底改造内在现实与外在现实之间的联系。超现实主义早期的对“意外相遇”的崇拜与此同时也升温了。在神奇的、充满隐蔽意义的网状巴黎，超现实主义漫游者会让自己得到“客观机会”的垂青。尽管“客观机会”与超现实主义潜在的先锋文化精神相一致，但这种与外部世界的崭新联系在政治上表现得更为真实。

超现实主义:政治和国际主义

超现实主义者与政治的联系始于1925年，当时他们反对法国对摩洛哥的殖民战争。到1927年，他们的强烈抗议不仅针对法国右翼政府而且还针对总体上的资本主义，为此他们还加入了法国共产党。但是，从一开始他们就发现很难使自己的政治倾向和艺术目标相吻合。正如皮埃尔·纳维尔等内部评论家所表明的那样，集体主义的政治气质怎么能和超现实主义诗歌及艺术的极端个人主义相一致呢？是否该在社会革命之前先来一场思维方式的革命，抑或相反？1929年布勒东团体开始整肃运动，部分以团体的团结一致与个人主义之间的关系为基础，这使问题的解决变得尤为迫切。超现实主义者如今要对苏联新的斯大林政权提出来的要求作出回应。1932年路易·阿拉贡因支持共产党而正式脱离超现实主义后，这些问题就显得尤为严重。随着20世纪30年代向前发展，"社会主义现实主义"——一种面向大众且通俗易懂的现实主义艺术——成为被官方正式认可的艺术。布勒东通过托洛茨基式的努力，致力于文化兼政治的革命，果断地让超现实主义者摆脱了苏联的正统思想。

尽管存在这些意识形态方面的动荡，超现实主义在20世纪30年代还是吸引了不少新成员。他们中有些是女性，包括英国画家和作家莉奥诺拉·卡林顿，她主要探究神秘主题，以及法国作家和摄影师克劳德·卡恩，她通过创作自我形象来质疑自己的性别身份。在男性超现实主义艺术中，通常以异性恋出现的对性欲的表现一直占据首位。20世纪30年代，德国人汉斯·贝尔默的色情作品开始出名。18世纪的法国色情作家德·萨德侯爵被认为是自由倡导者，暴力和道德上犯忌的幻想作品在以他为中心的一群超现实主义者中得到了许可。

20世纪30年代后期，超现实主义作为一套教义传播到了欧洲其他国家以及其他大陆。早在20世纪20年代，超现实主义就已经吸引了西班牙、德国等国的重要人物来到巴黎。随着20世纪30年代世界政局愈加动荡——无数国家在不同程度上受到了共产主义和法西斯主义这两种截然对立的政治的影响——这场运动的原则和价值在各种各样的新环境下吸引了左派和反法西斯主义的艺术家及作家。从这种意义上而言，它常在其他国家达到了在法国不可能达到的政治高度。第一个重要的子团体于1926年由作家保罗·罗杰在比利时成立，成员包括E.L.T.梅森、勒内·马格里特等艺术家，以及后来的保罗·德尔沃和摄影师拉乌尔·乌贝克。20世纪30年代中期，超现实主义已在东欧站稳脚跟。20世纪30年代早期，两个罗马尼亚人维克多·布罗纳和雅克·哈洛德作为重要人物加入了巴黎团体，但更为重要的是1934年布拉格团体的成立，其著名成员有卡雷尔·泰格、拼贴画家金德里奇·斯蒂尔斯基、画家约瑟夫·西玛和陶妍（玛丽·赛努诺娃）。与巴黎团体相比，比利时和捷克斯洛伐克团体与各自国家共产党的关系更为友好。

1936年，重要的"国际超现实主义展览"在伦敦举行，集合了作家大卫·盖斯科因，画家罗兰特·潘罗斯、艾林·阿加尔和电影制片人汉弗莱·詹宁斯等众多迥然不同的英国艺术天才的作品。此时的大型国际展览在很大程度上为超现实主义提供了具有象征意义的场所。夸张的演出形式总是超现实主义的一个鲜明特征（比如1936年查尔斯·拉顿的巴黎美术馆小型但惊人的物品展览），但1938年人们还是目睹了最为炫目的展览：在巴黎美术馆举行的"国际超现实主义展览"中，主展厅的天花板上悬挂着塞满报纸的装煤口袋。

同年，布勒东旅行来到墨西哥以加强与托洛茨基和壁画家迭戈·里维拉在意识形态上的联系。这为超现实主义在拉美的出现奠定了基础。摄影师马努埃尔·阿尔瓦瑞兹·布拉沃、画家弗里达·卡洛等人被称颂为超现实主义者，尽管他们的作品大多是再现“当地”的传统和令人关心的事情。超现实主义者总是急于把文化上或社会上的“他者”包括进来。他们把自己的作品视为精神错乱者的艺术，也常常把他们的作品与大洋洲的面具等物品相提并论。有时这样做等于无知地利用了迥然不同的理解模式，但随着第二次世界大战的爆发以及巴黎团体核心分子由此不可避免的离去，作为一种具有法国特征的运动，超现实主义被迫要适应文化中新的急需处理的事务。

1941年，布勒东与马松、恩斯特等艺术家一起取道马赛离开被德军占领的法国，但是他的一些老盟友如艾吕雅则选择留在巴黎。布勒东的流亡在很多方面被证明起到了催化作用。一方面，他在赴美途中去了马丁尼克岛，这使他与法属殖民地上正在形成的“黑人文化与精神价值”运动，尤其是诗人艾梅·塞萨尔建立了联系。因此超现实主义实际上成了一种在文化上被边缘化了的语言。另一方面，布勒东从1942年到二战结束期间一直住在纽约，这就为美国回应超现实主义打下了基础，尽管事实上布勒东一直在挑衅地说法语，拒绝学习英语。

战前美国对超现实主义的接受只局限于零星的事件，如约瑟夫·康奈尔的作品，从30年代后期起，康奈尔极富诗意地在前端开口的包厢中创造了暗示性的舞台造型。随着布勒东和其他几位重要画家在美国的出现，超现实主义开始影响原先在纽约占据主导地位的抽象绘画。几位年纪略长的纽约画家，主要是出生于智利的罗伯特·马塔和出生于亚美尼亚的阿希尔·戈尔基，在创作时开始从米罗、马松等超现实主义艺术家的画作中借鉴超现实主义成分，如生物形态主义（半抽象的有机形式的使用）和自动性。这些实验最终被证明对杰克逊·波洛克的抽象表现主义的发展发挥了重要作用。抽象以超现实主义“按无意识或原始想法行事”的信念为基础，二战结束后不久在美国占据了主导地位，但是到20世纪50年代中期，艺术家们开始重新发掘达达的隐含意义。杜尚紧随布勒东之后从法国移居美国，其影响最初没有布勒东那么明显，但现在则被看作是决定性的。他的现成品概念和对大众文化的兴趣似乎与美国人的情感更为一致，并将为波普艺术提供一种参照。考虑到现成品是一种达达发明，我们似乎更容易争辩说，是达达而非超现实主义影响了美国战后艺术。

布勒东战后返回法国，但是超现实主义再也不能像以前那样控制知识领域了。存在主义似乎更契合变化了的时代。可以说，超现实主义要等到20世纪60年代才会作为一种文化影响而重新出现。达达对现成品或装置制作过程的关注再次激发了伊夫·克莱因或阿尔曼等20世纪50年代最负盛名的法国艺术家的想象。作为一场运动，超现实主义确实一直持续到1966年布勒东的去世才结束，其间有时还会出现戏剧性的蓬勃发展。比如1959年在巴黎举办的“爱神”展览中，敞开的“爱之洞穴”的穹顶在隐藏的气泵的工作下礼貌地“呼吸”着。但是，该运动的典型手法几近“媚俗”，它再也无法企及曾经达到过的高度。然而矛盾的是，它的影响却遍布了整个世界。如果说它曾和共产主义结盟，那么它的并置及迷惑技巧现在则变成了后期资本主义的基本宣传策略。

达达和超现实主义？

以上有关达达和超现实主义的总结意在为读者提供一幅“地图”，在阅读本书其余部分时可以有所参考。这些总结基于这样一个观念：达达和超现实主义在某种程度上“联姻”了。这一“达达和超现实主义”模式上世纪在英语文化中几乎是作为一种理所当然的组合而一再出现的。1936年阿尔弗雷德·巴尔在纽约现代艺术博物馆举行的展览“神奇的艺术，达达和超现实主义”中第一次对这些运动展开了重要的历史调查。此后另一位现代艺术博物馆策展人威廉·鲁宾于1968年出版了一本重要书籍《达达和超现实主义艺术》。此外，1978年在伦敦海沃德美术馆举办的“达达和超现实主义评论”重新评价了这两场运动的学术重要性。但是，把这两场运动并列起来就那么自然吗？

有人会反驳，把“达达和超现实主义”视作一个并置概念实际上表现了一种亲法的历史偏见。的确，在一个忠贞不渝的亲德人士眼里，这可能是一种潜在的误导。正如我们将要看到的那样，“表现主义和达达”对于某些首先对德语文化兴趣浓厚的人来说，暗含了同样合理的历史叙述。

要驳斥这种异议，我们就不得不承认这两场运动都曾公开宣称是国际主义的。某些确实从达达转向超现实主义的人物，如皮卡比亚、查拉、恩斯特和阿尔普，自由地从一种欧洲文化转到另一种欧洲文化中，他们还使用双语或多种语言。出于政治原因，达达和超现实主义都厌恶民族主义者的情感，倾向于认为自己要解决的是普遍的人性问题。但是我们要注意到，20世纪初叶先锋派提出的“普遍化”如今正广受质疑，被认为是“普遍”的思想准确说来只是一种欧洲假想。不过，正是在巴黎，达达才非常明确地（即便是渐进式地）转向了超现实主义，所以人们就习惯性地认为“达达和超现实主义”只与巴黎相关，超现实主义不可避免地变成了达达的“宿命”。

实际上，在德国，达达本身并未导致任何接近超现实主义的事物。20世纪20年代早期，和其他德国大城市一样，柏林和科隆出现了朝着新即物主义发展的趋势。我们可以看到，乔治·格罗兹这样的艺术家1921年曾在《灰色的日子》等后期达达作品中使用强化了的现实主义手法，但现在却转向了这一新趋势。但是新即物主义和超现实主义鲜有相同之处。它是外向的，指向社会讽刺，而非“向内”的。它和超现实主义之间的共同点是，二者都关注被加强了的现实主义（德国评论家曾使用“不可思议的现实主义”一词），这在达利和马格里特的某些作品中有所体现，它们将绘画当作一项活动重新赋予其价值。如果我们为此一定要给柏林或苏黎世达达找一个同伴的话，我们就得向后而非向前寻找，看看达达在这些城市的发展初期与表现主义的联系有多么紧密。诚然，对许多柏林人来说，这通常是以一种否定的方式呈现出来的，但是举例来说，表现主义风格的面具曾在苏黎世达达的表演中醒目出现，而且虽然伏尔泰酒馆的同步诗歌朗诵等表演标志着它们明显远离了表现主义，但是人们还是会旧事重提，常把它们与风格更加陈旧的歌唱或诗歌朗诵相提并论。

纽约达达的情形与此类似。杜尚和皮卡比亚具有讽刺意味的描绘机器的作品被默顿·尚伯格等美国年轻艺术家和本土摄影传统所利用，代表人物有阿尔弗雷德·斯蒂格利茨和保罗·斯特兰德等，他们常将机器当作赞颂的对象。至20世纪20年代早期，机器影像学将推动别具特色的“美国”艺术产生，而且作为“精确主义”趋势的一部分，机器影像学对机器显示出了一种更为坦率的现实主义态度。早在1923年杜尚离开纽约前，查尔斯·希勒的绘画就反映了上述观点。

如果我们将所有与达达发展相关的中心都考虑进来的话，那么上述一切清晰地表明“达达和超现实主义”绝不是一个显而易见的构想。在某种程度上，它歪曲了达达。如果我们把它当作一个史学结构用显微镜来观察的话，"达达和超现实主义"可被看作是在以下基础上建立起来的：前文提及的1936年巴尔在纽约现代艺术博物馆举行的展览，或者法国学者米歇尔·萨努耶1965年出版的重要研究著作《巴黎达达》。在该书中，作者争辩说超现实主义是达达在巴黎的表现形式。换句话说，它可被看成是基于国际人物如马克斯·恩斯特的吸引力而形成的。他于1922年从科隆来到巴黎，也许在德国达达和法国超现实主义之间建立了最为清晰的联系。

然而，我们有很好的理由把这两场运动放在一起加以审视，尤其是因为它们所关注的事情常以特别鲜明的方式形成对照。两场运动都率先考虑诗歌原则，淡化艺术概念，认可先锋派将艺术与生活相互融合的愿望。在文化精神上，二者都认为自己是"国际化"的；超现实主义在其后期发展中确实是全球化的。在定位上，它们从根本上而言都是非理性的。

除此之外，两者之间存在着细微而显著的区别。达达在精神上多半是无政府主义的。那些维系它的人（不管这种维系是多么脆弱），即巴尔、许尔森贝克、查拉和皮卡比亚等人，对自己所从事的活动看法暧昧，达达被他们解释成既是肯定的又是毁灭的。相反，在安德烈·布勒东有组织的推动下，超现实主义更像一场"运动"，因为该词本身含有方向意义。达达主义者多半不考虑制作一些传统的、有销路的艺术品，但超现实主义艺术家如达利和马格里特则擅长最传统的且最畅销的技巧，即油画技巧。诚然，布勒东曾经批评过某些艺术家忙于商业活动，但是如果我们用达达主义者的反商业化及革新技术的标准来衡量的话，超现实主义会很容易被称为是"反动"的。达达主义对智力的价值理解不一，将过分的理性主义视为人类的衰退。超现实主义者至少在理论著作中，自相矛盾地使用十分理性的手段去探究无意识的现象。

当然，以上只是概述，在以下章节中，我们将致力于事例分析和讨论，得出详细对比。如前言已强调的那样，我的方法将是探索达达和超现实主义如何在一系列重要主题上彼此一致或存在分歧。我已经尽量避免让两者相互重叠，但是尽管如此，我还是认为它们共处于两次世界大战爆发之间的那段共同的文化之中。从以上历史总结中，我们发现有一点是显而易见的，作为先锋组织，它们非常强调要吸引他人对它们的关注。我已经提到过宣言及杂志上刊载的文章所显示的方向变化、舞台活动的重要性等等。强调传播是这些运动的重要特征。因此，这为下一章的主题打下了基础。

第二章

“宁要生活”：推销达达和超现实主义

超现实主义“教皇”安德烈·布勒东在1923年的一首诗中断言生活远高于艺术，他用这样的诗句来结尾：“既然字词变得过于盛行，宁要生活。”既依恋达达又爱慕超现实主义的艺术家和诗人拒绝让生活经历从属于艺术经历。也许他们在试图调停这些原则时显得过于理想主义或太过天真，但正是这一层面的抱负才赋予了达达和超现实主义先锋文化组织的典型特征。那么，这些运动是如何渗透到日常生活的结构之中的？它们是如何试图渗入艺术馆之外的世界的？它们是如何推销自己的？

在本章中，我将集中讨论达达主义者和超现实主义者对“活动”的嗜好——不管是在一些偏僻地区的短暂表演，还是宣传得很好的公开事件——以及他们进入美术馆并在其内创造引人注目的展览的能力；我还将仔细研究他们的刊物以及他们对摄影技法的使用。

达达和超现实主义者除了向外部世界展示自身之外，又是如何思考他们与世界，即与社会的现代性现象的关系的？为了集中讨论这一问题，我将研究他们与流行文化之间的关系，思考他们是如何理解城市自身的功能的。在上一章基本叙述的基础之上，我将详述一些关键“时刻”，以便用达达和超现实主义的“快照”创作出一幅拼贴。

魔法主教和达达交易会

首先让我们回到达达的一个创建时刻。如果我们在1916年6月23日夜晚进入伏尔泰酒馆，我们就会置身于一间屋子当中，内有一个小舞台、一架钢琴、供约50人就座的桌椅。一张马塞尔·扬科现已丢失的画作（见图2）的照片显示，当时在表演者和观众之间几乎没有任何空隙。目击者的描述强调房间里烟雾缭绕，醉酒学生、社会主义知识分子、逃避兵役者和无业游民粗野吵闹，因为酒馆地处苏黎世的“娱乐区”。

达达主义诗人雨果·巴尔被带到了这个舞台上。他在日记中写道：

> 我的两腿被包在一个闪闪发光的用蓝色硬纸板做成的圆柱里，圆柱高到臀部，因此我看起来像座方尖塔……我在外面套了一件用硬纸板剪裁而成的高高的外套衣领，里面猩红外面金黄……我还戴了一顶高耸的蓝白条纹相间的巫医帽。

他被带到一排绘有临时涂鸦的乐谱架之后就严肃地大声说道：

> gadji beri bimba
> glandridi lauli lonni cadori
> gadjama bim beri glassala……

我们该如何反应？观众可能发出了嘲笑声。在另一个场合，巴尔这样来预先指点他们："在这些语音诗歌里，我们完全抛弃了已被新闻业滥用的语言……我们必须恢复字词最幽深之处的魔力。"这一说法在一定程度上解释了其咒语的十足荒谬性。巴尔自己深陷其中。某次他发现自己用一种礼拜仪式的风格在吟唱，这把他带回到在天主教氛围中度过的童年时期；他被人带下舞台时"浑身被汗水浸透，像个魔法主教"。不久之后，他永远离开了达达，最终投身到宗教研究中去。

这一时期，伏尔泰酒馆的其他达达演出达到了高潮。事实上，为了反对战争并重现战争给人们带来的创伤和混乱，达达主义者释放了让他们自己都觉得心神不宁的力量。因此，达达的系列活动在1916年中期到1917年初有所减少。

此后，苏黎世达达逐渐变得"体面"起来。该团体搬到了利马河的另一边，在口碑不错的资产阶级市民大楼里举办晚会。曾在史宾利糖果店楼上的房间里举办过很多活动的画廊达达，最终将被理查德·许尔森贝克描述为"工艺美术的修甲沙龙，其特征是一群喝茶的老妇人借助于某种'疯狂之物'，试图恢复其正在失去的性能力"。此处的达达晚会门票昂贵，客人的名单也都预先拟好。由此可以清楚地看出，不管我们认为达达有多么放荡不羁，它还是迅速被资产阶级模式同化了。当然，更重要的一点是，达达主义者极具讽刺意味地发现他们必须吸引一群受过良好教育的、开明的观众，以求得他们的"理解"。这一讽刺将作为贯穿达达和超现实主义先锋活动的主题而延续下去。

有关达达的流言最初来自一些参与者很少的活动。因此，从一开始达达就依赖于自我神话的创造过程。从创办初期开始，达达团体自我推销的另一途径是效仿意大利的未来主义杂志《蝎虎座》和英国的漩涡主义杂志《冲击波》,借助团体出版物来实现。苏黎世团体的第一份出版物《伏尔泰酒馆》于1916年6月面世,这是一份相对严谨的出版物,其中刊登了毕加索等著名先锋派人物和达达主义者的作品。它甚至用原版木刻印刷了精装版。苏黎世达达的第二份评论是1917年至1919年出版的《达达》,其设计更加大胆,使用了不一致的字体,这在《达达》第三期中表现得尤为突出。同时它也更加自信、更为"国际化",刊登了弗朗西斯·皮卡比亚和路易·阿拉贡等其他地方的达达主义者创作的诗歌。

在某种意义上,苏黎世达达因其传奇般的酒馆活动和部分手工刻印的杂志而显得相当"自助",它确实较少使用现代宣传技术。我们可以思考一下后来的柏林达达交易会,就会发现相反的发展进程。

这一活动的著名先驱是1920年4月20日的科隆达达交易会,它不甚严谨却十分讽刺地模仿了一场商业交易会。科隆交易会的设计旨在引起观众最大程度的反感。人们通过啤酒大厅的公共小便池进入展场。在展览会开幕式上,一名穿着圣餐仪式服装的年轻女孩朗诵色情诗歌以招待观众。展出的作品包括马克斯·恩斯特的一件雕塑,旁边系着一把用来破坏它的斧子。1920年6月30日至8月25日在一家商业艺术馆举办的柏林展览会被授予"第一届国际达达交易会"的称号,展出了约两百件用各种材料制作的物品。虽然它同样是反抗传统的,但从一开始它就想要尽可能获得最广泛的宣传。那张艺术馆主展厅的著名照片(图5)被广泛复制。照片显示一件塞得鼓鼓囊囊的普鲁士军官制服从天花板上悬挂下来,颈上还配着一只石膏猪头;乔治·格罗兹和约翰·哈特菲尔德构想的时装模特的头颅是一只发光灯泡。世界各地的报纸——从巴黎到布宜诺斯艾利斯——

图5 第一届国际达达交易会的布置图，柏林，1920年6月。

都刊载了有关这一活动的文章。与伏尔泰酒馆一样,柏林的达达交易会也将会是一次非常迷惑人的经历。正如我们从照片上看到的那样,交易会的展示墙上挂着豪斯曼等人制作的照片蒙太奇和格罗兹或奥托·迪克斯的画作。与之争辉的是那些写着“达达与革命的无产阶级在一起”、“每个人都可以做达达”、“艺术死了:塔特林的新机器艺术万岁”等标语的海报。观众很难将展出的(反)艺术和这些接二连三挑起论战的一大堆事物区分开来。当然,这正是举办者想要达到的效果。尤其是支持塔特林的那条标语揭示出了柏林团体的整体战略。塔特林是俄国建构主义的领军人物,尽管柏林达达主义者只是部分地了解他的作品,他们却认为他体现出了与表现主义所代表的伪信仰正好相反的一种新的唯物主义的艺术姿态。但有关这一活动的主要一点是,大量出现的标语显示出柏林达达主义者意识到了广告在日常生活中的力量正变得日益强大。他们并非远离商业世界的发展进程,而是借助它的策略以传播自己的思想。

模拟审判和模特街

我们已经审视过的两种达达宣传活动——一个很“自助”但很快被当作神话,另一个明显地转向大众宣传——标志着达达运动推翻现有价值观或使之相对化的愿望。再来看看两个类似的活动——一个是原始超现实主义的,另一个是完全超现实主义的——我们也许可以强调达达和超现实主义之间的一些至关重要的差异,其中的首要差别揭示了1921年至1924年在巴黎发生的从达达到超现实主义的转变,这一转变作为“朦胧运动”的一部分而出现。

1921年5月13日,安德烈·布勒东和一群他的达达盟友们以

图6 对莫里斯·巴莱斯的模拟审判照片：1921年5月13日。从左至右：路易·阿拉贡、无名人士、安德烈·布勒东、特里斯坦·查拉、菲利普·苏波、泰奥多尔·弗伦克尔、代表巴莱斯的木偶、乔治·里伯蒙–德塞涅、邦雅曼·佩雷和其他达达成员。

及许多文学和政治名人参与了一场古怪的“模拟审判”，以检验布勒东的信念。他坚信著名的右翼作家莫里斯·巴莱斯犯了“危害精神安全罪”。我们看一下这一活动的照片，就会发现当时的情形进展到多么荒谬的程度。达达主义者们把自己精心装扮成高级法院的法官，而不愿屈尊前来为自己辩护的巴莱斯就由一个木偶来代表。然而，这次审判是精心安排的，其基调是冷静清醒的，其中并无上文已经讨论过的先前那些达达示威活动的自发特性（如伏尔泰酒馆里发生的一切）。

在很多方面，这场审判从一开始就被设想成是布勒东所作的一次“立场陈述”，同时也是一次拍照机会（这一策略将在后文详细讨论）。一些人花钱出席这次审判，但它的重点却明白无误地放在参与者及其对于意识形态的看法上。重要的是，这些参与者中不仅有达达主义者，还有受邀的“目击证人”，包括民族主义者兼小说作家拉希尔德和在法庭上为政治犯辩护的共产党员乔治·皮奥奇。该审判在巴黎市郊俱乐部曾经的会址里进行。该俱乐部是法国大革命时期形成的一个辩论社团，曾邀请著名的公众人物在一个相当放荡不羁的特别法庭上讨论政治事件。（有一次俱乐部会议鼓动攻打巴士底监狱。）

布勒东及他的同庭“法官们”认为，阿拉贡曾尤为欣赏的巴莱斯背叛了他在19世纪八九十年代创作的小说中体现出的个人良知。如此一来，他就屈从于第一次世界大战期间法国的政治右翼转向。因此，布勒东要通过一次达达活动来检验一系列相互关联的思想，但是这些思想还是对尚处于萌芽阶段的、关注想象权利的超现实主义团体产生了明显的作用。这次活动也是文化政治学的一次演练。特里斯坦·查拉对达达竟然承担审判工作感到吃惊和鄙视，认为布勒东的行为标志着达达转向了一个统一的先锋计划；这一转向将在第一章已提及的“巴黎代表大会”上完成并最终转变成超现实主义。

如果说这次原始超现实主义的“模拟审判”与达达主义者在伏尔泰酒馆的自发活动直接相关的话，在许久之后的另一次活动中，羽翼已丰的超现实主义运动举办的一次展览则与柏林的达达交易会形成鲜明对比。总体而言，超现实主义在其发展初期会把展览布置得比较传统；一直到20世纪30年代后期，主要是为了显示该运动的日益国际化，团体成员们才开始像达达主义者曾经做过的那样在展会设计上进行实验。1938年在巴黎乔治·维尔登施泰的美术馆举办的一场大型的国际超现实主义展览是一个至关重要的转折点。

布勒东充分挖掘前达达主义者马塞尔·杜尚的天赋来布置展会。杜尚颁布“法令”，1200个满是灰尘的装煤口袋被塞满报纸，低低地悬挂在主展厅的上方，整个展厅只用一只点燃的火盆来照明，因此很难看到展品。开幕式为观众配备了火把。展厅的两个角落各放一张大床，使得展厅空间里的活动更像是发生在夜间。

还有其他引人注目的花样。在该建筑的庭院里，参观者可以窥见到萨尔瓦多·达利的《下雨的出租车》：一个穿着暴露的女模特，身上爬满蜗牛，坐在后座上，后座上方垂下一条小瀑布。进入展区，人们不得不沿着一条“模特街”走一遭，因此，会在想象中对这16位穿着性感的模特加以“选择”。这些模特可被塑造为“街头妓女”，她们每个人都是不同的超现实主义艺术家想象的结果。

这些效果与柏林达达主义者在交易会上创造的效果区别很大。两个团体一开始都让人迷惑，但是超现实主义者明显注

图7 巴黎美术馆内国际超现实主义展览的布置图，巴黎，1938年。

重诱发人的无意识想象，而非关注达达主义者偏爱的物质材料所引发的震惊。1938年展览的主展厅所使用的夜景布置明显会引发梦境，而“模特街”则以某种方式鼓励了色情想象，这些对达达的讽刺本能来说都将是陌生的。像达达主义者一样，超现实主义者也把展会布置当作获取公众注意的一种手段，但他们与时尚界联系之密切远远超过了他们的先驱。例如，这些模特是从知名时尚工作室借来的。从某种程度上而言，1937年萨尔瓦多·达利开始与埃尔莎·夏帕瑞丽在服装设计领域进行合作并非巧合。在达达交易会上，达达主义者滑稽地模仿着商业，而超现实主义者在某种程度上与商业串通一气。诚然，这与他们决心建立的国际化形象密切相关：先前已有两次国际化的超现实主义展览分别于1935年和1936年在布拉格和伦敦举行。对比之下，柏林达达交易会看起来几乎是地区性的。但是，在某种程度上，超现实主义者冒着“出售给”商业世界的风险。如果说1921年的“模拟审判”证明了该团体在意识形态方面的简单朴素，那么1938年的展览则揭示出其想要获取公众注意力的天性是如何危害其政治的。这一主题以后还会再现。

成为达达，成为超现实主义者

到目前为止，我们看到的都是活动，现在来看看人。如果说在寻找机会开展商业实践以及在各种各样的表演活动和展览中，达达和超现实主义的原则通过最高的营销天分被推销了出去，那么这些运动中的诗人和艺术家是如何专注于个人形象的塑造的？**成为**达达或**成为**超现实主义者又意味着什么？

我们普遍会把达达和超现实主义看作是怪异行为的同义词；尤其在达达中有大量的事例来证明这一点。也许最引人入胜的是阿瑟·克拉旺的故事。身为奥斯卡·王尔德的外甥，1887年在瑞士出生的克拉旺频繁地在欧洲四处巡游。在巴黎，他于1912年至1915年期间出版过一本粗俗文学杂志《现在》，用它来辱骂艺术界的先锋派成员。1916年他在巴塞罗那挑战重量级世界拳击冠军杰克·约翰逊，要求搏斗。克拉旺身材结实，是个业余拳击手，习惯在搏斗前用一长串不太可能的身份来介绍自己——“旅馆小偷、骡夫、耍蛇者、司机”等等。不管他的资历如何，他可不是约翰逊的对手，在第六回合就被打倒在地。并不奇怪的是，正在巴塞罗那逍遥派杂志《391》上发表评论的达达主义者弗朗西斯·皮卡比亚激情高涨地拥戴克拉旺。1917年克拉旺在美国出现时，马塞尔·杜尚逮住他，让他向“独立艺术家协会”（下文还将多次提及）之下的分会发表演讲。克拉旺上演了一场名副其实的达达表演，到场时已喝得醉醺醺的，撕裂了衣服，最后被纽约警方逮捕。他于1918年彻底消失。漫游的强烈愿望将他带到了墨西哥，据说他在那里乘划艇出发去布宜诺斯艾利斯，此后再也没人见过他。

克拉旺是否采取了某种象征性的达达自杀行动？就此人们可以展开讨论，但他对传统的蔑视使他身后留名。在此意义上，他集中体现了这一达达信念，即一个人的生活方式本身就足以保证他获得一种达达资格。克拉旺身上一种典型的达达特征是他对假身份（旅馆小偷等）的偏好。达达运动的参与者常为自己创造化名。在柏林，理查德·许尔森贝克以“世界达达”而出名，劳乌尔·豪斯曼是“智慧达达”，约翰内斯·巴德尔自封为“超级达达”。顺便提一句，巴德尔将其妄自尊大的特性提高到了极端滑稽的程度，在纯粹的虚张声势方面堪与克拉旺媲美。他此前曾在一次达达宣言中宣称自己是“地球总统”。1919年2月，他打断了魏玛国家集会的开幕会议，要求政府由达达主义者接手。在科隆，马克斯·恩斯特成为“达达马克斯”；在纽约，杜尚穿上时尚女装，装扮成神秘的萝丝·瑟拉薇，让曼·雷给自己拍了一幅照片。萝丝·瑟拉薇是一个故意使用的简单双关语，其法语发音就和短语“爱欲即生命”一样。

通过发展另一种表象人格，达达主义者暗示身份并不是固定的，而是不断处于一种变迁状态。他们或明或暗地质疑了人的性格中永恒不变的核心或内在的“人类本性”，而这一观念本身是资产阶级意识形态的一部分。这种质疑通过杜尚的性别错位得以延伸，以至于由生物学决定的性别身份也受到质疑。就我们所讨论的艺术家的“形象”而言，这种观点表明，一个稳固或确定的形象恰恰是达达主义者所要避免的；因此他们欣赏在社会上粗暴无礼、故作姿态的克拉旺之类的人。正如柏林达达交易会所揭示的那样，他们对现代社会狂热偏好公共宣传和大场面的做法持矛盾态度，在支持它的同时也在破坏它。

让我们转而讨论超现实主义艺术家的公众表象人格。考虑到该运动对心理分析的痴迷，而其成员却没有广泛地采用另一种身份，这真是让人吃惊。马克斯·恩斯特采用的另一自我——“鸟之超级剪枝”是个明显的特例。这些艺术家大都喜欢在外在的穿着上循规蹈矩，这种做法延续并强化了19世纪后期花花公子式的行为准则，过度的显摆因而被认为是粗俗的。几位著名的超现实主义者戴着极富花花公子特征的单片眼镜（像许多达达主义者一样），而比利时画家马格里特则臭名远扬地通过城里绅士常备的礼帽和雨伞掩盖了任何想象性的自我。当超现实主义者纵容自己对奇装异服或恼人的身份变化的喜爱之情时，他们通常是在上流社会的化装舞会这一可被接受的社交背景中。例如几张马克斯·恩斯特的值得纪念的照片显示，他在1958年的一次活动中打扮成前文提及的剪枝状。萨尔瓦多·达利在这方面一直是个显著的例外。

达利著名的向上弯翘的小胡子代表了其炫耀式的表演技巧。但是达利现象之所以会引人注目更是因为学习现代主义的学生发现这位艺术家的自我宣传是如此令人难堪。达利给超现实主义者带来了难题。他仅在1929年至1934年间得到安德烈·布勒东的全力支持，此后两人的关系变得相当冷淡。达利公然藐视超现实主义的所有意识形态；而且随着20世纪30年代的推进，他既拥护君主制又支持法西斯观点。他还天生媚俗，对新艺术运动过度的奢华装饰也十分着迷——1933年他在超现实主义杂志《人身牛头怪》上发表过一篇富有创意的文章，评论赫克托·吉马德设计的巴黎地铁入口卷须状的铁制品。他花里胡哨、炫耀高超技巧的画作从开始就是反美学的。他说它们是“瞬间色彩的摄影，由超级精细的手工绘制而成，十分华丽……表现了具体的、非理性的、超图片的、超级可塑的、欺骗性的、超常态的脆弱形象。”

达利固执的自我迷恋，以及对政治不正确和美学上矫揉造作之物的热爱，可被看做是一种刻意的决定，故意要扮演安德烈·布勒东眼中的俗人。这位超现实主义的领导人将把达利的姓名变形为“渴望美元”，由此可以看出达利后期所有的商业动机是为正式的超现实主义所否认的。然而，正如前文已表明的那样，超现实主义在20世纪30年代后期的公开展览中已经令人不快地与资本主义“联姻”了，而达利只不过是承认这个事实罢了。其他超现实主义者也毫不含糊地意识到了达利的宣传价值；因此虽然此时达利已正式失去他们的支持，但他还是出现在了1938年的展览上。达利在低俗品位方面的天才促使乔治·奥威尔写了篇评论，该评论被认为是20世纪30年代主流文学界对超现实主义做出回应的为数不多的作品之一。尽管奥威尔认为达利"像跳蚤一样地反社会"，其作品是"病态的、让人厌恶的"，但是奥威尔也因其艺术作品发起的道德挑战而感到焦虑不安。我们也许可以由此推断，在超现实主义者中，只有达利一人的公众形象才吻合达达急躁易怒的标准。

传播杜尚：达达评论

我们刚才讨论了达达主义者和超现实主义者是如何专心致志地塑造自己的形象的，但是他们的名声究竟是如何确立的呢？毕竟当时先锋派艺术的观众为数极少。第一份超现实主义杂志《超现实主义革命》在其五年生命结束之际总共才只有一千名订阅者。超现实主义的观众总体而言不可能更多。

就达利的情况而言，有关其怪异活动的消息迅速传播开来：例如1936年在伦敦举办的国际超现实主义展览上，达利身穿一套深海潜水员的服装，相当引人注目。不过名声通常是通过更加隐蔽的方式而被确立的。杜尚的名字代表了达达和超现实主义中与传统最格格不入的一些作品，但他本人却很低调，（故意）让人费解。那么对杜尚的崇拜是如何形成的呢？

1917年4月，杜尚的小便池被纽约"独立艺术家协会"展览拒绝，对此上文已有一段简要描述。一个月之后，一本薄薄的原始达达杂志《盲人》出版，其中刊登了这件冒犯了组委会的作品的照片和一篇匿名短文，文章以嘲弄式的愤慨来回应小便池的被拒，并为之辩护，驳斥对其剽窃的指责：

> 穆特先生是否亲手制作了这座喷泉无关紧要。**他选择了它**。他挑选了一件普通的生活用品，使它的使用意义在新的名称和视角下消失了——并为那件物品创造了一个新的想法。

我们可以确信，杜尚就躲在这篇文章背后。他很可能是让他诸多女友中的一位，碧翠丝·伍德来撰文的，因为这篇短文为他的“现成品”提供了哲学依据（这一点将在第三章中作进一步讨论）。但是这篇文章不容忽视的原因在于它制造了一场原本不会存在的辩论：有关《泉》被拒这一事件几乎无人知道。甚至原作在“独立艺术家协会”展览期间也似乎一度消失了。如果说《泉》成了达达的圣像，那也得归功于载于《盲人》杂志、由现代派摄影师阿尔弗雷德·斯蒂格利茨所拍摄的照片（图3），虽然此后杜尚又令人尴尬地制作了“复制品”。

所有这一切表明，包括《泉》及相关“丑闻”在内的事件都是精心安排的。与此同时，一个十分重要的话题变成了问题的焦点：达达和超现实主义的出版物是如何发挥作用的？

达达主义者在运动的各个地点接二连三地出版了一批杂志，其中《盲人》是最早出版的杂志之一。影响最广泛、持续时间最长的可能是弗朗西斯·皮卡比亚的《391》。从1917年到1924年，皮卡比亚在他当时居住的城市，巴塞罗那、纽约和巴黎断断续续地发行了这份刊物。杂志名称显示出它是在美国摄影师阿尔弗雷德·斯蒂格利茨更早些时候出版的杂志《291》的基础之上变化而来的。“291”是指斯蒂格利茨位于纽约第五大道的美术馆的门牌号码。

在1920年的一期《391》中，皮卡比亚为杜尚传奇的传播作出了进一步贡献。他选用了杜尚反艺术的挑衅之作《长胡子的蒙娜丽莎》——1919年创作的"辅助现成品"，一幅嘴唇上添加了胡子的蒙娜丽莎画像——并复制了它（不过没有添加下巴上的胡子，似乎他忘了），然后将这件复制品和他自己的一幅泼墨画的复制品放在一起，把它们命名为《圣女》，由此确定了两幅作品的狼籍声名。1922年10月，在另一份达达杂志，即巴黎团体的宣传刊物《文学》上，杜尚的神话因安德烈·布勒东撰写的一篇重要文章而得以巩固。其中布勒东提出了"理性杜尚"的概念，认为杜尚更感兴趣的是作出姿态而非创作艺术作品，而这无疑在新生的超现实主义团体中确保了杜尚的名声："是不是因为马塞尔·杜尚能比其他任何人更快地到达思想的**关键之处**呢？"

很清楚，杜尚的神话既是通过杂志和神秘照片，也是通过他相对贫乏的作品展览而形成的。他在1963年举办回顾展之前，一直没有真正意义上的个人作品展出。即使他最著名的作品《甚至，新娘也被她的男人剥得精光》的名气也是来自超现实主义杂志上赞赏它的文章和旁白，而不是那些真正看过这幅作品的人。其中最著名的是布勒东发表在1934年《人身牛头怪》第五期上的文章《新娘的灯塔》。杜尚本人如何精心确立自己的名声十分有趣，不过在此我们无法多作讨论。达达的出版物确实替他做了许多工作。然而，我们现在必须要做的是发现这些杂志在达达和超现实主义中的功能，以便更深入地探寻这两场运动之间的延续性与区别所在。杂志对超现实主义要比对达达更为重要。同样，如果说摄影对传播杜尚起了关键作用，如我们在《泉》的走红中看到的那样，那么它在超现实主义出版物中则绝对变成了至关重要的工具。

街头侮辱牧师和其他拍照机会：超现实主义评论

1926年12月，超现实主义杂志《超现实主义革命》上有一张看来无伤大雅的照片，拍摄的是两个人在交流，图片下面的说明文字十分引人注目："我们的同事邦雅曼·佩雷正在侮辱牧师"（图8）。

这似乎是一张随意的、缺乏深意的摄影图片，但其四周环绕着超现实主义诗人邦雅曼·佩雷的诗，其中一首戏仿"芝加哥圣餐大会"，在会上"每个人都冲向神圣的粪便和受人尊重的唾液"。显然这幅图片不是偶然拍摄的，而是有一个精心制作的场景，其目的在于加强诗中所表现的亵渎神明的信息。实际上它记录了一种"表演活动"。显然，当时佩雷身边有一位朋友在拍摄他的行动。

这是一个很好的例子，解释了照片在超现实主义杂志中的运作方式。我们要探讨的主要评论杂志有《超现实主义革命》（1924—1929年）、《为革命服务的超现实主义》（1930—1933年）和《人身牛头怪》（1933—1939年），不过在本书中我还会提到《文献》（1929—1930年），这是团结在乔治·巴塔耶周围的"变节"的超现实主义者出版的一本宣传刊物。这些出版物使用的照片既包括由超现实主义专职摄影师曼·雷或J.-A. 博依法德拍摄的、在工作室里合成的照片，也包括那些仅仅是从其他地方挪用的照片。这些图片被放在学术文章、文学散文、梦的记载等语境之中，常与超现实主义画作的复制品争辉。这些杂志的版面设计要比达达杂志如皮卡比亚的《391》素净得多，后者常随意改变字体。实际上，《超现实主义革命》的模仿对象是19世纪的一份严肃科学杂志《自然》。

NOTRE COLLABORATEUR BENJAMIN PÉRET
INJURIANT UN PRÊTRE.

图8 “我们的同事邦雅曼·佩雷正在侮辱牧师”,《超现实主义革命》第八期上登载的照片(1926年12月)。

通过使用一种“干巴巴”的呈现风格——这种风格使照片等内容看起来像是文件记录或证词，超现实主义者宣布他们忠实于调查计划，把它看作是追问人类命运与“现实准则”的关系的系统尝试。因而这些杂志应被理解为享有特权和反映超现实主义意识形态的场所。

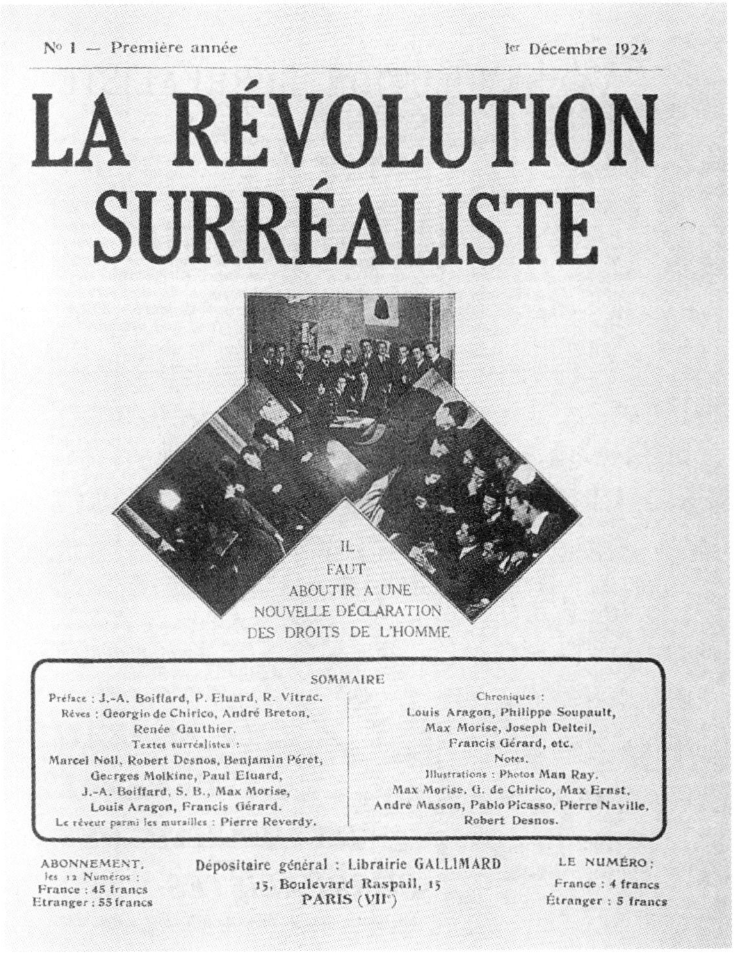
N° 1 — Première année — 1er Décembre 1924

LA RÉVOLUTION SURRÉALISTE

IL FAUT ABOUTIR A UNE NOUVELLE DÉCLARATION DES DROITS DE L'HOMME

SOMMAIRE

Préface : J.-A. Boiffard, P. Eluard, R. Vitrac.
Rêves : Georgio de Chirico, André Breton, Renée Gauthier.
Textes surréalistes : Marcel Noll, Robert Desnos, Benjamin Péret, Georges Molkine, Paul Eluard, J.-A. Boiffard, S. B., Max Morise, Louis Aragon, Francis Gérard.
Le rêveur parmi les murailles : Pierre Reverdy.
Chroniques : Louis Aragon, Philippe Soupault, Max Morise, Joseph Delteil, Francis Gérard, etc.
Notes.
Illustrations : Photos Man Ray. Max Morise, G. de Chirico, Max Ernst, André Masson, Pablo Picasso, Pierre Naville, Robert Desnos.

ABONNEMENT, les 12 Numéros : France : 45 francs Etranger : 55 francs

Dépositaire général : Librairie GALLIMARD
15, Boulevard Raspail, 15
PARIS (VIIe)

LE NUMÉRO : France : 4 francs Étranger : 5 francs

图9《超现实主义革命》的封面，第一期（1924年）。

佩雷照片中的形象显然与超现实主义者对天主教的强烈反对有关。他们中的许多人在天主教戒律中长大，既反对它的道德主义，又对20世纪20年代早期法国右翼政治团体和天主教会之间的联盟感到震惊。它们先是在“民族国家集团”政府的名义下，此后从1924年开始又在激进分子和社会主义者的统治联盟下结盟。尤其使他们感到羞辱的是，20世纪20年代中期包括让·科克托等人在内的法国知识分子产生了亲天主教倾向。他们对这种趋势的态度体现在《超现实主义革命》1926年6月那一期的封面照片中。照片上一群人眼望天空，题名为《最近的皈依》。这幅图片实际上挪用了一位当时不为人知而现在却很出名的摄影师尤金·阿杰特的作品。阿杰特是巴黎记录片专家，是曼·雷“发现”了这个与他为邻的老人。阿杰特的这张照片摄于1912年，当时仅用来记录一次日食，但是超现实主义者按照典型的样式重新赋予这张照片以自己的含义。

显然，摄影被超现实主义者用来阐明政治或社会信息。一个尤为引人关注的事例是，一幅甚至不知明确出处的图片被再次挪用；它仅仅包括两张由匿名作者拍摄的帕潘姐妹的照片，标名“前”和“后”，1933年5月的《为革命服务的超现实主义》再次刊登了这两张照片。

帕潘姐妹曾犯下最残忍、最轰动一时的罪行，震撼了20世纪30年代早期的法国。在同一份超现实主义杂志中的“社会杂闻”部分，有篇文章对此做了记载。这两位品行无瑕的中产阶级年轻女子由她们的母亲安排在勒芒一户受人尊敬的家庭中做女仆。她们逐渐对主人一家产生憎恨之情，最后像完成仪式似的精确无误地杀死了他们，把他们的眼睛挖了出来，敲碎了他们的头颅。

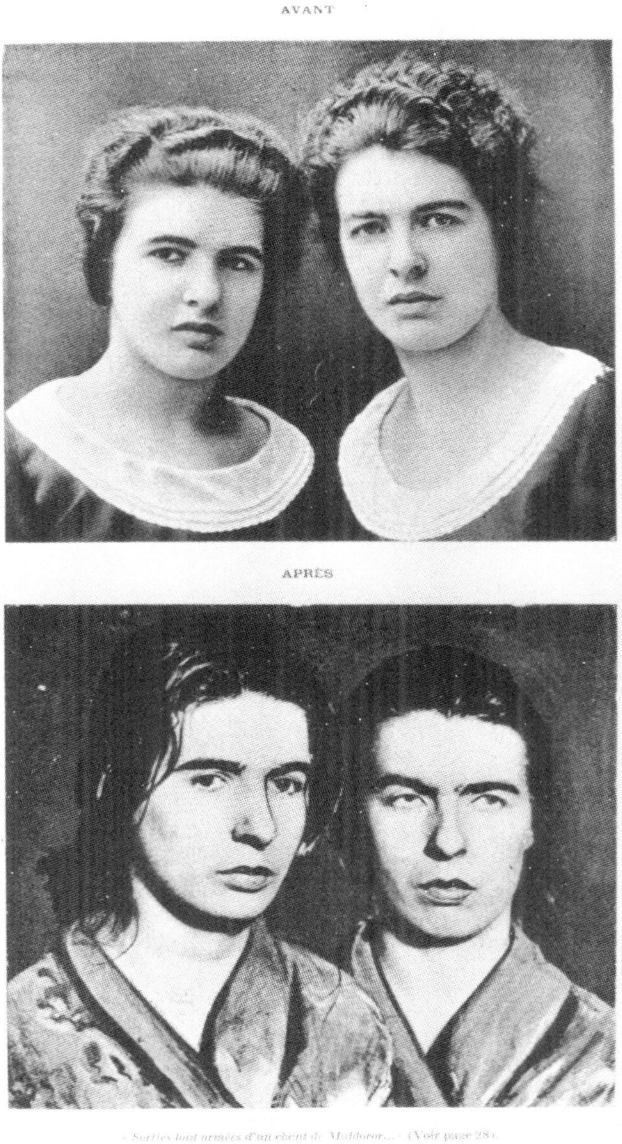

图10 《帕潘姐妹:前和后》,摘自《为革命服务的超现实主义》,第五期(1933年5月)。

这两张照片中，姐妹俩的面相发生了不同寻常的变化，这种变化与超现实主义对“痉挛美”的迷恋一致。“痉挛美”是一种与非同寻常的视觉现象有关的身体震颤，我们将在后文讨论这一点。不过，超现实主义者也对姐妹俩的行为所代表的对奴役的暴力反抗表示同情。超现实主义者相信，公认的道德观常被用来掩饰伦理上的怯懦，因此他们曾在其他场合敬重罪犯。譬如，在《超现实主义革命》第一期上，他们在热尔梅娜·伯顿的照片周围放上自己的面部照片。伯顿是个无政府主义者，她暗杀了一个极右翼组织的领导人马里于斯·普拉托。因此，帕潘姐妹的图像引起了所有超现实主义者（包括达达主义者）对犯罪和道德关系的长时间思考。

通过在杂志中同时使用照片和文本，超现实主义者与当时的社会问题建立了复杂而讽刺的联系。这更强化了这一观点，即超现实主义对美学的关注与他们对生活及其公众和伦理方面的关注一样多，在这一方面他们表现得比达达还要明显。但是，无论是达达主义者还是超现实主义者都不认为他们的社会兴趣仅仅局限在“官方授权”的公共生活方面。在超现实主义者对帕潘姐妹的兴趣或是达达主义者与商业的夸张的打情骂俏之中，可以看到他们全面参与社会和表现的愿望。虽然大部分达达主义者和超现实主义者来自中产阶级，但他们却对大众文化，或是法语中的“流行”有着浓厚兴趣。

大众乐趣

在一篇有关超现实主义的最具洞察力的文章中，德国马克思主义作家瓦尔特·本雅明提出了一个问题：“你设想生活应该采取什么形式？这种生活在某一关键时刻确实是由每个人嘴边哼唱的街头歌曲所决定的。”正是通过援引所谓的”低等”文化材料的革命潜能，这位评论家表现了20世纪早期先锋派中持续出现的一个主题。立体主义等运动对弱化“高雅”和“低等”文化之间的区别非常感兴趣，比如，法国画家莱热将广告主题引入立体主义绘画就体现了这一点。达达和超现实主义的左翼姿态偏离了他们与“流行”的团结一致，尽管20世纪早期大众文化通常是为人们而制造的而不是从他们当中产生的。本雅明特别理解达达主义者和超现实主义者对“日常”诗学的执著。他在讨论安德烈·布勒东的小说《娜嘉》(1928年)——该书记叙了作者与同名女人之间的爱情——时写道：

> 布勒东和娜嘉是这样一对情人，他们将我们所经历的一切——凄凉的火车旅行……沉闷乏味的周日下午大城市里无产者居住的地区、在新公寓透过雨雾迷蒙的窗户向外观看的第一眼——都转变为革命经历。他们把隐藏在这些事物中的“气氛”的巨大力量引至爆破点。

在这部分和接下来的内容中，我将描述超现实主义者和达达主义者与“日常”建立联系的一些方式。于是本章就从达达和超现实主义是如何把它们的信息嵌入社会的一直谈到社会在何种程度上渗透到它们的作品及生活方式之中。

先来看达达。大量艺术家的事例说明他们常使用本地习语来贬低其作品的“艺术性”。因而皮卡比亚的《裸体状态的年轻美国女郎肖像》(图11)采用了在廉价广告或贸易目录中出现的商业图案。我曾谈到过达达主义者对商业世界的滑稽模仿，以下事实可以强调这一点：“达达” 一词除了摘自词典之外(见第一章），就在达达运动出现之前，还被一家位于苏黎世的贝格曼公司用来给美容产品做广告。但是要想说明达达对大众文化的模仿，最好的方式是看看它的一份杂志所提供的另一个例子。这次柏林团体在自己的杂志，即1919年2月出版的《人与足球》的封面上刊出了约翰·哈特菲尔德制作的照片蒙太奇。

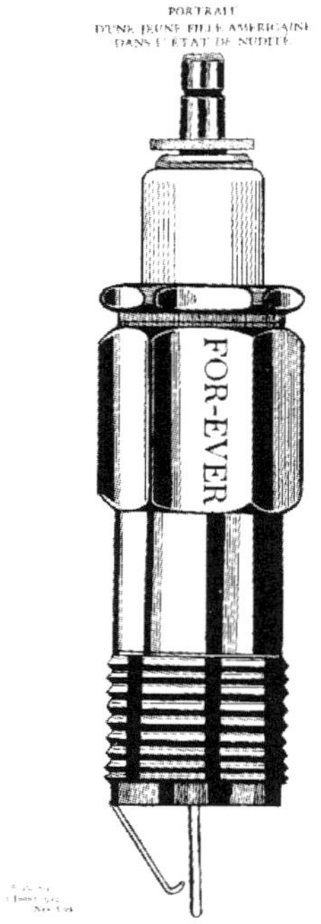

图11 弗朗西斯·皮卡比亚，《裸体状态的年轻美国女郎肖像》，《291》上的线条画插图，第4/5期（1915年7/8月）。

与其他柏林达达杂志不同的是——如《达达》采用了不同的字体和多向度的设计，此处的设计讽刺了传统版式。除此之外，像整个的柏林达达一样，理解该杂志的政治背景至关重要。该杂志是柏林达达激进的哈特菲尔德—赫茨菲尔德—格罗兹

图12　唯一的一期《人与足球》封面（1919年2月15日）。

共产主义集团的系列出版物之一，在柏林共产主义起义发生几周后出版。这次起义由斯巴达克联盟的卡尔·李卜克内西和罗莎·卢森堡领导，在国防部长古斯塔夫·诺斯克的命令下，遭到了自由兵团的残酷镇压。该杂志封面巧妙地攻击了刚刚执政的社民党，其中社民党的领导人和宣传者诺斯克等人的头像在一面打开的扇子上整齐排列，头像上方还有一行字："有奖竞猜：谁最漂亮？"这直接参照了政治集团在当时的报纸上做广告时所采用的有奖竞猜的海报设计方式。该杂志还有针对性地用哈特菲尔德的兄弟维兰德·赫茨菲尔德的一篇文章作为开始。在文中，赫茨菲尔德质疑社民党赢得的竞选是否民主，因为它的广告宣传活动是由支持社民党利益的人群资助的。总的来说，这个设计既利用了大众广告宣传手段，又批评了它对政治竞选的操纵。该杂志的刊名旁有一张头戴常礼帽的男子的超现实主义蒙太奇照片，也是出自哈特菲尔德之手。这张照片在视觉上附带强化了刊名的告诫意味：不要让别人把你踢来踢去，要自己去做。

总的来看，哈特菲尔德的封面设计可以说是批评而非肯定大众文化，在此例中针对的是政治广告。这再次构成了达达和超现实主义的对比，因为超现实主义者常常更坦率地对流行文化持赞成态度。这集中体现在了他们对待《芳托马斯》的态度上。《芳托马斯》是流行的法语“冒险小说”，自1911年开始由法亚尔出版。书中虚构的人物芳托马斯是个永远神出鬼没且未被抓获的高明罪犯，以各种各样的假身份犯下令人毛骨悚然的杀人罪。他神秘且无法无天的表象人格受到超现实主义者的尊敬。1933年11月3日，超现实主义诗人罗贝尔·德斯诺斯在法国和比利时的无线电广播中朗读了他的史诗，即25节的《芳托马斯的抱怨》，其中堆砌了耸人听闻的形象（不少来自《芳托马斯》系列小说的封面）：头戴高礼帽、身穿晚礼服的芳托马斯在巴黎屋顶上恶意徘徊；一个人像钟舌一样在一座巨大的时钟里摆来摆去，鲜血和珠宝从里面倾泻而出……同样，比利时画家勒内·马格里特刻意而又不自然的现实主义画风很大程度上是受到了流行绘画的影响（比如尼克·卡特侦探杂志的封面）；他还明确地向1913年至1914年间路易·弗亚德导演的《芳托马斯》电影版表示了敬意。马格里特最著名的画作之一《被谋杀的暗杀者》（1927年）就是由这些电影中的一个画面合成的。

使超现实主义者印象深刻的是，芳托马斯的冒险行为神奇地构成了一个现代都市神话，正好与成千上万巴黎人的想象相吻合。超现实主义者对大众文化中的无意识生活十分着迷，他们没有像达达主义者那样批判流行文化，而是拥抱了流行的表现形式，但最主要的是，他们加以神话的就是城市本身。这一重要主题现在需要进行新的讨论。

城市

如果我们要寻找有关现代大都市的引人注目的图片，乔治·格罗兹在柏林达达运动期间的画作和图形显然会当选。格罗兹于1914年至1915年间在德国军队中服役时对人性产生了极其悲观的看法，他把柏林描绘成地狱般的漩涡，充满不可控制的力量。在一封有关绘画作品《献给奥斯卡·帕尼扎》（1917—1918年）的信件中，他描述了“一大群思想被控制的人形野兽”，并认为“我完全相信这个时代正驶向毁灭——我们肮脏的天堂……想想吧，无论你迈向何方，总沾有粪便的味道”。格罗兹在他那些杰出且尖锐的画作（如在《失望》等柏林达达的杂志上发表的作品）或是为维兰德·赫茨菲尔德的马立克出版公司制作的系列平版印刷画中，描绘了一个战争暴发户以及遭受战争痛苦的人（傲慢的奸商和在战争中受伤的可怜的跛子）所统治的柏林。即使是格罗兹稍微温和点的作品，如部分指涉画家本人1920年婚姻的水彩兼蒙太奇《道姆1920年5月嫁给了书呆子机器人“乔治”。约翰·哈特菲尔德对此很高兴》（图13），唤起的也是这样一个柏林：卖淫女和机器人充斥其间，在背景处可以瞥见一条毫无个性的街道。

格罗兹达达视野中的柏林与超现实主义者所表现的巴黎大相异趣，如果考虑到两座城市各自的战后状态，这一点也不足为奇。对超现实主义者来说，巴黎是座启示之城。某些地方具备了先锋派圣地的特点。1921年，巴黎达达主义者开始了奇怪的短途旅行，前往前景黯淡、毫无希望的地方，如圣居里安-保

图13 乔治·格罗兹，《道姆1920年5月嫁给了书呆子机器人“乔治”。约翰·哈特菲尔德对此很高兴》，铅笔、钢笔、水彩和拼贴，1920年。

弗雷教堂[①]。作为超现实主义者，他们寻找的是尤其充满诡异气氛的地方。其中最受欢迎的可能是邮差舍瓦尔的“理想宫殿”，它实际上离巴黎有段距离，在里昂附近的奥特维村，因此去那里就变成了 一种朝圣。舍瓦尔用他在33年的邮差生涯里收集来的奇石建造了他的“宫殿”。这座建筑看起来外表厚重，体形庞大，就像人吸食鸦片后在恍惚状态下看到的布莱顿行宫一样。这座“宫殿”背后的执著和建筑者舍瓦尔很少标榜传统艺术的做法对超现实主义者的情感产生了不可抗拒的吸引力。巴黎本身还提供了其他各式地点：此前被忽视的藏有古斯塔夫·莫罗怪异的象征主义绘画的博物馆、让人难以忘怀的媚俗的帕特休蒙公园、与中世纪的巴黎炼金术士尼古拉·勒梅联系在一起的圣雅克塔[②]。

这些地点似乎属于另一座城市的一部分：这个巴黎城对游客隐藏起来，奇迹般地躲过了市镇规划者，展现了无意识的欲望而非实用性。在超现实主义早期的两本了不起的小说——布勒东的《娜嘉》和路易·阿拉贡的《巴黎的乡人》（首先于1924年至1925年连载）中，我们都能看到作者们徜徉在这样一个巴黎之中：用布勒东的话来说，他将这座巴黎城理解为“索引”森林，即一张充满神秘记号和启示占卜师的网络。按照法国诗人夏尔·波德莱尔的观念，现代艺术家是“漫游者”，承担着美化城市变迁的任务，超现实主义者可被看做是这个观念的天然继承人。阿拉贡《巴黎的乡人》的创作主旨是精确定位一个“现代神

① 位于巴黎塞纳河左岸，始建于13世纪，是巴黎城内最为古老的宗教建筑之一，以哥特式建筑风格而出名。

② 位于巴黎，高达52米，是曾经的“圣雅克屠场”遗址的一部分。

图14　邮差舍瓦尔的“理想宫殿”。

话”：作者提供了一份让他产生诗意共鸣的巴黎所有场所的详细旅行日程。最著名的是，他沉迷于歌剧院大道简陋的氛围之中。歌剧院大道是19世纪早期所建的带有拱廊的购物地点。第二帝国时期，在豪斯曼男爵的规划中该大道即将作为现代化进程的一个部分而予以拆除，它的总体氛围被阿拉贡描述得类似于“人类水族馆”。他在各式各样的商店橱窗外满怀喜爱之情地流连徘徊，有邮票店、竹杖商店，还有女子美发店。女子美发店让超现实主义者产生了连续不断的联想，就像阿拉贡的想象一样，一个美发师学徒工一生的工作就是“破译那些片刻之前暗示睡眠紊乱的网络”并从中获得乐趣。

超现实主义者有计划地允许城市穿透他们的心灵，实际上是标出他们的行动。20世纪30年代初期，这是刻意的辩证过程的一个部分，通过这一过程，先前控制着超现实主义写作和艺术的内在性就和外部现实的指令形成了对照。看起来仅仅是偶然的日常活动，如表面上的街头偶遇，被视为契合心灵的需求。这一“客观机会”的原则对20世纪30年代早期的某些超现实主义作品如布勒东的小说《交流导管》（1932年）而言十分重要，它强调了与神秘的、具有内在重要性的、“随手拾来的物品”“偶遇”的基础，而这些“随手拾来的物品”是超现实主义者在定期拜访巴黎跳蚤市场的过程中感受到的。

在很多方面，与城市空间协商的思想相当于超现实主义特有的有关现代经历的积极观念。然而，值得注意的是，哈尔·福斯特等作家继承了瓦尔特·本雅明的洞察力，强调超现实主义者对“已过时事物”的重视。例如，他们对歌剧院大道等地的再次利用，应被看做是对资本主义的批评，而非对现代性或现代化的“进步”观念的支持。因此，他们常常重提旧事。在此意义上，虽然超现实主义者沉浸在城市的信号网络之中，他们依然可以被看作是与柏林达达主义者一样，无情地抨击了城市景观的暗指意义。

本章确定了达达和超现实主义在它们的世界中所处的位置，展示了它们如何抓住现代传播手段，让“现代性”渗透在自己的作品和生活方式之中。生活需求常常大过艺术需求。但是，不论达达和超现实主义如何贬低艺术，它们的参与者们主要还是以艺术实践者而出名的。因此，该到向美学投降并转向美学的时候了。

第三章

艺术和反艺术

安德烈·布勒东有一次在讨论美学时这样写道，在一个超现实主义者看来，一幅画的创作技巧其实无关紧要，这幅画所探究的精神真实才是最为重要的。

要理解布勒东这种态度的独特性，最好的方法就是参考一下批评家克里门·格林伯格的现代主义美学观，它在超现实主义走向终止的20世纪40年代后期统治着艺术批评。格林伯格强调学科的“纯粹性”。绘画远非面对其他真实而开放，而是被要求作为一种艺术准则来吸引注意力，以处理好绘画固有的问题。格林伯格坚称，这种追求的精确性将导致形式上或审美上的决定在多大程度上奏效。

对达达和超现实主义的大多数实践者来说，学科以及形式的纯粹性是一些令人厌恶的想法。在他们创作的作品中，各种艺术规则不断重叠：文本、视觉以及表演常常处于无拘无束的游戏状态。出于同样的原因，考虑到艺术家所生活的世界，形式美似乎成了无关紧要的追求。无论如何，他们在是否将艺术视为一种由来已久的习惯这一问题上是自相矛盾的，而达达主义者经常发誓要摧毁这一习惯。本章我们在审视达达和超现实主义的艺术及文学作品时，必须时刻将这种对传统艺术和美学纯粹性的根深蒂固的矛盾情绪牢记在心。

格林伯格确实尽自己所能质疑了达达和超现实主义者所代表的一切。在1945年发表的一篇关于超现实主义的论文中，他批评了他所谓的超现实主义的“文学”基础。尽管这种态度现在看起来有些过时，但却仍然引人注目地顽强存在着。超现实主义艺术家如达利和马格里特经常因其作品是“文学的”而遭到诋毁，而达达艺术家又常常因为关注戏谑或幽默的内容而被认为不够严肃。然而，对达达和超现实主义艺术家而言，这种批评其实完全忽略了他们作品的真正含义。他们会因为看起来精通文学，特别是致力于诗意而骄傲自得。达达主义者和超现实主义者就像19世纪的浪漫主义作家和艺术家那样笼统地理解“诗意”这个词，把它看作是一种“灵魂状态”或情感模式，而非一种实践形式。总之，理解达达和超现实主义美学思想的最佳途径不是通过传统的美的理念，而是通过诗意的“态度”。

因为诗歌至高无上，语言或者语言符号，就一直构成了达达主义和超现实主义实践者的作品基础。这一点在下文将变得显而易见。然而，我的首要目标是，利用这两场运动的参与者为获得诗意效果而采用的不同技术和程序上的手段来构建一系列与众不同的差异。达达主义对机遇的利用将同超现实主义对“自动性”的使用展开交锋。达达主义的技巧，例如拼贴和照片蒙太奇将与超现实主义的绘画和摄影技巧相互较量。达达主义的现成品将与超现实主义的物件相对照，如此等等。当然，显而易见的开始之处还是诗歌本身。

诗学

宽泛而言，达达主义的诗学可以分为在德国和瑞士流行的以及在法国流行的两大类。在第二章“伏尔泰酒馆”的那一部分，我审视了雨果·巴尔在苏黎世时做出的努力，他试图通过语音诗歌回归“字词的魔力”。这种努力暗示了他拒绝接受语言的符号能力，即它传达意义的能力。巴尔回归到语言的基本单位，可能得益于他对强调语言自主特点的俄国未来派诗歌的了解。但是与完全追求精神“抽象”的诗歌不同(这种描述可能更适用于柏林达达主义者劳乌尔·豪斯曼的语音诗歌)，巴尔的诗歌总是传达出一种为事物寻找新名称或发现新字词的神秘欲望。他在日记中写道：“雨下个不停时我们为什么不能把树称为Pluplusch 或Pluplubasch？”就这一点而言，巴尔部分地回应了对他这一代艺术家产生重要影响的德国哲学家尼采的观点。尼采曾经写道，他在单词和与之对应的事物之间产生过不搭配的感觉，并把语言视作已经疲惫的“移动的隐喻大军”。其他德国达达主义诗人也对语言的达意能力表达了类似的绝望。在汉诺威，库尔特·舒维特创作了自己的异体语音诗，亲切地把它和他所谓的拼贴中的“莫斯”抽象概念紧密相连，此外他也创作了一些不同语言顺序并存的文本，破坏了总体上的连贯感觉。他的一段诗这样写道：

问候，26万立方厘米。
我是你的，
我们是我。
太阳无限星辰熠熠放光。
悲伤哀悼着露水。
哦，悲痛你我！
正式通知：

奖赏5000分！

与之相对，法国的达达主义诗歌，尤其是围绕在《文学》杂志周围的巴黎达达主义者的作品，尽管同样致力于非理性的表达，但是却更加遵从语意的传统。部分原因是由于安德烈·布勒东和保罗·艾吕雅等人更加直接地从兰波或是保罗·鲁（自封为圣-保罗-鲁）等法国象征派诗歌中获取“文学”素材。在下一部分中，我们将看到“自动写作”是他们在技巧上的主要创新，但真正把他们统一在一起的却是他们对诗歌意象所持有的概念。这将是自1924年起超现实主义美学发展起来的核心思想之一。

超现实主义对意象的态度基于相互冲突的现实集合的原则。布勒东将法国立体主义诗人皮埃尔·勒韦迪视为这一技巧的主要理论倡导者，但是有关这一技巧的实践可以在超现实主义许多文学先驱的作品中发现。兰波就在1873年的作品《地狱一季》中描绘了一些幻象，例如“湖底的一间客厅”。

在成熟的超现实主义诗歌中，我们被那些惊人的意象所震撼，例如艾吕雅的“这地球蓝得像一只橘子”，或者是布勒东在《自由联盟》（1931年）中激情洋溢的陈述：

> 我妻子她那水獭一样的身子卡在老虎的牙齿之间……我妻子的太阳穴像暖房屋顶的石板瓦，她的眉毛是燕窝的边缘……我妻子有一双木眼总在斧头之下……

其他超现实主义诗歌极富特色地将令人惊讶的意象并置和无政府主义的幽默结合在一起。邦雅曼·佩雷的一个作品片段是这样的：

而且吓坏了红鱼的星星
既不出售也不出租
因为说实话它们不是真的星星而是离开了面包店的
杏子馅饼

他们一直追求的就是对“非凡”的惊鸿一瞥。布勒东一再调用触电产生火星的隐喻来唤起灵感震动，认为毫不相关的意象相互碰撞后会产生那样的震动效果。

显然，与彻底反对从浪漫主义角度解构语言的德国达达和瑞士达达相比，法国达达以及后来的超现实主义致力于一种更为抒情的诗学。当然也有重要的特例。汉斯·阿尔普，这位原本要离开苏黎世投奔巴黎的超现实主义者所创作的诗歌却体现了根植于德国的浪漫主义的抒情性。评论家断言，解构的达达主义诗歌仅仅反映了混乱，而超现实主义由于对传统诗歌的典型风格有所妥协，结果持续时间更长。有些诗歌，如艾吕雅的作品现在看起来形式非常典雅。但是达达主义的语音诗歌，如舒维特在1922年至1932年间创作的著名诗歌《奏鸣曲》，在抽象的内部结构上绝不混乱。这些诗歌影响了1945年以后欧洲象形诗歌和表演美学的发展，与超现实主义那些矫揉造作和陈词滥调的诗作相比，这些诗歌的影响显得更加意味深长。

达达诗歌的分离特征与其作者所支持的相对主义哲学保持一致。特里斯坦·查拉在1918年所作的《达达宣言》中坚称，“客观地说，一件艺术作品决不为任何人呈现美感”。超现实主义者也不相信标准的美的观念，但安德烈·布勒东在其哲理性兼自传性的专题演讲《疯狂的爱》（1937年）中提出了“痉挛美”

的观点，用它对口头以及视觉记录的超现实主义意象进行理论归纳。出于对传统美学标准的坚决回避，特别是由于他意欲间接地涵盖文学和视觉艺术两个方面，布勒东在提到美的经历时认为它与一种生理痉挛相类似，伴随着强烈的情欲涌动。他较为晦涩地将超现实主义的“痉挛美”定义为三种类型：“隐藏的性欲”，以生机勃勃同死气沉沉的相互融合为特征（正如珊瑚）；“固定的爆发”，产生于运动向静止的转化（就像在一张枝繁叶茂的植物照片中所看到的那样）和“奇异的间接推测”（因一些表面看来装模作样的用语或物体的奇妙相遇而产生）。

无论如何，这种制定新的美学分类的尝试看起来并不全面，但是却道出了达达和超现实主义的许多差异。对达达主义者而言，不存在任何标准化的美的经历。艺术本身就向质疑开放。相比之下，超现实主义者则培养了一种挥之不去的乌托邦式的渴望，希望诗学和美学在经验上能够完成相互转换或者正在转换之中。

自动性与机会相比

诗歌构成了达达和超现实主义的美学基础，但是究竟这些运动到底产生了何种诗意的语言？它来自哪里？尤其对超现实主义而言有一个答案是明确的，那就是无意识。安德烈·布勒东在1924年发表的《第一次超现实主义宣言》(下文简称《第一次宣言》)中描述道，1919年的一个夜晚他睡得正香，突然一个短句出现在他的脑海中，宛如有人“敲打他的窗户”。不久以后，布勒东就把这种自动涌现出的素材运用到诗歌上，并于1920年和诗人菲利普·苏波一起出版了第一篇完全“自动性”的原始超现实主义文本《磁场》。自动性以这一信念为依据：写作的速度等同于思维的速度，诗人快速写作，头脑中没有任何预设的主题，因此，用布勒东的话来说，就变成了“谦虚的记录装置”。

到1922年,作为所谓“朦胧运动”的一部分，当巴黎达达逐渐变质转向超现实主义时，布勒东和他的朋友用更引人注目的方法进行实验，绕开意识的控制。在一段时间里，他们当中的某个人或另一个人自愿进入神情恍惚、昏昏欲睡的状态，并接受其他组员的提问。诗人罗贝尔·德斯诺斯对这种状态特别敏感，有一次令人恐怖地回答了诗人邦雅曼·佩雷的提问。

问:你所了解的佩雷是怎么样的?

答:他将死于一辆拥挤的车内。

问:他将被杀死吗?

答:是的。

问:被谁?

答: (他画了一辆火车,上面一个男人正从门旁跌落)被一只动物。

问:被什么动物?

答:我可爱的流浪汉的蓝丝带。

最后，这些催眠就要失控。有一次，诗人勒内·克勒韦尔企图用它来引导一次集体自杀,最终这些催眠活动被放弃了。自动性逐渐被认为反映了精神病学和心理分析的发现。布勒东最初将这些学科曝光是在1916年，当时他正作为医疗勤务兵在军中服役,运用弗洛伊德的自由联想技术在一群患炮弹休克综合征的士兵身上进行试验。但是，并不是弗洛伊德为自动性提供了理论模式，而是法国精神病学家皮埃尔·雅内在1889年的《自动性心理学》一书中大量记录了病人进入睡眠状态后的思维喷涌。不过，皮埃尔·雅内却不太看重病人的创造性意志，因而到1924年，当布勒东在《第一次宣言》中将自动性视为超现实主义的首要技巧时，是弗洛伊德的自由联想对他产生了更为显著的影响。

超现实主义的自动性是以抑制理性意识为基础的。但是，应该强调的是，它并不总被用到超现实主义写作的创造之中；我们在上一节摘引的许多超现实主义诗歌只是部分地运用了它。同样，也不应假定它完全是由超现实主义发明出来的，皮卡比亚、查拉、阿尔普和舒维特等人在更早一些的达达诗歌中其实也采取了类似的创作手法，只是阿尔普将形式和思想都视为诗歌创作的源泉所在："自动性诗歌直接由诗人的内脏或其他具备存储能力的器官排放出来……它随性而为，时而欢呼，时而咒骂，时而结巴，时而颂吟。"我们可以争辩说自动性是达达主义者日常使用的，此后才由超现实主义者在精神分析方面建立了理论。的确，如果我们转而来看达达主义者，尤其是苏黎世的达达主义者在理解如何放弃创造性控制时，更多的是与机遇相一致而不是偏好自动性，那么我们就会发现达达主义和超现实主义在美学观点上存在着某些明显的差别。

1916年至1917年左右，苏黎世达达最主要的视觉艺术家阿尔普及其伴侣苏菲·达厄贝一起创作了一系列的抽象作品。在这些作品中，方纸片被精确地拼贴到纸张的网格上。当时这些作品和蒙德里安及康定斯基的画作一起参与了视觉抽象概念在欧洲艺术中广泛传播的初始阶段。然而，更能体现别具一格的达达特色的是阿尔普在这些极其精准的作品中使用直接对位法创作出来的一些拼贴。在这些作品中，阿尔普随意将纸片洒落在衬纸板上，并把它们一一固定在掉落的位置上（图15）。稍后他声称这些作品都是按照“机会定律”制作出来的。

稍早些时候，当时正在巴黎但很快就将搬到纽约去追求自己的“达达版本”的马塞尔·杜尚也创作了可与阿尔普相媲美的作品。他在开始创作玻璃杰作《甚至，新娘也被她的男人剥得精光》时，本打算对失落的欲望进行图表般的描述，把一群用机械装置做成的“单身汉”放在作品的底部，以反衬位于作品顶部的“新娘”。他抛下了三根线，将它们落下时的形状“固定住”，依此制作了模版，把它们视为标准的变异。那时，他使用了这些“标准中止”（他这样来称呼它们）来帮助确定《大玻璃》中单身汉们的位置，暗示他的作品是不同于外部现实的非理性的物理法则。

阿尔普和杜尚都急于摆脱其时盛行的将作者控制等同于艺术创作的模式。他们还提倡以20世纪的随机艺术传统为基础同时又富有自身特色的一种达达态度，并吸纳了作曲家约翰·凯奇等人的观点。对我们现在的讨论更重要的是，这两位艺术家都在调用一种非个人或以自然为基础的创作过程，以反对人为的心理导向，尽管这对于杜尚的作品来说多少有些讽刺意味。从本质上而言，阿尔普对自己行为的理解多少带有点儿神秘主义色彩。在他看来机会同自然相联，是“深不可测的存在的理由的一部分……是总数中无法获得的一个顺序”。超现实主义对个体精神颇感兴趣，而达达主义者却祈盼获得一种完全独立的力量。他们怀疑人的自负，也不相信对人类理智的过高估量：一场世界大战就是由这些价值观引发的。同样，他们对弗洛伊德非理性的系统化也不大赞同。特里斯坦·查拉把精神分析描述成一种“危险的疾病”，它麻痹我们反现实的倾向，帮助资产

图15 汉斯·阿尔普:《按照机会定律排列的长方形，拼贴》，1916/1917年，纽约现代艺术博物馆。

阶级社会永垂不朽。达达主义者之所以不信任弗洛伊德是因为他期望可以驯服无意识,而不是任由它自由地批评社会。因而他们也怀疑以弗洛伊德理论为基础的超现实主义的自动性,尽管需要强调的是,超现实主义者把弗洛伊德当成是探索无意识机制的人,而不是让他去“治疗”无意识机制所引起的疾病。

将达达主义对机会的理解和超现实主义对自动性的理解放在一起加以比较以显示二者之间的冲突时,我们的参照点需从诗意转向视觉。这与我们此前提及的达达和超现实主义在文学美学和视觉美学之间持续的转型是一致的。如果我们现在转而研究一下超现实主义的视觉艺术,就会有趣地发现,当文字上的自动性在某些艺术家的技术革新中找到对等物时,达达主义的机会论也被巧妙地吸收进了超现实主义的创作程序之中。

1924年至1925年间,法国画家安德烈·马松试图寻找与布勒东在《第一次宣言》中所倡导的“自动性”相应的视觉对等物,他创作了一系列重要的“自动绘画”。当他预先未作设想而是快速描画时,一系列极端个性化的意象,如充满情欲的躯体、动物和建筑图形被诗意地融合在一起。这些睿智的涂鸦最初可能显得有些抽象,但超现实主义者从来不像我们在阿尔普的作品中所看到的那样允许自己迈向完全的抽象。只要稍加努力,我们就可以比较明确地把马松于1925年创作的《鸟的诞生》看作是女性的身体,一群鸟正从阴户中飞出。

稍后于马松,出生于德国、新近从科隆搬到巴黎的艺术家马克斯·恩斯特用他1925年的“擦印画”对《第一次宣言》做出了类似的回应。艺术家在凸起的表面(如木质纹理)上覆盖几张纸,进行拓印。然后他让这些外形来展示自己,或者遮挡住或者再次强调这些形象的某些部分以呈现一幅极富个性的动植物

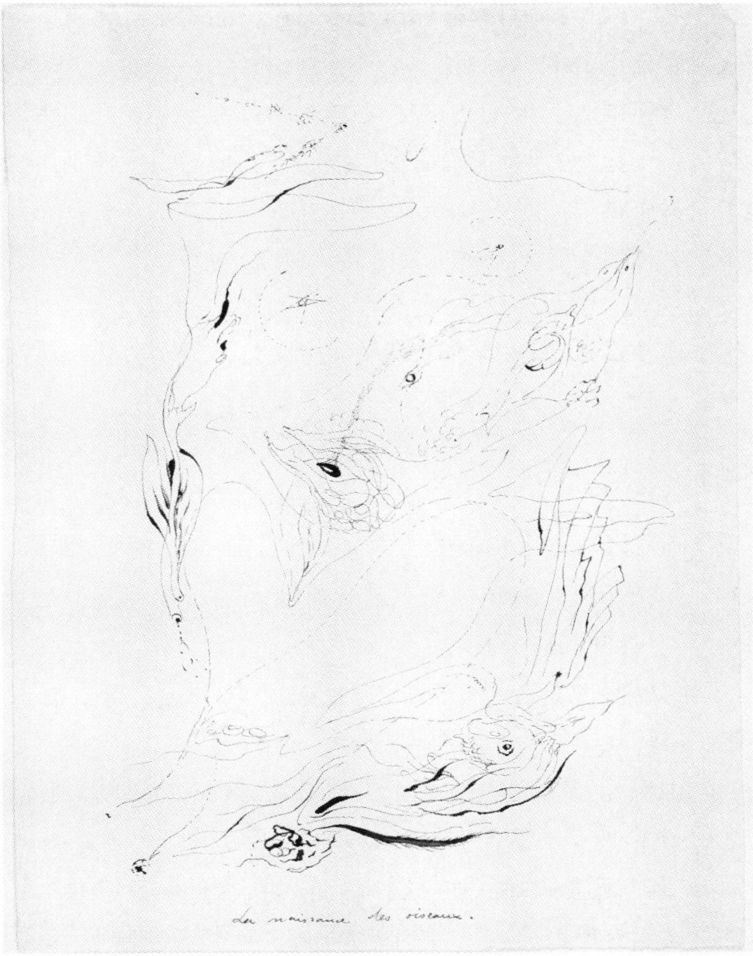

图16　安德烈·马松，《鸟的诞生》，自动绘画，约1925年，纽约现代艺术博物馆。

图像。恩斯特将这一整套作品拍成照片并命名为《自然历史》出版。有趣的是，作为一名曾经参与过达达运动的成员，恩斯特在其创作过程中的状态比马松更为消极。他回顾了曾经被达达内部所理解的客观的机会原则，尽管他直接的灵感更多源于达·

芬奇，后者在《论绘画》中曾建议艺术家应该运用杂乱无章的涂抹来触发自己的创作灵感。

恩斯特很聪明地把达达主义的机会和超现实主义的自动性结合在一起，对无意识的命令作出回答。他的事例揭示了超现实主义美学如何时常微妙地回到达达。超现实主义者将设计许多从心理学角度来分析机会的其他方法，他们其实一直在按照我们在上一章所论及的"客观机会"的原则来生活。但是人们也想知道在最终的分析之中，超现实主义是否成功教化了达达本来的无政府的非人性原则，使之变得驯服起来。

拼贴与绘画相比

我们在谈论达达和超现实主义的视觉艺术时，有必要从艺术媒介和技巧方法的角度来更进一步地表明这两个流派之间的差异。只要回到马克斯·恩斯特，我们就可以建立最初的对比。无论如何，他在这两个流派之间建立了联系，从达达主义的拼贴使用转向了独特的超现实主义绘画模式。

1921年，巴黎的达达主义者了解了恩斯特在科隆的一些活动之后，邀请他在巴黎的"同样的道理"画廊举办了一次拼贴画展，令巴黎人大开眼界。如果说布勒东和苏波的《磁场》预示了文本意义上的超现实主义，那么这次画展实际上是在视觉超现实主义上先发制人。很快恩斯特就将加入这一团体，并创作出与其理论相符的作品，例如前面曾提到的"擦印画"。

那么恩斯特的达达拼贴到底有什么重要意义呢？拼贴作为先锋派技巧此时已臻完善。成块的油布、墙纸以及诸如此类的东西已经被毕加索和布拉克广泛地运用到1912年至1914年间所谓的"立体主义合成阶段"的绘画之中，并在很大程度上把对现实世界的睿智影射重新引入到这些越来越抽象的绘画之中。恩斯特却用一些可识别的形象碎片组成了自己的拼贴,将百科全书插图、商业单据、解剖学论文和照片的碎片并置,从而产生了令人困惑的相反的现实。例如在1921年的《圣诞谈话》中,恩斯特将鸟的插图、部分的解剖图和照片搭配在一起组合成照片,构成了一幅半幻觉的画面空间。《圣诞谈话》的标题就暗示了宗教肖像画法,即圣母、圣子和圣徒这个传统主题。该画描绘了一只鸽子栖息在主要人物的盆状“子宫”上,以此亵渎神明似的激发了“童贞女分娩”的想象。

恩斯特在“朦胧运动”发展到高潮之时来到巴黎,随即开始着手将拼贴转变成具备画家特征的作品。1919年意大利画家乔治·德·基里科的插图作品曾经给恩斯特留下了深刻印象。基里科在巴黎时曾在多产的1911年至1915年间发展了一种“形而上学”的绘画模式。他想象在一个傍晚笼罩在诡异光线下的偏僻意大利广场上,雕塑投射在地面上的影子长而忧郁。基里科在绘制这些幻景时所运用的“伪天真”风格包括了令人眩晕的后退透视法,同时他还孜孜不倦地用精美的黑线锁住色彩单调的图形。这些为恩斯特提供了具有画家特征的语汇,他用它们来再现拼贴中令人惊奇的并置。在基里科的影响之下,某些拼贴中半迷幻色彩的暗示发展成对可触知的精神宇宙的暗示。恩斯特在1922年至1924年间创作的一系列作品,包括《俄狄浦斯·雷克斯,对这个男人我们应一无所知》和《圣母怜子》(图4)成了超现实主义视觉艺术的基础。

可以说,达达拼贴被转变成超现实主义绘画的过程类似于达达主义的机会逐渐依附于自动性的过程。由恩斯特在科隆使用的拼贴唤起了一个对人类控制怀有深刻敌意的世界;整个思

图17 《圣诞谈话》,拼贴,1921年。

想体系似乎与表现体制相抵触。但是1921年布勒东在为“同样的道理”展览编写的目录中提到恩斯特的拼贴时却将这种技巧与原始超现实主义诗学相联系,并运用他所偏爱的两个现实遭遇以后产生大量火花的隐喻来强调恩斯特的效果。当恩斯特在20世纪20年代初期开始从事他所谓的彻底“超现实主义”的绘画创作时,部分得益于布勒东的支持,他重新使用了一种技巧,即油画技巧。因为油画蕴含了传统和精英主义的思想,所以它一直是被达达主义者所禁止的。

照片蒙太奇与绘画相比

将达达原则加以稀释之后的感觉可以通过将达达主义的另一项技巧——照片蒙太奇和超现实主义绘画相比较而得到强化。照片蒙太奇是柏林达达出类拔萃的视觉革新成果。柏林的两个派别,豪斯曼—赫希派和格罗兹—赫茨菲尔德—哈特菲尔德派都声称是自己首先“发现”了这一创新思想,但是我们在此无须拘泥于这场争论。不过重要的是,我们要辨别柏林达达团体的照片蒙太奇和上一节讨论过的恩斯特的照片拼贴之间的区别。恩斯特很少安排明显的社会参照物。他的作品暗示了思维或是思想体系的非理性的冲突。为了达到这个目的,他忽视素材的物质特性而是将他的拼贴组合好后重新拍照,从而使这些照片产生了天衣无缝的效果。相较之下,柏林的照片蒙太奇则是高度政治化的,裁剪和重新组合报纸和杂志上的形象本身就暗含了切割社会现实结构的用意。柏林的照片蒙太奇把建构这些形象的物理过程展示了出来——意象的碎片特性以及它们在照片比例上的不协调等等都会在最后的成品中展现出来。我们在汉娜·赫希于1919年创作的《资产阶级婚侣——争吵》中可以看到一些幽默的意象内容。该图戏仿了一场资产阶级婚礼，其中一对身穿运动服的貌似婴儿的夫妇在一堆最新潮的家用电器中私下里忍受着创伤。整幅画让人感觉这些还是从印刷品上剪下来的碎片。

我们转过来再看超现实主义绘画。很明显，作为一种“亲笔而为”的技巧，换句话说，艺术家的画笔所产生的每一个印记都表达了他或她的“触觉”，我们很难说这种绘画可以像柏林的照片蒙太奇那样意味着社会互动或交换。尽管豪斯曼有一次在柏林谈及他的同辈艺术家时将他们称为“照片集中人”，认为他们就像建筑工人一样把自己的图画拼装在一起，但相形之下，超现实主义的绘画还是充满了个人的幻想和艺术家的天赋，从本质上而言，它缺少达达的政治敏锐。

图18　汉娜·赫希，《资产阶级婚侣——争吵》，照片蒙太奇，1919年。

超现实主义绘画在内部受到了一定的质疑。1925年布勒东称其为“令人遗憾的权宜之计”,而艺术家需要说服自己才能运用它。所以几乎是从一开始它就出现了分化。一方面是不加过滤直接描绘梦境的绘画模式,在这种模式中,非理性的可供替代的现实通过假学院派式的精确被描述了出来。这一倾向源于乔治·德·基里科，同时也受到法国19世纪象征主义画家奥迪隆·雷东和古斯塔夫·莫罗等人的影响。为了方便起见,它往往被授予“梦之绘画”的称号,尽管在后面即将出现的恩斯特和达利的例子里,我们会发现他们在创作中更多使用的还是弗洛伊德的病例史而不是个人的梦境。

另一方面,还存在着“自动”绘画,它们以即性的具有画家特征的标记或斑点为特色,以便暗示形状,安德烈·马松等艺术家对之进行了实践。此前我们曾提及与马松相关的“自动绘画”。从布勒东的理论来看,这一技巧可被称作更为真实的“超现实主义”。

与马松一样,胡安·米罗是这个“自动”派别的一个关键人物。1920年至1921年间,他从故乡加泰罗尼亚移居巴黎之后,率先在一些作品如《猎人》(图19,1923—1924年)中形成了一种非常奇异的图画文字语言。在画的左上端,标题中出现的“猎人”被描绘成一个棍状人，他大得离谱的耳朵和一颗看起来正在“着火”的心显示了他的机警。画布的底部是他的猎物——一只特别的“沙丁鱼兼兔子”。随后米罗的所有作品都会以这种反复无常的诗意转变为特色。从一幅画到另一幅画,视觉符号经历着持续不断的质变。他在20世纪20年代中期所使用的自动性——有时是在设计作品时，有时是在类似《世界之诞生》(1925年）那样的重要作品中将其视为最终结果的一部分

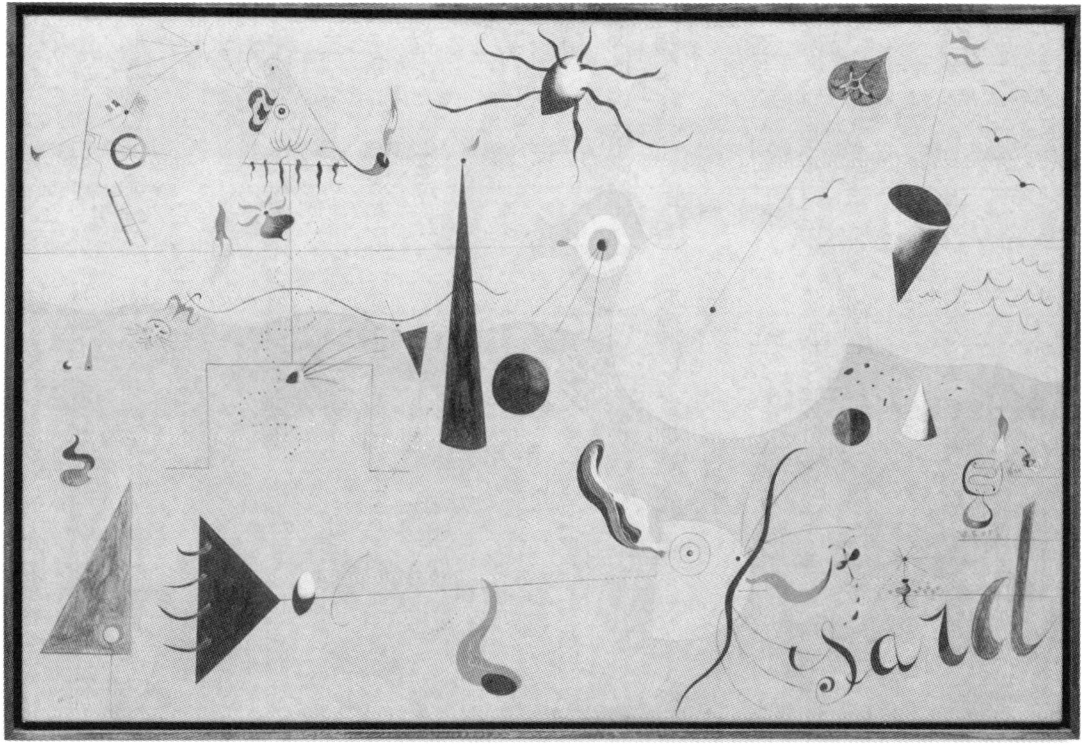

图19　胡安·米罗,《猎人》,布面油画,1924年,纽约现代艺术博物馆。

时——完美地契合了他流动的创作方法。

正如前面已暗示的,绘画在超现实主义理论家那里度过了一段艰难时光。就在《第一次宣言》发表之后,作家马克斯·莫里斯写了一篇散文《着魔的凝视》,对“梦之绘画”表示怀疑。在他看来,这些作品既不能表达现实世界也不能展示梦的本性。而我们下面将看到的电影则具备了从事此项工作的能力,电影生产过程中的“第二次修订”为无意识设置了障碍。1926年4月,时任超现实主义杂志《超现实主义革命》编辑的皮埃尔·纳维尔更为戏剧性地宣称: “每个人都清楚根本没有什么超现实主义绘画。” 甚至就连具有画家特征的自动性也受到了质疑, 因为一些美学习惯,如构图平衡感,都会阻碍彻底的自发性。

布勒东挺身而出为绘画辩护。他在20世纪20年代后期写了一系列的文章和目录介绍, 诗意地拥护法国画家伊夫·唐居伊等人,他尤其崇拜他们的作品中用奇异的生物形态表现出来的梦境。但是布勒东从来没有彻底为超现实主义绘画进行理论上的辩护,他最后将收集了这些文章的文集明确冠名为《超现实主义和绘画》。布勒东肯定了德·基里科或毕加索等超现实主义先驱的重要性,尤其有很长一段时间,布勒东一直试图讨好毕加索但未能如愿。超现实主义在性和暴力的幻想中流露出的放荡不羁无疑也使毕加索焕发了精神,促使他创作了20世纪二三十年代的作品。但是布勒东在支持米罗和马松等人时摇摆不定。与超现实主义中不断增多的马克思主义观点一致,布勒东一贯坚持的批评论点是, 画家太容易屈从于职业所产生的诱惑,而且太急于从商业利益中获取好处。超现实主义相对而言的后来者,比利时画家勒内·马格里特采用了较为学术的技巧,有可能导致折中,但是马格里特在最佳作品中用来展示幻象或哲学谜语的彻底写实主义又很明显地给这些作品增加了毫不妥协的敏锐(图20)。另一方面,萨尔瓦多·达利于1929年从家乡加泰罗尼亚戏剧性地进入巴黎团体,他的技能将会证实布勒东所有的恐惧。

达利的早期超现实主义绘画如1929年创作的《悲伤的游戏》和《了不起的手淫者》都极具创造性。这些绘画中被布勒东称为"极端倒退"的技巧完全适于实现心理病态者的幻想。它们经常从弗洛伊德或是19世纪后期的"性学专家"理查德·冯·克拉夫特-埃宾那里大批大批地精选文学素材。达利在20世纪30年代早期还为巩固视觉超现实主义的理论资源做了不少工作,并创造了他所谓的"偏执的批判方法"。1931年达利在向杂志《为革命服务的超现实主义》投稿时,在稿件里复制了一张明信片,明信片上展示的是一群非洲人坐在草棚前,如果把照片侧转过来,人们就会看到一个幽灵样的头颅(图21)。正如临床偏执狂痴迷于重新解释外部现象一样,达利在他20世纪30年代创作的油画中熟练地创造了双重意象,用他自己的话来说就是创造"言而无信的现实"。然而,最终由于这种技巧倾向于风格主义,同时由于达利不可避免地吸引了富有的赞助人如英国收藏家爱德华·詹姆斯的注意,所以他这方面的独创活动逐渐减少。布勒东曾为他创造了一个著名的相同字母异序词"渴望美元",他终于名副其实了。

绘画最终成为了超现实主义的阿喀琉斯之踵。它存在两个主要缺陷:在自动性形式上它向其美学前提妥协了;在十分学术化的现实主义层面上,它追求资产阶级的品味。可以说,法国艺术家皮埃尔·罗伊或是比利时的保罗·德尔沃慢条斯理的超现实方案其实并不比学院派强到哪里。

摄影

如果说绘画未能与超现实主义的抱负相吻合，那就值得让

图20 勒内·马格里特，《强奸》，布面油画，1934年。

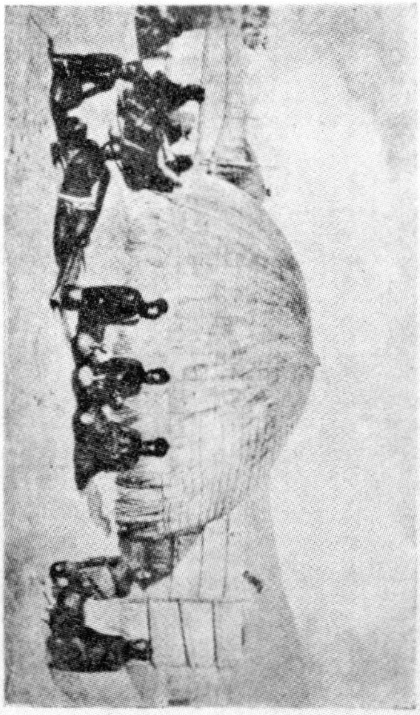

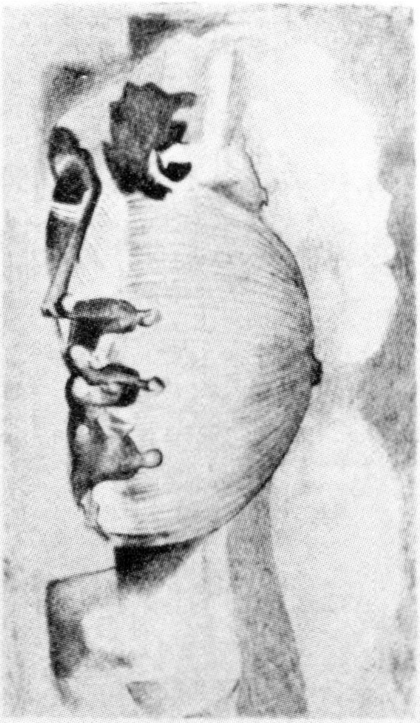

COMMUNICATION : Visage paranoïaque.

A la suite d'une étude, au cours de laquelle m'avait obsédé une longue réflexion sur les visages de Picasso et particulièrement ceux de l'époque noire, je cherche une adresse dans un tas de papiers et suis soudain frappé par la reproduction d'un visage que je crois de Picasso, visage absolument inconnu.

Tout à coup, ce visage s'efface et je me rends compte de l'illusion (?) L'analyse de l'image paranoïaque en question me vaut de retrouver, par une interprétation symbolique, toutes les idées qui avaient précédé la vision du visage.

André Breton avait interprété ce visage comme étant celui de Sade, ce qui correspondait à une toute particulière préoccupation de Breton quant à Sade.

Dans les cheveux du visage en question Breton voyait une perruque poudrée, alors que moi je voyais un fragment de toile non peinte, comme il est fréquent dans le style picassien.

Salvador DALI

图21　萨尔瓦多·达利，《偏执狂的脸》，选自《为革命服务的超现实主义》的版面，第三期(1931年12月)。

"纯照片"(与照片蒙太奇相对)来试试它的运气。在这本书中,我打算像超现实主义者所做的那样,用摄影来记录他们的观点以便突出其作为一种艺术形式应有的地位,但是这样做很容易被人断言,摄影构成了超现实主义的卓越媒介。摄影是一种机械媒介意味着它是一个"谦虚的记录装置",这个词组使人回想起布勒东对超现实主义诗人所作的描述。这个装置的特别之处在于它能自动转录根植于现实的超现实。回忆一下在《第二次超现实主义宣言》中布勒东的理想是现实和超现实融合,这一点是很重要的。达利则正好相反,用他自己的话来说,他试图"让混乱变得系统化"。

摄影本质上是超现实主义的。正如苏珊·桑塔格所说的那样:"超现实主义位于摄影事业的核心:它在一个副本世界的创造物之中,是第二层次的现实,虽然较为狭窄,但是比自然观察到的景象更令人吃惊。"一台照相机常常是完全偶然地捕捉到一些离奇的细节,从而使我们从熟悉的事物上感受到陌生。超现实主义者自己当然会充分利用这一点。例如,布勒东曾让摄影师J.-A.博依法德为他的小说《娜嘉》提供一些看起来平淡无奇的巴黎场景的照片。但正如前文所述,在这本记录爱情故事的小说里,情人间的感情,更不用说娜嘉最初的癫狂,在日常生活中提炼出了机会启示。

超现实主义无疑在舞台"艺术"摄影中占有一定的份额,其中出类拔萃的是前纽约达达主义者曼·雷矫揉造作的工作室机制。和恩斯特一样,雷在超现实主义的形成阶段也曾被吸引到巴黎。雷将他那令人敬畏的工作室技巧用于创造诱人的、经典造型的、带有浓厚恋物色彩的女性身体上(图26)。照片的处理技巧也被广为实践。在冲印"雷氏相片"的过程中,雷再一次发挥了重要作用。在这些相片的冲印过程中,物体被放在暗房的胶片上,然后一起曝光,这样就在底片上留下了鬼一样的影子。此外还有“太阳辐射化”,即在显影过程中简短而又快速地打开暗房的灯源,这样就围绕摄影图形留下了一圈光环。

这种摄影处理技巧还延伸到其他工序之中,如对底片的双重曝光以及将底片叠加或结合从而产生那种内部撕裂且“双重”的图像。由曼·雷或法国摄影师莫里斯·塔巴尔推行的这些工序在美国艺术史学家罗瑟琳·克劳斯看来特别适合超现实主义。它们似乎想暗示,这个表面上看来被摄影的机械特性所记录的现实在本质上并不稳定:仅仅是一些移动符号的集合,像一个文本。这种观点可能会再次提醒我们注意到达达和超现实主义美学观的诗学基础。然而,尽管克劳斯提出了论据,正如前文已暗示的那样,也许只有当摄影很少矫揉造作、附庸风雅时它才是真正的超现实的。如果说超现实主义绘画同达达主义的拼贴和照片蒙太奇相比多少显得有一些墨守陈规,那么摄影则显然是一个“自动性”的超现实主义媒介。虽然超现实主义绘画的遗产相对令人失望,至少在它成长的欧洲国家产生了大批效仿者而非继承者,但是20世纪中叶摄影界的一些重要人物,如亨利·卡蒂埃–布雷松、布拉塞、比尔·布兰特和安德烈·柯特兹都曾受到超现实主义决定性的影响。

现成品与物品相比

在超现实主义内部,与摄影相比绘画也许会倍受煎熬,但它至少幸存了下来。相比之下,传统意义上的雕塑在达达和超现实主义中都并不起眼,而且一种新的三维产品,即物品还篡夺了它的位置。这一历史性的开端始于杜尚和他的“现成品”。

其中最臭名昭著的当属他于1917年在纽约创作的《泉》，这件作品已被讨论过，但是这并不是杜尚第一次将未生产出的现成的物品（因而是"现成品"）挪用到自己的创作之中。杜尚于1913年移居美国之前在巴黎所作的《自行车轮》才算得上是"现成品"的开山之作。它其实由两个相连的部分组成：自行车的前叉和车轮以及一个木制的凳子。自行车的前叉和车轮被倒过来嵌进凳子里，从而塑造了一个立于"基座"上的可以转动的"雕塑"。

很显然，从以上描述中我们可以发现，尽管具有讽刺意味，但《自行车轮》却挪用了传统的雕塑术语。这个物品隐讳地戏仿了传统的雕塑，因而质疑了底座和雕塑品的等级分裂。凳子和车轮一样都是可用的物品，因此这件作品的各个组成部分就变得平等了。杜尚使物品从艺术的等级划分中脱离了出来，与此同时还嘲讽地对它们进行了再次审美。尽管毕加索已经在其1912年创作的《带藤条的椅子静物画》中使用了油布和绳子，但用实物取代被雕塑的外形无疑体现了对传统的大规模挑战。与柏林达达主义者在照片蒙太奇中所作的尝试一样，现成品也试图将艺术从为人熟知的材料中清除出去，使其与工业化大生产的世界相契合。

也许《自行车轮》所提出的最重要挑战还是作者身份。正如杜尚在其后创作的一系列现成品一样，《自行车轮》对艺术的本质提出了根本的疑问。杜尚曾经说过，如果从词源学的角度来说，艺术意味着"制造"，那么他已将自己从这一束缚中彻底拯救出来了。

直到1917年《泉》（图3）的照片发表以后杜尚才将现成品变为一种观念上的挑衅。在这之前，物品都是作为私人的"哲学玩具"而被挑选的。对《自行车轮》来说，现成品已经不一定仅仅是物品了。到了20世纪20年代早期，也许是为了记录处于萌芽阶段的巴黎达达团体的文学思虑，杜尚精心制作了富有诗意的“辅助现成品”，如《新寡妇》（1920年）：一对价廉质次的法式窗户，上面发光的黑色小皮革方块取代了窗格上的玻璃。在这儿，标题和物品之间的互动至关重要，它使我们再次想起了达达和超现实主义美学的言语基础。如果大声读出标题，它中间的两个单词都抑制了字母“n”，引发了包括施虐受虐在内的一系列自由放纵的联想。当时身在纽约的曼·雷与杜尚志同道合，分享了他朋友的黑色幽默。在他1921年创作的《礼物》中，一排大头针气势汹汹地从一个扁平熨斗的底部戳了出来。达达通过类似的装配为自己在巴黎的超现实主义者中赢得了一个传奇地位。

1924年，超现实主义领袖布勒东写了一篇重要文章《论现实的贫乏演讲入门》，在其中讨论了自己在梦境中遇到的一本神秘的书。

> 这本书的背面由一个木制的小矮人构成，他长及脚面的白胡须被夹成了亚述人的风格。这尊雕像有着普通的厚度，但是它并没有阻止我翻开用厚重的黑布装帧的书页。

他坚定地认为这些物体应该流通开来以“质疑‘理性’的生物或事情”。他的这种看法在超现实主义内部成为制作“象征性功能的物品”的先兆。然而，这一阶段将不得不等到1931年才会出现。

直接的催化剂是瑞士艺术家阿尔贝托·贾科梅蒂所做的雕塑。1922年在巴黎定居的贾科梅蒂是超现实主义轨道中一位传统的雕塑家。他在1930年至1931年间创作的《无题》(《悬挂的球》)是一个谜一样的构造，其中一个石膏制成的圆球被悬挂在笼状的构造物里，球面刚好掠过下面一个石膏制的月牙状物体的锋利边缘。当作品的照片被刊登在杂志《为革命服务的超现实主义》上时，它在超现实主义团体中产生了巨大的影响。特别是布勒东，他赞扬它营造出了一种欲求无法得到满足的气氛。

在其后的物品制造大潮中，产生了一些很是引人注目的超现实主义视觉艺术作品。达利用一套带有恋物色彩的精巧装置超越了自我。他是这样描述的：

> 一只女鞋，其内放上一杯牛奶，放在一团细丝状、粪便颜色的糊状物之中。还要投入一块糖，糖上要画出一个鞋样，观察这块糖和鞋样最终如何在牛奶中化开。

过了一段时间以后，这一群雕塑家又创造了不那么复杂的物品。《皮毛早餐》表现的是一套用皮毛镶边的茶杯和茶碟，由出生于瑞士的女艺术家梅雷·奥本海姆完成——她也是在这一阶段的超现实主义发展过程中扮演重要角色的少数几位女艺术家之一。这一作品可能是这一批作品中最知名的，同时也是1936年在查尔斯·拉顿的巴黎画廊举办的重要的超现实主义物品展览中最引人注目的一个。但《皮毛早餐》过于让人熟知了。奥本海姆的另一幅重要作品是《我的保姆》。这幅作品也臭名昭著地使用了鞋这一富有恋物色彩的物品。推测一下奥本海姆和达利对鞋的不同使用方式是非常有趣的，但条件是，尽管奥本海姆的组合似乎表达了正好相反的意思，心理学家还是普遍不愿承认这种女性恋物癖的存在。奥本海姆曾经发现鞋子可以唤起“大腿被快乐地挤压着”的想法,很久以后她发现那种想法源自童年时期自己的保姆身上散发出的“耽于肉欲的气氛”。也许她在此是在反讽与女性恋物癖有关的所有问题。女性恋物癖如果真的存在,那也是基于男性恋物癖的心理机能,后者一般被认为是以异性恋为基础的。达利的物品无疑是支持这一观点的。当然奥本海姆的注释不止一处地流露出一丝女同性恋的幻想。我们很容易从一双被捆绑在一起的鞋子——两只绑在一起就像是一只摆放在大浅盘里的火鸡——那样的形象中察觉艺术家所表露出的以捆绑寻求快感的性虐待幻想。

如果我们重新回到达达和超现实主义之间的对比,我们可以进一步比较奥本海姆的《我的保姆》和杜尚的《泉》(图3)那样的现成品。很明显,奥本海姆的超现实主义物品公开坚持它的心理内容,而达达的现成品则静静地等待着我们的解释。实际上《泉》曾被解释为一种双性形态,底座的曲线和洞眼其实是“女性”在另一种“男性”容器中的曲折变化。如果这个现成品可以讽刺性地被视为是可用的,如果它没有暂时被命名为“艺术”,那么超现实主义物品也可以把自己毫无用处的东西变成某种具有潜在价值的事物。20世纪二三十年代,超现实主义转向浪漫潮流,乔治·巴塔耶是超现实主义的主要评论家,他在嘲讽美学的无能为力时宣称:“我向任何一位像恋物癖者爱好一只鞋子那样热爱油画的艺术爱好者提出挑战。”这样看来,《我的保姆》可被看作是恰好满足了恋物情感的需要而非艺术的需求。

这种比较明确了达达主义美学观和超现实主义美学观的分歧。现成品的目的在于瓦解艺术与非艺术之间的区别,它含蓄地承认艺术可以用自己的方式来质疑。相反,超现实主义的

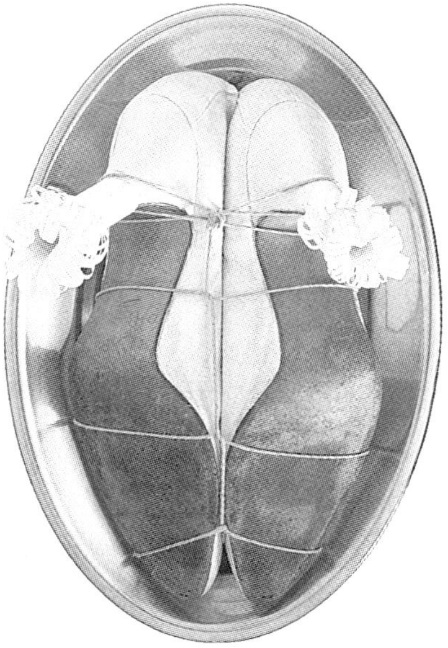

图 22 梅雷·奥本海姆,《我的保姆》,金属盘、鞋、线和纸,1936 年。

物品无论产生多么大的变化,还是遵从了艺术惯例,实现了一种新的经验性的功能。

没有什么可以比布勒东在《疯狂的爱》(1937年)中所叙述的一个著名事例更能有力地阐明超现实主义物品所起到的催化作用。布勒东谈到了阿尔贝托·贾科梅蒂在创作此后被称作《看不见的物体》的雕塑的头部时所面临的一次明显的心理障碍。有一次他和布勒东去巴黎的跳蚤市场进行熟悉的超现实主义搜罗,结果他们被一个奇特的金属半面具莫名奇妙地吸引住了,后来他们认出这个半面具原本是一个击剑面具。贾科梅蒂后来意识到这个面具的形状为他完成头部雕塑提供了一种解决方案。这里布勒东并没有认为超现实主义的物品更接近杜尚的现成品——"随手拾来的物品",这个"随手拾来的物品"神秘地与“客观机会”的要求相吻合。他的观点是，贾科梅蒂的无意识欲望有效地诱使他找到了这个物品。布勒东用一种类比的方法发现了浪漫的爱的功效。但在某种意义上，超现实主义物品的任务就是呈现这样一种毫无必要的探求并且直接对我们的欲望发话。至少在理论上它可以使我们完全超出审美范畴。

电影

当达达主义者试图质疑或重新界定艺术时，他们反讽地创造了新的艺术形式（如现成品）。超现实主义者则很少关注类似的艺术媒介，而是相信诗意的内容使形式问题变得无关紧要。他们用一种别具特色的“先锋”方式，试图将艺术融入生活。关于先锋派的定义我们在第一章一开始就已经讨论过了。

要强调这一区别的一种方法是转而去看最终这些运动是如何利用电影的。作为一种传播媒介，电影直到1895年至1896年间才出现。当卢米埃尔兄弟展示他们的发明时，在他们所使用过的所有媒介中电影无疑是最“现代”的。苏黎世的汉斯·里希特和维金·埃格林或巴黎的勒内·克莱尔和曼·雷制作的达达电影，或者达利和布努艾尔的超现实主义电影都是20世纪前几十年间巨大的电影实验浪潮的一部分。这些实验电影曾经极度依赖先锋艺术运动所取得的成就。

准确地说达达主义电影的特点是，它刻意强调电影的物质本性并且思考该如何强迫电影观众理解这一事实。出生于德国的里希特和出生于瑞典的埃格林当时在苏黎世的达达团体中属于相对的后来者而且是较为次要的角色。他们在1919年至1921年间通力合作，率先探索了抽象电影。1925年去世的埃格林生前费尽心血地创作出《斜线交响乐》这部主要作品，其中的抽象形式唤起了音乐模式和乐谱。里希特的作品同样也对音乐作出了回应，但是在视觉方面更具开创性。例如在他的《节奏23》（1923年）中，一连串长方形融合在一起又被分开，在这一过程中这些图形不断扩展或退缩。

由于达达内部总体上存在的分歧，以苏黎世为大本营的电影人的抽象倾向和在巴黎制作的更加注重表现反资产阶级内容的达达电影形成对比。苏黎世的电影人也正是由于这方面的原因而最终同国际建构主义走到了一起。也许这些电影中最有意义的一部是勒内·克莱尔1924年运用叙事传统制作的《幕间曲》，但是按照当时好莱坞无声电影的叙述方式，这部电影的故事情节是很不“连贯”的。克莱尔电影的叙事总是不断地被令人吃惊的斜移镜头、叠加的图像和忽快忽慢的拍摄速度所扰乱。通过引人注目的镜头并置而在观众中造成强烈的情感效果或智力挑战的蒙太奇技巧也被运用在这些影片中，但是克莱尔没有死板参照谢尔盖·爱森斯坦等苏联电影理论家的流行做法，他对摄影形式的关注一直受制于他的合作者弗朗西斯·皮卡比亚。此时巴黎达达已经气数殆尽，而布勒东正忙于发起超现实主义。作为前达达主义者的弗朗西斯·皮卡比亚为这部电影所作的贡献就是在克莱尔那些实验片段中插入了几个滑稽场面，使人回想起达达全盛时期的粗野无礼。比如在一个冗长的半抽象片段中，一个正在飞旋的芭蕾舞演员蓬起的裙子被切换成一些包含建筑物的几何线条，该片段结束时的一个镜头揭示，这名舞者原来是个长胡子的男人。

此前一年，曼·雷也在巴黎制作了一段时长五分钟的达达影片。他的《回归理性》在形式上比克莱尔和皮卡比亚的《幕间曲》要节制得多，但混乱状态丝毫不减。艺术家将大头针、图钉等物散布在胶片上，然后用“雷氏相片”技巧对胶片进行曝光处理。这些条状胶片相互一一对应，其中妇女的残像和旋转木马等物体看起来好像一直在缓慢地旋转。

以上提到的所有达达电影都拒绝让观众直接通过想象来理解作品的含义。1927年至1930年间，由巴黎的两对艺术家合作完成的一小组超现实主义电影以一种截然不同的逻辑作为创作基础。其中一对是法国戏剧家和诗人安托南·阿尔托和电影制作人谢尔曼·杜拉克，另一对是西班牙艺术家萨尔瓦多·达利和电影制作人路易斯·布努艾尔。在这些电影中，叙事元素和对演员情感的强调都积极地要求观众在心理上参与进来，尽管观众经常被混乱或吓人的画面或快速闪动的蒙太奇剪辑搞得心烦意乱。就布努艾尔来说，他采用这种蒙太奇剪辑时既受到巴斯特·基顿也受到先锋派先行者的影响。1927年阿尔托和杜拉克合作完成的电影《海贝和牧师》从严格意义上说是第一部超现实主义电影。它是一次弗洛伊德式的研究，讲述了一老一少两个男人因一个神秘女人而产生的恋母式的对抗。但是这部电影中温柔的“诗意”格调在达利和布努艾尔联合展示的视觉技巧下变得黯然失色。

达利和布努艾尔拍摄的第一部影片是长达17分钟的《一条安达鲁狗》，该片在1929年3月的一个星期内拍摄完成，恰好就在达利加入超现实主义之前。它那臭名昭著的片头显示一个男人（布努艾尔本人）正在窗边打磨一把剃刀，让它变得锋利。当他注意到一丝云彩掠过月亮时，就用手中的剃刀割开了正被动地坐在他身旁的一个女人的眼睛（实际上是一只牛眼睛）（图23）。

人们已经从多种角度对这一著名片头作出了阐释。眼睛变瞎可以被认为是对观众视野的隐喻性攻击，而且也可以被进一步看作是对类似影片的剪辑所暗示的电影传统的一次攻击。但是琳达·威廉斯等电影历史学家运用弗洛伊德的术语，把这一形象解释为阉割焦虑的一种象征性错置。布努艾尔自己也曾说过阐释这部电影的唯一途径是心理分析的方法。威廉斯利用电影中其他几个片段，令人信服地解释说男主人公的阉割焦虑是被支离破碎的身体所唤醒的。在其中的一个场景中，通过一系列让人吃惊和不知所措的特写，我们的视线随着画面从一只被门夹住的手转到一位妇女身上。那只手掌上红斑样的伤口里不断涌出蚂蚁，而那个从下往上看的妇女正用一只棍子猛戳一只已被切断的手。

如果说《一条安达鲁狗》中梦幻般的形象需要通过心理分析来剖析的话，达利和布努艾尔于1930年创作的第二部电影《黄金时代》则更直截了当地涉及了现实世界，尽管它的画面同样恐怖骇人。这部电影用坚定的超现实主义着重关注了社会对欲望的压抑，特别是天主教教义对欲望的压抑。电影的高潮部分由一篇冗长的插卡字幕组成，宣告和萨德侯爵一起参与创作了《鸡奸的120天》的浪荡公子们马上要从赛理尼城堡出来了。当城堡大门打开时，我们看到第一个出来的鸡奸者是耶稣基督。

如果说达达主义的电影通常出于颠覆的意图而希望观众只关注电影本身，那么超现实主义电影则力图使观众忘记电影这一传播媒介的存在以便"改造意识"。从电影史的角度来看，达达电影遗留下来的是一种先锋派传统或"地下"传统。这一传统最终被斯坦·布拉克哈格和安迪·沃霍尔运用在20世纪五六十年代的实验电影中并发扬光大。而另一方面，超现实主义则

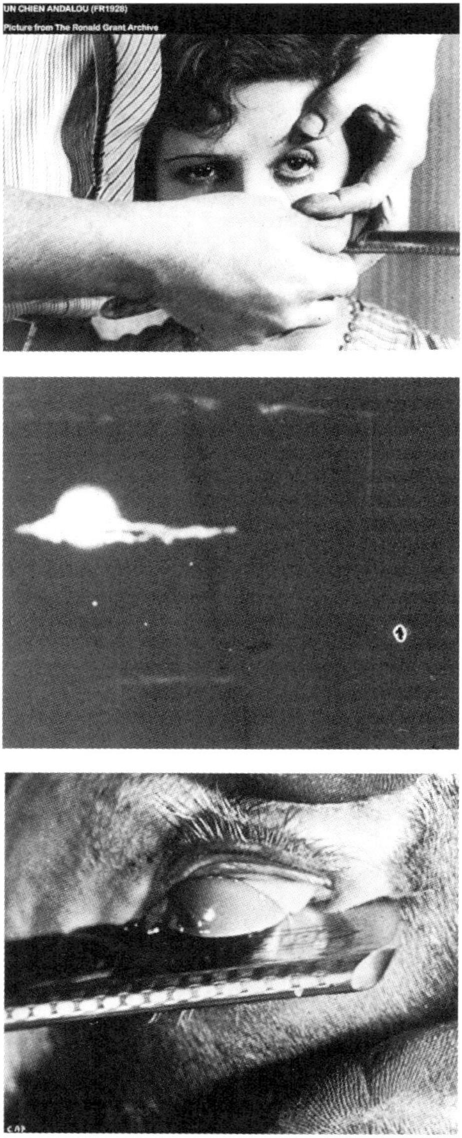

图 23 路易斯·布努艾尔和萨尔瓦多·达利,《一条安达鲁狗》里的镜头,电影,1929 年。

将对主流电影产生更重要的影响。在这些主流电影中，观众将富于想象力的放松视为电影的首要特征。布努艾尔此后在其电影生涯中非常多产，制作了包括1962年的《灭绝天使》和1972年的《资产阶级谨小慎微的魅力》在内的多部重要电影。许多重要的国际电影人继续将超现实主义的媒介可能性延伸至今日。其中最具代表性的是捷克斯洛伐克动画电影艺术家杨·史云梅耶和美国人大卫·林奇。大卫·林奇于2001年制作的电影《穆赫兰道》表明奢华的好莱坞制片观是如何有力地增强了超现实主义效果的。这些都是自觉的"超现实主义"践行者，但是总体而言，主流电影由于希望获得更为炫目的影像并置，也轻而易举地吸纳了超现实主义技巧。

达达和超现实主义电影的历史命运为这两场运动提出了更加宽泛的美学观点。在超现实主义中存在着一种趋势，倾向于让电影媒介在"透明"状态下发挥作用。换句话说，超现实主义电影并不因其改变灵魂的目的而一再干扰观众的审美期待。比起总是破坏和否定观众感观享受的达达主义电影，超现实主义电影更容易为大众文化所接受。也正是由于这方面的原因，我们至今依然可以在图形设计和广告设计中发现许多超现实主义的影响。这样的例子数不胜数，但其中最为出色的是20世纪70年代乐富门香烟所做的一系列带有超现实色彩的幽默广告。评论家弗雷德里克·詹明信曾说过，超现实主义对于欲望的崇拜（视觉技术助长了这种欲望的发展，使它获得了表达自己的形式）已被市场体系利用去迎合资本主义消费主义思想的"虚假满意"。在某种意义上，这使我们又回到了前言中所提到的问题，即我们没有能力与超现实主义审美观产生真正的距离。我们很容易宣称，这两个坚定的左翼艺术运动都无法抵御资本主义对它们的同化,但这么说将会在我们真正思考达达和超现实主义更为广泛的政治和文化抱负之前就把事情排除在外了。正如我们将看到的,这些是对资本主义价值观充满敌意的。它们也是我们欣赏其艺术作品的最佳途径。

第四章

“我是谁？”心灵、精神、身体

“伙计：人怎么可能希望命令无穷无尽、无形无状、变来变去的混乱呢?”特里斯坦·查拉在1918年的达达宣言里这样问道。相比之下，布勒东在他的超现实主义小说《娜嘉》的开始部分提出了一个更富希望但本质上仍令人困惑的问题：“我是谁？”对身份的质疑、对意识本性的质疑，或是对灵肉关系的质疑构成了达达主义和超现实主义的基础，同时也是这二者产生分歧的基础。接下来我将考察一下这些问题是如何与他们的写作和艺术相互联系的，又是如何重点关注相关的理论家和艺术家之间发生的更为有趣的争论的。如果说这两种运动都赞成非理性要比理性重要，那么它们到底是怎样设想非理性的呢？如果说它们追求的是非理性主义，那么这种非理性主义又是怎样触犯了传统的人文主义价值观?这种反人文主义计划又在多大程度上是可取的？达达和超现实主义都反对传统宗教，主要是因为许多追随者接受的是沉闷的说教式教育，但是，它们怎能削弱西方思想中普遍存在的灵肉二元论呢?

正如我们将看到的那样，它们选择利用各种通常与神秘主义或是炼金术思想相联系的哲学体系和信仰模式。它们反对犹太教和基督教对肉体的质疑，受到放纵肉体和性欲观点的吸引。这些观点都不可避免地背上了意识形态的包袱，在下文的讨论中这将作为一个问题出现。

非理性主义：赞同和反对弗洛伊德

特里斯坦·查拉在1918年的达达宣言中宣称："逻辑总是错的。它将概念和字词肤浅地引向虚假的结论和中心。"查拉深信任何全局性的思想体系本质上都是偏颇的，他像大多数达达主义者一样宁愿选择彻底的相对主义立场：

> 如果我叫喊：
> 理想、理想、理想，
> 知识、知识、知识，
> 嘣嘣嘣、嘣嘣嘣、嘣嘣嘣
> 我已经较为准确地记录了进步、法律、道德……最终，可以说每个人都按照自己的嘣嘣嘣的节奏来跳舞了……

这种相对主义部分受到了德国哲学家尼采思想的影响，尼采几乎影响了所有重要的达达理论家。他认为人性受到了非理性和自负冲动的控制，他的这种感觉成为达达理论家常见的参照标准。同样对他们施加影响的还有法国哲学家亨利·柏格森的思想。他在《创造性进化论》（1907年）一类的书中强调，直觉在理解现实本性时是至高无上的。达达主义者所普遍热衷的另一个人是法国诗人兰波，他在其1871年的诗作《看得见的字母》中大肆鼓吹"一种长久的、系统性的所有感官的失常"，其目的是将现代诗人塑造成一个"先知"。

除了这些名誉上的领袖之外，理清德国和法国达达主义在非理性学说的起源方面存在的区别对于我们来说也是很有帮助的。尼采和柏格森的思想体系提供了一种总体上的心理学方向。但是20世纪初叶的弗洛伊德精神分析法坚定地断言，人类动机的基础是非理性的。它强调人类心理内在的分裂特性，发现了性欲在人类发展过程中的重要影响。德国达达团体的成员肯定在早先就读过弗洛伊德的作品(《梦的解析》最初于1900年在德国出版)，但是正如上文已经提及的那样，他们大都对弗洛伊德精神分析法的“资产阶级”基调持怀疑态度，感觉他的治疗目的是使人适应个人在社会中的位置。身在科隆的马克斯·恩斯特是对这一想法持不同意见的一个主要人物，但柏林的达达主义者却更加同情奥图·葛罗斯那样的左倾的“反弗洛伊德的弗洛伊德式”作家。正如理查德·谢泼德所指出的那样，葛罗斯对于被高估的理性主义及人性中非理性部分的危险压抑的心理批评更能被面对日常街头暴力的柏林人所接受。这也有助于人们在德国左翼内部关系破裂时集中力量去反对左翼表现主义作家如路德维希·鲁宾纳等人支持的日渐衰微的精神讨论。出于同样的道理，弗洛伊德的同事阿尔弗雷德·阿德勒的理论对于那些坚持认为“人性中毁灭性的冲动和肯定性的冲动并存”的柏林达达主义者来说更为适合。阿尔弗雷德·阿德勒认为，人类受到尼采“权力意志”的刺激，并认为让人揣摩不透的现代问题的本质是对男性主义的过高估计。

相比之下，巴黎的气氛对于正统的弗洛伊德精神分析法来说更为有利。我已经谈到过巴黎达达主义者对弗洛伊德精神分析法的接受，证实了布勒东已经将弗洛伊德的理论引入他的医学培训(路易·阿拉贡其实也以同样的方式开始)，并且确认了弗洛伊德在《第一次超现实主义宣言》中象征性的主导地位。

同尼采相比，弗洛伊德对布勒东的吸引力要更大一些，尤其是因为，随着20世纪20年代的发展，尼采所强调的个性化的“权力意志”已经与布勒东对马克思主义的日渐执著格格不入了。但是我们不应过分强调弗洛伊德在早期超现实主义中的重要性。布勒东主要是通过法国心理学家埃马纽埃尔·雷吉斯和安杰洛·赫斯纳德的说明性文摘来了解弗洛伊德的，而且他更为精通法国神经学家约瑟夫·巴宾斯基等人的理论。弗洛伊德的著作是逐渐被翻译成法语的，例如《日常生活中的精神病理学》是1922年最早一批在法国出版的作品中的一本。一个醒目的事件是同一年恩斯特加盟超现实主义，这一事件成为深入了解弗洛伊德病例研究细节的催化剂。恩斯特早在1911年间就读波恩大学时，阅读了弗洛伊德的理论，当时心理学是他的学位课程。1922年至1923年期间，作为一名超现实主义者，他即将运用这一知识创作好几幅重要的绘画作品。其中，《圣母怜子/夜之革命》(图4)通过可以相互替代的标题，将超现实主义的革命主题附加到了弗洛伊德理论对梦境的强调之上。

但是为什么要用“圣母怜子”这个典故呢？在传统的基督教圣像学中，“圣母怜子”描绘的是童贞女马利亚怀抱死去的基督。在这里我们看到的却是一幅同传统截然相反的“圣母怜子”，画中一位父亲而非母亲怀抱着自己的儿子。从多种迹象来看，尤其是他的胡子，我们可以认出这位“父亲”其实就是恩斯特的父亲菲利普。菲利普是一位特别虔诚的天主教教士，同时也是一位业余画家。当恩斯特还是孩子时，菲利普有一次就曾经把他的儿子画成婴儿耶稣。由此我们也可以认为画中他怀抱的那个人其实代表了马克斯·恩斯特/基督。与“圣母怜子”相反，菲利普的形象因此也会亵渎神明地唤起人们对上帝的联想。儿子已被吓呆了,因为他的手和脸被涂成灰色,这个暗示实则说明这位父亲已经将他的儿子变成了石头。

所有这一切都强烈地暗示着恩斯特采用了弗洛伊德的"梦之作品"中的一些基本构造,尤其是展示了"错置"和"浓缩"的过程。在这个过程中,梦者受压抑的欲望和焦虑被编织在梦的"展示内容"之中。通过这种方法他为自己撰写了一部奇异的心理传记,把传记元素和基督教圣像学艰难地拼凑在一起。他的总体参照点似乎是弗洛伊德有关童年性行为和俄狄浦斯情结的论述,而它们却是以男童的无意识幻想为基础的:他与自己的父亲争夺母亲的爱,结果受到粗暴的(阉割)严惩。这幅画的"潜在内容"因此就变成父亲因儿子触犯了乱伦禁忌而对其加以惩罚。当然,恩斯特并非重建自己的梦而是在创造一种自我分析。

但是让我们留神,不要仓促地就对恩斯特的画作出有限的阐释。我们很容易把这幅《圣母怜子》看成是在表达对父亲怀有一种原始同性恋依附的"倒置的俄狄浦斯情结"。在恩斯特同一时期创作的其他作品如《对这个男人我们应一无所知》中,他则将一些只有内行才懂的参照点如炼金术同心理分析相对应。尽管艺术史学家试图认为弗洛伊德的"不可思议的"主题遍布超现实主义之中,但恩斯特之类的艺术家对弗洛伊德精神分析法的态度也许比这些热心的阐释纲要所暗示的更富有讽刺意味。恩斯特对弗洛伊德精神分析法的理解肯定为其他超现实主义者提供了先例,但是也许除了达利之外,他们很少循规蹈矩地看待弗洛伊德精神分析法。比如,1930年这位心理学家的著作《玩笑及其与无意识的关系》被翻译成法文,这也许同当时超现实主义者对黑色幽默的迷恋相一致。但1928年路易·阿拉贡就已经公开嘲讽弗洛伊德在法国走俏一事，在《论风格》中他声称19世纪的感伤主义小说《保罗和弗吉尼亚》“如今可以被视为令人惊奇的新作，只要弗吉尼亚能对香蕉稍作评论，保罗又不时茫然地拔出一颗臼齿。”相应地，弗洛伊德也对超现实主义报有怀疑的态度。1937年布勒东邀请弗洛伊德为一部记述梦境的文集供稿却被弗洛伊德回绝了，因为后者认为记录下没有与病人建立关系的梦境是毫无意义的。超现实主义者对诗意的兴趣使其远离了对实际心理分析的关注。

另一个更为宽泛的问题是在超现实主义者中无意识所占的总体地位。总的来说，它是怎么定义人性的？无意识的观念假设人被一个内在的“他者”所控制。在某种程度上，超现实主义者将这种迷宫似的并且存在潜在冲突的内在自我浪漫化了。他们从严格意义上的浪漫主义传统之中发展出了一种对于疯狂的崇拜。布勒东热衷于收藏精神病艺术家如约瑟夫·克雷潘和赫克托耳·伊波利特等人的作品，1922年恩斯特将汉斯·普林斯宏的《精神病人的艺术技巧》作为礼物送给了他的朋友保罗·艾吕雅，这一出名举动再一次刺激了视觉超现实主义。1930年，布勒东和艾吕雅在合作撰写的《着魔》一书中企图模拟精神错乱的状态。但是关注精神错乱时，超现实主义者对它的处理又是相当糟糕。娜嘉是布勒东第一部小说的灵感来源，当她受制于精神错乱之后，却没有得到多少有效的帮助，而精神错乱的早期“诗意”征兆曾深深地吸引过布勒东。同样，布勒东也曾经被安托南·阿尔托的事弄得心力交瘁。身为煽动诗人以及随后的“残酷戏剧”的理论家，安托南·阿尔托在1925年曾经短暂掌管过短命的“超现实主义研究局”，但最终由于他同布勒东对革命概念的理解分歧太大，两人闹翻。对于布勒东来说，革命本质上是精神层面的态度，但对阿尔托而言，革命需要发自肺腑地屈从于非理性。当阿尔托最终真的疯了的时候，布勒东没有给予他多少帮助。

如果说上述事例证明了超现实主义者在真正陷入无意识的危险境地时言行不一，那么他们与无意识的理论联系则意味着他们有意对资产阶级传统（特别是性欲方面的传统）进行剖析。接下来我们所关心的是，他们在这么做的过程中究竟在多大程度上可以克服自己的资产阶级构想。但是我们有可能不得不认同达达主义者的观点，他们声称对一种社会类型的适应最终构成了布勒东理解无意识的基础。作为日常存在不充足的辩证对应物而出现的满足欲望的节点，无意识对布勒东而言是获得一种性质不同、形态改变的生活经历的途径。同时布勒东又感到日常生活应该按照一种马克思主义的模式来加以改造。在许多达达主义者看来，布勒东认为有意识和无意识之间存在一种新的辩证契约，这一信念是以一种可疑的人文主义为基础的。相比之下，达达主义者则提倡反人文主义的观点。

反人文主义

柏林和纽约达达的一个中心主题就是“人即机器”。由于感到人类已不可更改地将自己的命运扔进了机械化，这两个城市的达达主义艺术家逐渐形成了一种非常精细的肖像画法——“机械生成论”，即人和机器的混合体。1920年5月，乔治·格罗兹在柏林创作了《多姆1920年5月嫁给了书呆子机器人“乔治”。约翰·哈特菲尔德对此很高兴》（图13）来影射他自己新近的婚姻。在画中他将新婚妻子多姆（戏仿她的绰号姆德）画在左边，而他自己则像一个机器人一样站在右边。在维兰德·赫茨菲尔德看来，格罗兹的画抨击了资产阶级体制中的婚姻状况。维兰德·赫茨菲尔德认为，婚姻“永不停息地把男人变成了它的组成部分，成为一个庞大的车轮和传动装置中的一个小齿轮，因此当妇女在一定程度上获得自由时，男人却‘陷入了其他严肃、迂腐且工于心计的任务之中’”。这一论断也许掺入了些许厌恶女性的色彩，但它却揭示了这一观点：达达主义者认为机械化已是四处蔓延。有趣的是，婚姻图像学在达达中十分盛行。1919年，另一位柏林达达主义艺术家汉娜·赫希创作了一幅关于这一主题的女性场景，描绘了一对被束缚在现代精巧机械之中的夫妇（图18）。此时身在纽约的马塞尔·杜尚正辛勤工作，试图通过《甚至，新娘也被她的男人剥得精光》这幅画为“人与机器”作一陈述。正如前文所说的那样，在玻璃上的这幅复杂作品中，漂浮在上方的一位“新娘”与身下那群地面之上的“单身汉”形成对照。新娘和她的配偶们都被描画成机器。正如赫茨菲尔德对格罗兹的画作出的解释一样，新娘保留一定的自主权，而单身汉们却被视为自淫的躯壳。

此处无论有多少关于婚姻的不同态度，但有一点是清晰无误的，那就是浪漫的爱情，特别是在杜尚的作品中，它已经沦为机械式的操作了。人类的身体被假定为是同灵魂或思维没有任何自然联系的机器。在某些方面，我们甚至可以看见潜伏在这些思想后面的法国哲学家笛卡尔的影子。构成现代科学方法基本哲学前提的笛卡尔的二元论声称，思维作为一种思考的物质是脱离身体而存在的，就像拉美特利等人所认为的那样，身体纯粹是一种机械装置。尽管达达主义者带有极度的嘲讽，但我们可以认为他们是支持笛卡尔的观点的。例如杜尚的纽约达达主义的盟友弗朗西斯·皮卡比亚就针对“性欲”创作了一些极端冷嘲热讽的作品，他在1915年创作的《裸体状态的年轻美国女郎肖像》（图11）中就将女性的性能力和一只运转的火花塞相提并论。

皮卡比亚在这一时期创作的大部分作品基本上都表现了反人文主义对精神性和深层内在情感的怀疑。在某种程度上柏林达达主义者分享了他的观点。比如劳乌尔·豪斯曼就宣称："达达绝对缺少那些所谓的精神的东西，在一个机械化运行的世界里为什么要有精神呢？"但重要的是，我们应当认识到，表现主义者关于现代人的灵魂同机械之间的冲突的言谈成为了豪斯曼批评的笑柄。实际上，柏林的达达主义者对机械所持有的态度总的来说比起纽约的达达主义者要积极得多。他们认为一种机械式的审美观可以成为削弱个人主义、宣扬集体性的一种方式。他们借助富有活力的唯物主义，设法避开了人文主义的陈词滥调，但是也许除了格罗兹之外，他们根本不赞同纽约达达主义者（无论有多么讽刺）所认同的灵肉二元论。如我们后来所见的那样，苏黎世和柏林的德语达达主义者更多倾向于一种带有神秘色彩的一元论哲学观，其中肉体和精神的双重性被整合为矛盾的统一体。在这一方面，若不是布勒东的观点充满了唯心主义色彩，他们本来是赞同布勒东的超现实主义观点的。但是"唯心主义"在这里究竟意味着什么？让我们再回到超现实主义。

1929年布勒东在《第二次超现实主义宣言》中曾出名地宣称："所有的事情都企图使我们相信在我们的思维中的确存在某一点，从这一点出发我们将发现生和死、现实和想象、过去和将来……都不再被视作是矛盾的了。"这段引文可以部分地帮助我们在超验主义的基础上理解"超现实主义"中"超"的含义所在。但最有趣的是，它表明了布勒东对黑格尔辩证法的完全信奉。布勒东在1912年左右开始接触这位19世纪早期德国哲学家的思想，后来他承认自己在很大程度上是通过直觉理解了黑格尔的思想。从根本上说，布勒东是利用黑格尔使自己早年对无意识探索的强调同1926年以后他自己以及整个超现实主义对共产主义的信仰协调起来。黑格尔思想的唯心主义倾向对布勒东来说是至关重要的。在黑格尔深奥抽象的哲学思想中，思维或是精神通过一系列不断发展的辩证统一体来认识自身。对于布勒东来说，超现实主义的意象也经过类似的运作，通过矛盾之间的冲突而产生一个新的“更高”的统一体。

布勒东在论及精神和物质的辩证关系时，提倡精神的自我实现，因此更像是一个唯心主义者。但是这是否也表明，许多达达主义者反对的其实是一种隐蔽的自由人文主义呢？这一问题的答案并非来自达达主义者，而是来自布勒东最敏锐、最理智的对手乔治·巴塔耶。

正如上文所述，巴塔耶从来都不是超现实主义的一分子，但却是它的对话者和鞭策者。当布勒东在1929年将这一组织的不同成员——特别是米歇尔·莱里斯、安德烈·马松和罗贝尔·德斯诺斯等人驱逐出去之后，他们中的好几个人随即转投巴塔耶，成为他创办的杂志《文献》的拥趸。在很多方面，于1929年至1930年间发行的《文献》与超现实主义杂志相类似，都有一个“科学”光环，但是《文献》上刊登的准理论性文章更加关注人类文化学和考古学等方面的问题，中和了爵士乐以及流行文化其他方面的议题。尤为重要的是，考虑到与我们目前讨论的议题的相关性，我们发现连篇累牍的文章，特别是巴塔耶的文章抨击了布勒东思想中的唯心主义假设。有时这些评论并不直接而是多以讽喻的方式出现。在那篇被多次引用的散文《大脚趾》中，布勒东将大脚趾说成是人的体格特征之一，是它使得人类得以同类人猿区分开来。同样也是它使得人类可以直立起来，将心思集中在更高处的事情上。但巴塔耶却辩称，人们认为“陷在烂泥里”的大脚趾是一个基本的而且可被忽视的东西，他坚称只有恋物癖者才会重视脚。因此，巴塔耶追求一种价值的彻底转变。这种颠倒在其他写作中将号召人们起来庆祝人性中基础的或排泄的方面，以此来反对唯心主义的逃避。

尽管布勒东在《第一次超现实主义宣言》中宣称废黜传统道义，但是巴塔耶依然认为布勒东的超现实主义设想受到了“品位”和美感的束缚。在1930年第二期《文献》上发表的《本性的背离》一文中，巴塔耶详述了人类对于自然畸形如连体双胎的迷恋。这篇文章其实可以视作是对人文主义者提倡的两性体象征的间接批评。男性和女性合一之类的事在魔法寓言中经常出现。正如我们即将看到的，布勒东式的超现实主义者对此尤为着迷。但巴塔耶还是间接将两性体视作再次影射了唯物主义和唯心主义的合一。巴塔耶总是念念不忘自然发生的事情，认为两个人的连结所产生的不是理想的结果，而是怪胎。我们发现关于怪胎的玩笑贯穿《文献》的始终，这些玩笑用直截了当的物质性来反对唯心论。例如，乔治·林布发表了一篇关于面具的文章，坚称唯一能与大洋洲部落面具所拥有的仪式影响力相媲美的西方对等物是类似煤气罩那样的物件。在为这篇文章所配的插图中，《文献》刊登了一系列由J.-A.博依法德拍摄的著名的狂欢节面具照片。大概是为了让人们联想到欢快，其中一幅照片上的人乍看起来好像已经把眼睛烧穿了。

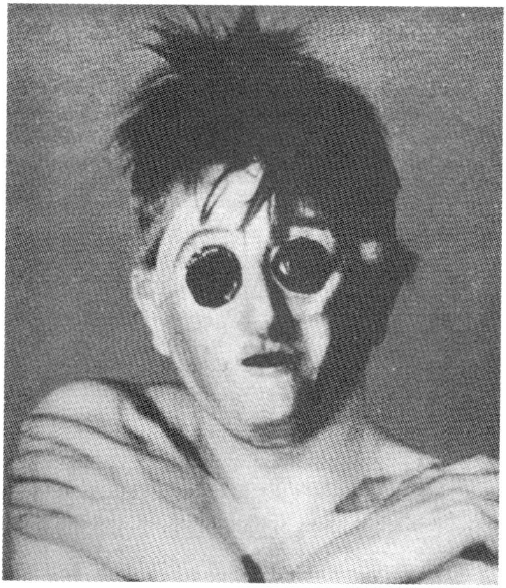

图24 J.-A.博依法德，《狂欢节面具》，刊登在《文献》第二期上的照片（巴黎，1930年）。

1929年，布勒东和巴塔耶之间爆发了一场直接冲突，其时布勒东授意当时的超现实主义新兵萨尔瓦多·达利拒绝让巴塔耶在《文献》上翻印他当年的重要画作《悲伤的游戏》，画的旁边还附上了巴塔耶为《文献》撰写的注释。巴塔耶很满意这幅画的示意图，但是在他的注释里，他却总是专注于达利的绘画中所传达出的对手淫和阉割的焦虑感，就达利自己公开宣称过的对交媾中断、粪便学和腐烂的着迷程度，揭示出达利是典型的巴塔耶式的艺术家。布勒东似乎对达利作品中真正"痉挛"的方面视而不见，但同一时期他在反对安托南·阿尔托不纯的超现实主义本性时却并不迟缓。虽然巴塔耶理所当然地声称达利归属于自己的团体，但达利在那段时间还是留在了布勒东阵营里。

其他艺术家则基本明确地选择了背离布勒东，其中一位是安德烈·马松，他更倾向于尼采思想和暴力意象，例如在他1933年的画作《大屠杀》中，男人正在对女性进行大屠杀。这些对布勒东而言就太过分了。

巴塔耶对布勒东的反人文主义批判看起来好像同达达对超现实主义“教皇”的批评一致，但巴塔耶同达达的立场却并不相同。与他早年冲动的20世纪20年代相比，巴塔耶在以后的岁月中显得更加接近超现实主义。这主要是因为他公开支持超现实主义的总体见解，认为现代人的困境部分源自缺乏神话或“神圣的”东西，以应对人性中黑暗的、无法无天的冲动。随着1939年战争的到来，当达达和超现实主义由于介于两次世界大战之间而被人们回顾时，对于它们的智识继承者而言，解构人文主义的“人”就变得尤为迫切。巴塔耶的思想被米歇尔·福柯之类的法国后结构主义思想家所继承。但是巴塔耶本人的反人文主义也未能给出解决的办法。这甚至促使他在20世纪30年代的某一阶段开始接近法西斯主义。达达和超现实主义企图绕开人文主义价值观和灵肉二元论的另一途径是借助于神秘思想或炼金术。

神秘思想和炼金术

“在上帝创造世界之前，**达达**盘旋于水面之上，当上帝说：让这儿有光！哈，这儿并没有光，只有**达达**。”柏林达达小组成员的这一联合声明反映了他们对于传统宗教的诙谐态度。我们已经讨论过超现实主义者恶毒的反天主教的例子了。像达达主义者一样，超现实主义者最痛恨的还是犹太教和基督教的灵肉二元论。正如我们所看到的，尽管杜尚和皮卡比亚用二元论的语言来讽刺现代人的科技至上论，达达主义者还是格外支持前苏格拉底或非西方的哲学原理。在这些哲学理论中，精神与物质是均衡发展的。这是对现代心灵更大规模的批评的一部分。

达达主义者利用的资料来源多样，各不相同。苏黎世的雨果·巴尔特别钟情希腊前苏格拉底思想家赫拉克利特所强调的世上万物都在永恒的流动之中，而汉斯·阿尔普却更喜欢17世纪的德国作家雅各布·伯麦所代表的基督教神秘主义以及中国的道家哲学家如老子。我们知道汉斯·阿尔普在1917年苏黎世的一次达达晚会上曾经朗读了伯麦的一段文章，意味深长地选择了一些强调“在不断的演变中保持平衡的重要性”的段落。在中国的影响方面，汉斯· 阿尔普有可能将古老的先秦道家关于变化的理论（如《易经》）加以变形来创作他自己的拼贴，在这幅作品中，长方形的纸片“按照机会定律”被排列（图15）。《易经》对道家思想有过重要影响，旨在预测在自然界，甚或人类社会中发挥作用的变化模式以及由此衍生出来的在人类世界中发挥作用的变化模式。当对话人考虑这种模式时，他通过投掷一些蓍草棒（现在可能是用硬币了）来让自己服从机会的摆布。这些掷出的蓍草棒会形成一系列抽象的“六边形图案”，然后他将这些图案同《易经》中晦涩难懂的某一句卦辞相对应。虽然很明显阿尔普不是在占卜，但是他在投下那些长方形纸片时，也同样是让自己服从于自然的规律而非人类的法则。

身在柏林的劳乌尔·豪斯曼在1918年前后好像也在读老子的书，此外他还对德国达尔文主义生物学家恩斯特·海克尔的理论颇感兴趣。恩斯特·海克尔察觉到一个单一的原则，即“物质定律”，并用它来统一物质与精神。所有这一切都证明了历史学家理查德·谢泼德的信念，即达达主义者的非理性主义和反艺术的偶像主义就其根本而言都来自深层次的哲学需求。达达中的一派（主要是苏黎世，当然也包括豪斯曼等非共产主义的柏林艺术家）旨在发现混乱无序的自然模式与它的内在模式之间的交互作用。另一派以纽约的杜尚、巴黎的皮卡比亚和柏林的乔治·格罗兹、瓦尔特·塞纳为代表，在本质上更多关涉存在，而且更倾向于虚无主义。这当然与大多数人的看法相一致：与巴黎和纽约的达达相比，苏黎世的达达从本质上而言更具“建设性”。

当我们转向超现实主义时，我们很少发现阿尔普或是豪斯曼所热衷的自然神秘主义，尤其是因为表现主义虽然在很大程度上引导了他们的兴趣，却对法国运动的影响很小。超现实主义的反二元论更多源自中世纪及后中世纪的西方炼金术传统。炼金术几乎是这场运动中所有主要作家和理论家的兴趣所在。其中混杂着占星术和四大元素，时常出现在视觉超现实主义之中。从根本上来说，炼金术关注的是物质转变，因此我们在马松等人的作品中感受到了多重意象。在他的作品《鸟的诞生》（图16）中，鸟从一个女性阴户中飞出的意象同炼金器皿的花纹中出现的上下翻飞的象征性的鸟儿之间存在着直接的联系。器皿是物质实现转变的地方，而整幅画就采用了隐喻形象来表现出生这一主题。马松可能在不经意间比其他超现实主义者更接近阿尔普的自然神秘主义，并且马松还深受赫拉克利特的影响。但是在米罗的作品（图19）中，我们同样也可以发现对丰富的、有神秘样式的宇宙的影射。这和13世纪的基督教神秘主义者拉蒙·鲁尔的哲学观相一致，他和米罗一样都来自加泰罗尼亚地区。

重要的是，我们要强调对超现实主义而言，炼金术使人联想起的是中世纪后期某一特定的世界观,而不是常见的想象中的许多神秘之事。一般来说,超现实主义者对超自然的事情,特别是19世纪红极一时的一些学说(如唯心论)兴趣不大。布勒东竭力指出,超现实主义者在"朦胧运动"期间所经历的恍惚与同死者的交流无关。超现实主义的最佳评论家瓦尔特·本雅明强调,超现实主义者感兴趣的是从物质存在而非宗教、"来世"或麻醉药中获取"渎神的启示",并且我们必须记住,超现实主义者的兴趣经常同马克思主义的思想一致。

尽管如此,我们知道布勒东早年曾经十分迷恋19世纪法国作家埃利法斯·莱维的魔术思想,尽管莱维本人是一位唯物主义者,并一直致力于物质和精神的调合。这使我们又回到了超现实主义对炼金术的理解上来。一方面,这一派受到十足古怪且古老神秘的雕版画的吸引,这些雕版画寓言般地揭示了炼金术物理变化过程中被注入的精神元素。马克斯·恩斯特于20世纪20年代后期至30年代早期为"拼贴小说"创作的那些插图就从上述先驱中受益匪浅。另一方面,超现实主义者赞同心理分析学家卡尔·荣格在其1944年的著作《心理学与炼金术》中对炼金术所作的精妙解释。荣格在书中争辩说,虽然基督教强调从原罪中获得救赎,但这却暗示了对肉体的怀疑,神秘主义者却将炼金术寓言用作评论基督教的一种方式,强调精神和物质的调和可以通过男性本质和女性本质在两性体中的结合来实现。所有这一切都清晰地与超现实主义者对天主教教义的全面否定相吻合,而且我们可以毫不吃惊地看到,两性体的形象在超现实主义的艺术和写作中随处可见。但我们也应记得在上一部分谈到过的乔治·巴塔耶的文章,在那篇文章里巴塔耶认为对立面的合一将导致畸形而非调和。这是超现实主义玄奥思想的另一面。

如果说炼金术唤起了一种新的哲学世界观，那么一群重要的超现实主义艺术家就此开始颠覆后启蒙时代的知识分类。在这方面，超现实主义者对16和17世纪“奇珍异宝室”的传统特别感兴趣。这些陈列柜采用类比或异想天开的关联原则先于物种或种属原则的方法，为人造或自然的物品提供了另一种排序或归类模式，这些模式与最终将取代它们的博物馆中的分类模式是截然不同的。超现实主义者在各种各样的情景下，闹着玩似的谈到了可供替代的分类系统。他们倾向于这样来安排自己的艺术藏品，使得达利或德·基里科的绘画经常同一些富于异域色彩的自然物品和“原始”的人造物并列展出。出于同样的原因，达利在1936年创作了《超现实主义物件》，作品由一托盘的物体组合而成，包括一只鞋、几张有图案的馅饼皮，以及上面画有一对夫妇在做爱的小件装饰品，达利根据个人的恋物癖费尽心机地将这些事物组合在一起。后期加入超现实主义的一位经验相当丰富的美国人约瑟夫·康奈尔将其职业生涯全部用来创作那些打开的盒子。通常这些大小不超过18英寸×12英寸的盒子里放着陶制水管、药剂师的罐子和星表之类的东西，唤起了人们对一个微型世界的幻想。

杨·史云梅耶的一个惊人形象可以帮助我们更进一步地了解超现实主义在这一方面的作为。我们在上一章提及的这位捷克斯洛伐克漫画家和电影人实践了一种复杂的后期超现实主义形式。20世纪70年代早期，史云梅耶创作了一大批铜版画——《自然科学》。在动物的插图部分，动物及其骨骼强行结合在一起，变成一些令人反感的混杂物。杨·史云梅耶在这里有意向马克斯·恩斯特表示了敬意，恩斯特曾出版了一整套擦印画《自然历史》。但史云梅耶让恩斯特的遗产焕发了新的活力。史云梅耶还为他那怪异的分类系统作了一些令人吃惊的模拟科学的注解。例如在《含阳式的俄狄浦斯》(图25)中,我们被告知有一种巨大、畸形的澳大利亚动物,雌兽产卵,雄性的幼兽用自己的阳物破壳而出。雌兽接着同它们刚生出的幼兽口交,吞下幼兽的精液从而产下更多的卵,然后它们合上下巴,将幼兽阉割,以确保成年兽群实际上都为"雌性"。

这儿所包含的黑色幽默以及对心理分析一贯的调侃,同超现实主义的主流思想是一致的,但史云梅耶之所以不通情理地弄乱自然数据主要还是同他的身份密切相关。身为艺术家,他继承了捷克斯洛伐克的超现实主义传统。布拉格也许曾经是16世纪晚期最大的"奇珍异宝室",也就是鲁道夫二世的"奇珍异宝室"。史云梅耶的作品嘲讽地回顾了这种收藏的神奇之处。这反过来又说明一个可替代的知识系统不可避免地带有地域性而非普遍性。它也间接地对超现实主义是以巴黎为中心的假设作出了评注,这一主题与超现实主义关于殖民主义的论述相互呼应。20世纪三四十年代期间,这一论述被用来缓和超现实主义运动的亲法倾向。

尽管超现实主义者表现出了颠覆传统分类的独创性,但是我们也许可以声称他们还是一直遵循西方的知识传统。与之形成对比的是,达达和超现实主义都有回归"原始"的返祖倾向,这一倾向可被视作是针对西方假设的人性而开展的更为直接的斗争。这使我们再次想起巴塔耶思想中的反人文主义倾向。他的兴趣在于反对西方极难同化的唯心主义思维习惯。但这一讨论我们将留到下一章继续进行。由上文所述我们可以明确的是,达达主义者和超现实主义在一定程度上都运用了神秘主义

图 25　杨·史云梅耶，《自然科学》，版画，1973 年。

和炼金术的思想模式从内部出发反驳西方的二元论。就像超现实主义时常坚称的那样，他们所追寻的是解放。但是巴塔耶肯定会提出反对意见，认为这种解放只惠及精神或心灵。那么该如何看待身体呢？

身体和色情

在《罗马书》第7章第21节至24节中，圣保罗在信件里声称："我觉得有个律，就是我愿意为善的时候，便有恶与我同在……谁能救我脱离这取死的身体呢。"宗教上的这种对身体的贬低使得达达和超现实主义艺术猛烈地"回归到被压抑的事物"。例如1920年3月在巴黎达达发展的早期阶段，弗朗西斯·皮卡比亚在他的杂志《391》上刊登了一幅泼墨画，取名《圣母》。这幅画和阿尔普早期在苏黎世创作的拼贴一样，是表现机会过程的实例。此外，它也很"抽象"，而且这幅达达泼墨画还暗示了渎神的意思。根据天主教的教义，圣母在怀上基督时并没有体验过"性交的快乐"，而是一直保留着童贞之身。皮卡比亚的泼墨画所唤起的并非他物，而是蹂躏处女引发的极度肉感。

这一关于身体体验的禁忌话题的再次出现表明，达达和超现实主义对传统的道德标准持一种唾弃的态度。但所有这一切仅仅只是对父系文化的俄狄浦斯式的抨击，抑或是赋予身体一个新的角色？

我们惊讶地发现，达达很少从感官意义上来看待身体。舞蹈在苏黎世团体的画廊达达表演中发挥着至关重要的作用。匈牙利出生的舞蹈先驱鲁道夫·冯·拉班蔑视经典规则，他通过身体的有机运动在张弛结合的基础上建立了自己的舞蹈风格。他和自己的明星舞伴玛丽·魏格曼设计出无数舞蹈贡献给了达达晚会。正如一位评论家注意到的那样：他尤其精于"优雅的变形"。达达的奠基人之一雨果·巴尔也是新颖的舞蹈形式的热情倡导者，他曾经编写过一首抽象的舞曲《飞鱼和海马之歌》，并于1917年由汉斯·阿尔普的伴侣苏菲·达厄贝在达达画廊进行表演。“这是一首充满闪光、鱼骨和炫目灯光的舞曲……她身体的线条破裂开来，每一个姿势都分解成上百个细致入微、有棱有角、直截了当的动作。”这些革新舞蹈表明，它们意欲让身体摆脱表达习惯的限制，而且就拉班的意识形态而言，它们也同新兴生活方式中的裸体主义和素食主义实验一致。但是从最为严格的意义上讲，这些创新舞蹈的出现并不是由达达的理论推动的。与包括男性达达主义者的“黑人舞蹈”在内的达达表演中其他一些更加尖锐、更为无法无天的方面相比，它们则显得有一点怪异。

除了这些以外，我们发现在乔治·格罗兹等柏林达达主义者的画作（图13）中，身体正遭受城市生活以及战争后果的蹂躏。格罗兹在1917年中期创作的一首诗中反映了他因在军中服役而遭受的精神崩溃。他将自己描绘成“一台压力表都已裂成碎片的机器”。绝大部分的柏林达达主义者都表现了战争引发的无序状态给心理造成的精神创伤，在他们所描绘的人物身体和面部表情上流露出了炮弹休克综合征之类的症状。豪斯曼的语音诗歌甚至被认为是模仿战争中精神官能症患者在恢复语言能力的治疗过程中所发出的结结巴巴的话语。出于同样的原因，杜尚或皮卡比亚笔下的机械化的人则产生了身体的异化。杜尚的《大玻璃》也许要被单独拿出来举例。根据他为作品所写的注释，这些机械化的性参与者正通过汽油和电能活动。杜尚在此设想了一种新型的“生产性”身体机能，尽管这一机能与自然进行了一次挑衅性的对话。

就像达达主义者一样，为了反对战后法国政府重振国家自信的企图，超现实主义者创作了大量伤痕累累的身体，一再提醒人们战争中（男人的）身体所遭受的暴行。拐杖支撑的身体是达利的作品中经常出现的主题，特别是他在1933年至1934年间为洛特雷阿蒙的《马尔多罗之歌》所作的插图中不断出现的主题。《马尔多罗之歌》是超现实主义的一本权威著作，书中的叙述者阉人马尔多罗是对严重受损的男性阳刚特征的嘲讽。超现实主义者在表现女性身体时大都公开赞美，这符合他们的异性恋冲动。尽管超现实主义者笔下的身体经常碎裂成片，但它表现的大多是欢愉或引发欢愉的痛楚而非创伤。布勒东写道："欲望的无所不能依旧被保留下来，从一开始就是超现实主义者唯一的信念。"为了与这场运动中的伪科学潮流取得一致，小组成员们在1928年至1932年间进行了一系列（共12次）"性学研究"活动。在活动中，成员们相当坦率地接受了关于性活动和性偏好的提问。

安德烈·布勒东：瓦伦丁，你是怎么看待手淫和耳交的呢？

阿尔伯特·瓦伦丁：我从来没考虑过那个……

皮埃尔·尤尼克：耳朵是为舌头准备的，而不是为竖起的家伙服务的……

乔治·萨杜尔：那么在鼻子里呢？

保罗·艾吕雅：我不喜欢那样，我讨厌鼻子，一个情结，我反对。

这些活动只有两次被刊登在《超现实主义革命》上，却为这场运动注入了偏好深厚的男性气质及厌恶同性恋的基调。有一次，由于讨论过于偏向接受同性恋，布勒东就威胁说要退出会场。另一次，思想更加开放而且在同性恋问题上尤为如此的路易·阿拉贡大胆宣称，相关讨论成果“部分被过于强势的男性观点所削弱”。

不出所料，男性视角左右着在这场运动中产生的大批包括视觉和言语在内的色情艺术。其中最顽固的例子大概要属巴塔耶的《眼睛的故事》。这部黄色小说以奥契爵士为笔名于1928年首次出版。尽管这不是一部严格意义上的超现实主义小说，但它极度亢奋而又令人不安地迷恋性和暴力，表现之一是男主角和女主角强奸并谋杀了一位教士，这些使得这部小说比起巴塔耶同时期创作的其他作品更接近超现实主义。1957年巴塔耶将色情视为“可使人欲仙欲死”，这依稀同19世纪末叶颓废派对性和死亡的认知有着些许联系，但它主要还是深受萨德侯爵思想的影响。女性超现实主义的作品鲜有如此。20世纪30年代，在超现实主义圈子里获得声名的一小群女性艺术家中，只有梅雷·奥本海姆（图22）和来自捷克斯洛伐克团体的陶妍(玛丽·赛努诺娃) 以及阿根廷/意大利画家莱昂诺尔·菲尼作为女性色情体验的坚定倡导者而显露头角。菲尼尤其对布勒东的家长制作风表示愤慨，她在作品中颠覆了传统的男性色情表现方式，她所描绘的萎靡不振的雌雄同体的男性身体被女神所掌控。1944年，她为萨德某一版本的《朱丽叶》创作插图，用显著的个人风格庆祝一位极富性别特征的“萨德女性”获得独立。

布勒东在《第二次超现实主义宣言》中把萨德侯爵誉为“施虐狂中的超现实主义者”，萨德侯爵是我们理解超现实主义对性的态度的关键人物。这位臭名昭著的18世纪法国贵族和色情作家最早是通过纪尧姆·阿波利奈尔的介绍而引起超现实主义者的注意的，并因其从道德价值的层面赋予男性获得性快感的权利而受到超现实主义者的赞颂。由于他不合常理的性实践，特别是因为鸡奸，萨德的大半生受到了囚禁。尽管直到20世纪30年代中叶人们才开始深入了解萨德的哲学观，但超现实主义诗人和历史学家莫里斯·海涅的考证结果则显示，超现实主义者其时已经阅读了萨德的作品，只要看一看1933年曼·雷的摄影作品《献给D.A.F.德·萨德的丰碑》就可了解这一点。

在这张照片中，曼·雷放置了一个倒转过来的十字架，同臀

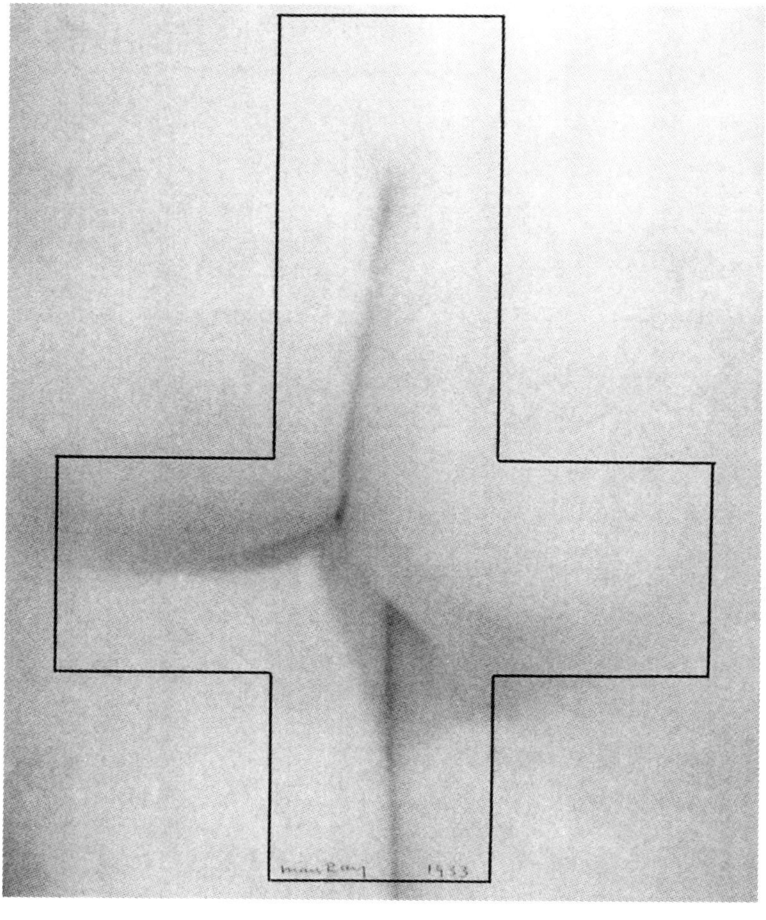

图26 雷·曼，《献给D.A.F.德·萨德的丰碑》，照片，1933年。

部分开的部分相吻合。但很明显,这里的十字架影射了与萨德的鸡奸相关的阴茎交媾。在“性学研究”中,超现实主义者宣称他们提倡(异性恋的)鸡奸,将其视为在满足欲望的无理要求时,象征性地公然藐视传统性观念的行为。特别是按照宗教的理解,性承担着传宗接代的“责任”。与此同时重要的是,当时法国正面临人口出生率下降的困境,所以生育确实被认为是履行了爱国义务。曼·雷的作品含蓄地表达了反生育、反宗教、反民族主义的信念。无论我们就萨德倡导的活动所含有的胁迫及亵渎的本质有多少疑问,重要的是我们必须强调,超现实主义一般视性为一种互惠行为,他们利用萨德来打击教会和国家,与它们作面对面的斗争,目的是维护身体的权力。

同其他人不同,德国艺术家汉斯·贝尔默举例说明了超现实主义者对无拘无束且具有颠覆性的性爱的兴趣。1934年,当由他制作的一批人体模特玩偶的照片被奢侈艺术杂志《人身牛头怪》刊登而广为流传时,他引起了柏林团体的注意。贝尔默的作品主题一直毫不妥协地围绕着青春期或前青春期少女的幻想而展开。1932年,贝尔默在柏林观看雅克·奥芬巴赫的歌剧《曲终梦回》时深受触动,剧中的主角是一个女机器人。贝尔默于1933年和1935年分别制作了两个人体模特玩偶。4.5英寸高的第一个玩偶已不复存在,但大量留存下来的照片显示,贝尔默将一个受到严重虐待的儿童玩偶和一个成人的性玩具进行了混合。这个玩偶的手臂已经遗失,石膏躯干半敞开,一条“正常”的腿是石膏做的,而另一条腿只是一条接在暗榫接头上的木腿。超现实主义者效仿乔治·德·基里科的某些画作,将这些人体模型玩偶变成了让人崇拜之物。不经意间,超现实主义者把对事物的崇拜一直延伸到小机器人,这同达达主义者表现出的对“机械生成论”的迷恋形成有趣关联。但贝尔默的作品更多涉及变幻莫测的通灵。他的第二个玩偶摒弃了任何单一“身份”，由无数相连的球状物组成，其中有的部分被复制了好几次。贝尔默按照一些照相的老套路将这些零散的部分组合起来。令人深感不安的是，其中一张照片展示的是一个莫名其妙的生物，它站在我们面前，以林地为背景，上半身有一对多出来的腿。在背景处一个男性身影闪入树后，躲避着我们的注视。

毫不奇怪，贝尔默的作品引发了过多批评，有些批评认为他的作品表现了对女人无法挽回的憎恨，也有一些批评考虑到这些玩偶的创作时间与纳粹掌权的时间一致，将它们解读为对纳粹意识形态所倡导的身体和性“常态”的间接回应。

但是给人印象最为深刻的无疑是它表现出的对女性身体强烈的迷恋。作品中大量增加了乳房、腿等部分，它们被锁在一种骇人的几何图形中，很显然正如贝尔默所充分意识到的那样，它们来自经典的弗洛伊德观念中的恋物情结。弗洛伊德在早期作品的基础上，于1927年发表了一篇重要文章，辩称男性恋物癖者关注某一物体或是身体的某一部位而非全部。这种关注源于俄狄浦斯情结形成时期的一个特殊“时刻”：男童因见证了其母“被阉割”的表象而在无意识中否认他的母亲缺少阳物。因此恋物就代表了消失了的母亲的阳物，它象征性地缓和了因为目睹女性生殖器而引发的阉割回忆。通过这一恋物对象在其他物品上的激增或错置，这一恋物对象越是被强调，威胁就消退得越快。有趣的是，贝尔默在20世纪40年代创作的许多精致绘画作品中都表现了仰躺的少女，当她的阴道中露出勃起的阴茎时，她神情陶醉。这些作品公开涉及了对母亲的阳物的幻想。当然所有的这一切都表明，贝尔默的艺术虽然带有强烈的个人色彩，但也是能让人深刻理解的。

超现实主义的大部分色情艺术都带有深刻的恋物特征，一个极具代表性的例子是马格里特的《强奸》（图20）中集中体现的残缺的女性躯干、头发和脖颈。如果就像马格里特在标题中暗示的那样，我们从中感觉到了对身体的侵害或灭绝人性的伤害，那么我们接下来肯定要就此提出一些重要的伦理道德问题。如果这一部分以及这一章已经展示了达达和超现实主义是如何利用一种新的身体图像学来抨击二元论思想的话，那么不可否认的是，这一创作过程是从男性的视角出发的。女性评论者合理争辩说，为了满足男性心理性欲上的"解放"而用恋物癖或客体视角来看待女性身体，这种行为常常贬低了女性身体，进一步说也贬低了女性气质，而超现实主义尤其在女性视角方面作为甚少。达达只是因为没有过多关注色情内容，所以受到的直截了当的诘责也相对较少。我们不再过多考虑一般意义上的性征或色情，而是更多地考虑性别角色。换句话说，我们要开始讨论达达主义和超现实主义所表现出来的"政治立场"了。

第五章

政治

“每件事都留待去做，所有的方法肯定值得尝试，只为彻底根除**家庭**、**国家**、**宗教**观点。”

这一激动人心的表白出自安德烈·布勒东的《第二次超现实主义宣言》，它有力地激发了达达主义者和超现实主义者在政治上毫不妥协的天性。但是撇开言语不谈，这些运动激进的政治抱负中有多少现实主义的成分？以下我会不时地依照当下看待达达和超现实主义的视角来找出它们是怎样显露出了意识形态方面的盲点的。本章的前两部分讨论性别与种族问题，也许正是在此处，我们才能最深切地体会到自己与这些运动的历史距离。可是达达主义者常常以某些与我们现在仍然相关的方法探询性别问题，而超现实主义者却极具先见之明地从一开始就对欧洲中心的设想提出质疑。对性别和种族的关注将讨论引至最后一个部分，即关于达达和超现实主义的总体政治交往的讨论。从实际的意识形态和政治组织来看，它们在那段动荡不定的欧洲政治史中所作的贡献有多大？它们真的全力以赴了吗？不论它们曾经代表的是什么，它们最终是否仅仅以“艺术运动”而告终呢？

性别

我已经讨论过超现实主义在表述性欲时采用的是一种无处不在的男性恋物癖观点。但这是否足以说明超现实主义者在大多数情况下对一般女性是持否定态度的？与其达达先驱相比，他们的态度是怎样的呢？

当然，艺术史学家惠特尼·查德威克肯定已经令人信服地证明了女性在超现实主义运动的轨道中易于被理想化为缪斯。因此在男性的想象中，与其说她们被赋予了自主权，倒不如说她们被定型为女巫或童女一类的人。这样的女人通常是艺术家的妻子或女友，例如查德威克行文中布勒东疯狂的缪斯娜嘉或达利的妻子加拉，她们"补充并完成男性的创造"。即使是在超现实主义中以艺术家的身份取得卓越成就的女性也常常不得不这样做以便和某个超现实主义男性艺术家搭上点关系：20世纪30年代中期到40年代初期加入该运动的几位主要的女性艺术家，如梅雷·奥本海姆、莉奥诺拉·卡林顿、莱昂诺尔·菲尼和多萝西·唐宁，都和马克斯·恩斯特有过浪漫关系。至于雅克琳·兰芭，她在20世纪30年代末期曾是布勒东的妻子。在摆脱缪斯身份追寻自己的艺术道路之前，离婚是她必须要做的一件事。

如果说超现实主义本着膜拜欲望的原则，用偶像崇拜来阻碍女性的发展，那么达达却经常为女性创造力提供了部分发展空间。汉斯·阿尔普和苏菲·达厄贝在苏黎世的关系就印证了这一点。阿尔普和达厄贝通力合作，致力于最早期的苏黎世达达的抽象概念，并在1915年至1916年间创作出作品，比伏尔泰酒馆的开张还要早。其中的一些作品是羊毛悬挂物，由阿尔普设计，但却由达厄贝制作而成，她那时在苏黎世艺术学校教授设计课程。阿尔普和达厄贝在美术背景下结合实用艺术或手工艺，展示这些织物，战略性地把包含“女性”装饰内涵的技巧引入先前属于“男性”的领域，因而不仅用一种达达精神挑战了油画所占据的传统主导地位，而且还质疑了以男性为中心的创造性构思。虽然阿尔普常常将这些艺术品归功于他自己，但是这些姿态的战略含义依然丝毫不减。

女性在与其他达达主义艺术家的交往中不断成长。柏林的劳乌尔·豪斯曼和汉娜·赫希的关系给予赫希相当多的创作自由，尽管他们之间吵闹不休的关系源于豪斯曼的双重标准，即他一方面鼓吹自由恋爱，一方面又拒绝放弃自己的婚姻。她的一些照片蒙太奇揭穿了婚姻的真相（图18），另外一些照片探讨了20世纪20年代早期魏玛德国“新女性”的地位，记录了女性形象，她们既参与为广告商的商业利益服务的运动或流行文化，同时也为女性主义的政治需求服务。除此之外，男性达达往往和超现实主义一样崇尚男权。

让我们再回到男性超现实主义者，但在他们对待女性的方式上我们必须谨慎以免做出草率的判断。也许我们可以说，他们不假思索地复制了那个时代对于女性同仁的态度，虽然他们常常在作品中对女性气质持肯定态度。在这方面，我们值得回到精神分析这个主题，也就是歇斯底里，这种病症几乎毫无例外只出现在女病人身上。弗洛伊德的老师沙尔科曾在19世纪70年代末对这种病症进行过一次声名狼藉的研究。他在巴黎索尔伯特莱医院就此病症作了公开讲座，讲座期间病人们热情地陷入了这种病征典型的痴迷状态。尽管弗洛伊德最终推断说歇斯底里是性压抑的征兆，但是超现实主义者却选择轻视这种病症的病理学方面，而在1928年的《超现实主义革命》中将歇斯底里作为一种“表达方式”加以庆祝。令人毫不意外的是，女权主义理论家批评超现实主义者忽视社会边缘化、社会从属化以及由这种据称是“诗意”的状态而引起的痛苦。然而，精神分析历史学家伊丽莎白·卢迪内斯库却将超现实主义者对歇斯底里的崇拜同他们对女罪犯如帕潘姐妹（图10）或维奥莱特·诺奇埃尔的支持联系起来。后者于1934年在法国引起极大关注，她毒死了双亲，在随后的审判中被证明精神严重失常。卢迪内斯库注意到超现实主义者通过赞赏这些女性，公开支持一种危险且具有颠覆性的女性气质，而这种气质是一种特别现代的被解放了的女性意识的初期形式。

事实上，超现实主义者对幽闭恐怖的女性气质的尊崇在政治上契合艺术史学家罗瑟琳·克劳斯的论述，她认为超现实主义艺术中露骨的恋物癖和物化的女性形象甚至都可从原始女权主义者的视角来加以审视。根据克劳斯的观点，恋物癖如果被理解为是对“正常”性欲的“颠覆”，那就间接地暗示了对人工的重视胜过天然。她还提出“女性”这一类别是一种社会建构，远非自然天成。基于此，巴塔耶对混杂的有伤风化的追求，或贝尔默对拼凑性器官的痴迷，都在拒绝将一种根本的“女性特征”理想化以及承认艺术表现从根本而言是不自然的。可是，克劳斯的女权主义反对者立刻争辩说，与人工相连并不必然解放女性；毕竟，时尚广告就是特别建立在人工基础之上的。此外苏珊·鲁宾·苏莱曼提议说，克劳斯对恋物癖的强调就是在恋物癖的范围之内以男性主宰的假想为基础的。根据弗洛伊德的观点，恋物癖是男性无意识中将蕴含“母亲阳物”的物品视为替代物，以此阻隔女性被阉割的可能。阳具的想法因此被放在一边。

紧接这一点的是，超现实主义不可避免地赞成一种男权主义的象征系统。就性别政治而言，让女性支持男性的表述结构将是适得其反的。

女性超现实主义艺术家当然挑战了有关性别的固有观念。这当中的一个重要人物是克劳德·卡恩。卡恩原名露西·舒沃博，出生于法国南特，她用笔名来强化性别的模糊性，而模糊性别特征也常常成为她在20世纪二三十年代期间拍摄自我肖像时探索的主题。这种含糊的性别愚弄了历史学家多年。卡恩甚至没有出现在惠特尼·查德威克撰写的《女性艺术家和超现实主义运动》（1985年）一书的索引中，直到20世纪80年代后期她才被人们重新发现。她的照片显示，她将自己包裹在各种各样的假相之中——从健身者到日本女偶——以至于她的女性气质变成某种明显"被建构出来"的东西。在她的一幅自拍照（图27）中，她以衣着简单的男性形象清晰地暗示了自己的同性恋身份。卡恩觉察到女性在视觉表现中常常是（男性）注视的对象，于是正视我们的注目。与此同时，镜中的她又将另一重注视投射到别处。

近年来，另外一个被重新发现的女艺术家（这次与纽约达达有关）是冯·弗朗塔格-诺布朗霍文男爵夫人。这位男爵夫人是个神秘有趣的怪人，她的确曾与一位德国男爵结婚，但最终身无分文流落纽约，被迫给艺术家做模特以维持生计。她经常头戴煤斗或在脸上贴着盖过邮戳的邮票步行穿过格林威治村。不过除了那件引人注目的作品《上帝》之外，可以说她对达达运动的贡献微不足道。这件创作于1917年的现成品是一根直插在轴锯箱上的自来水管。她似乎也曾是杜尚和曼·雷嘲笑的对象，1921年这两个人构思了一部粗野下流却最终流产的电影，在这

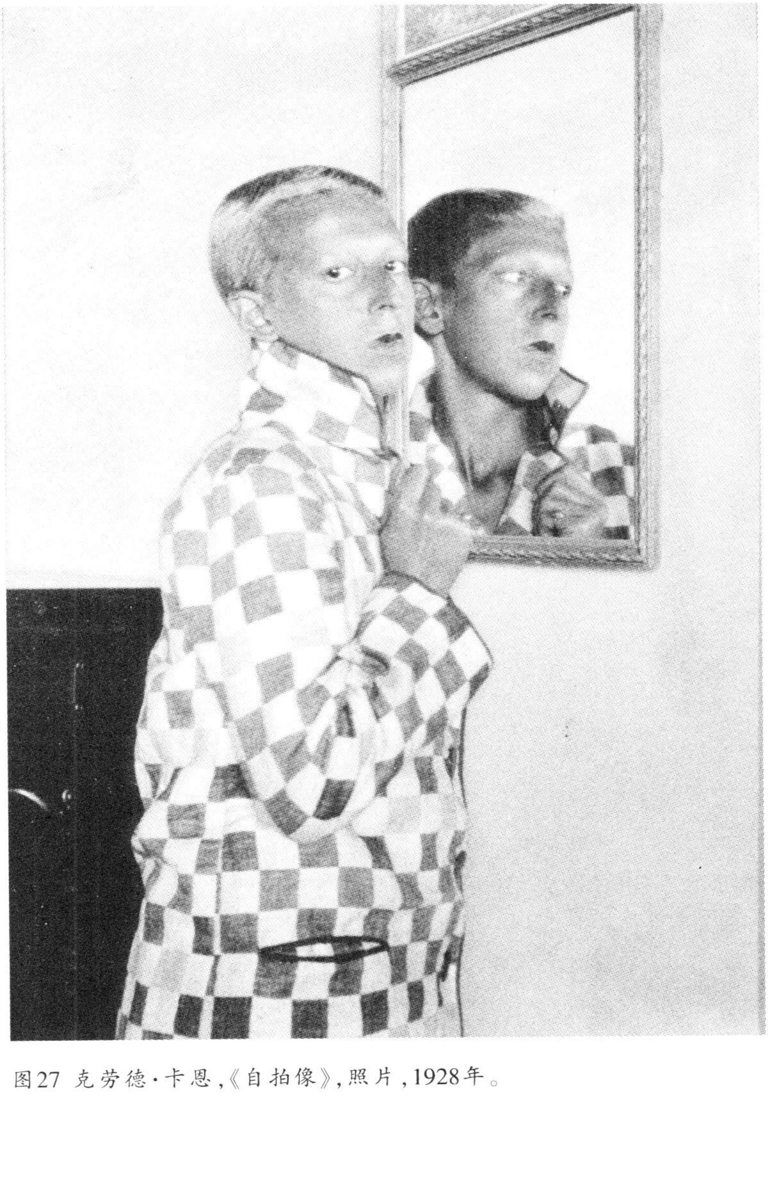

图27 克劳德·卡恩,《自拍像》,照片,1928年。

部电影里她充任主角并被剃掉了阴毛。当时，重要的是要特别警惕过分积极的修正主义。存在着一种曲解人物与历史环境之间的实际关系的危险。重新发现先前曾被忽视的女性一直是达达和超现实主义研究者极其重要的规划，但它有其自身的问题。将男爵夫人这样的艺术家写入达达和超现实主义的叙述而不是将她们视为“特例”而加以隔离似乎是合适的，这在一定程度上也是我在本书中采用的策略。但那个过程是否强化了她们在历史中对男性中心的文化意识形态所做出的屈服呢？

无论如何，历史学家也许没有重视某些达达主义和超现实主义男性艺术家的作品中所表现出的自反性的程度。但是他们对待女性的态度具有时代特征——法国的女性直到二战后才获得选举权——这些男人可能已经认识到自己的男性身份从某种程度上将不再稳固或将受到质疑。

达达和超现实主义艺术都用复杂的方式表现男性气质。性能力及其繁殖结果是它们时常触及的一个主题，尽管令人奇怪的是这个主题在文学作品中很少被提及。例如马克斯·恩斯特于1934年创作过两幅半抽象的超现实主义画作，名为《盲泳者》，标题本身即富有诗意地影射了男性性器官及输精管，同时还唤起了无可掩饰的性欲能量。恩斯特作品中的盲目与转向内在的视觉体验主题相关，这意味着此类主题明目张胆的性暗示产生了某种程度的升华。我们在安德烈·马松的作品《鸟的诞生》（图16）中也能看到类似过程：（男性）艺术家下意识地将繁殖比作形象的产生：外阴分娩，产出在高空翱翔的鸟儿，而这鸟儿在最基本的比喻层面上唤醒了“飞翔的想象力”。如果我们把这种诞生的表述和一位与超现实主义密切相关的女艺术家——墨西哥画家弗里达·卡洛的同主题作品相比较的话，就能看到一些巨大的差异(图28)。卡洛描绘了自己从母亲被寿衣包裹着的身体里出生的情景,画中最异乎寻常的意象由其母的去世和未出生便夭折的孩子所激发。事实上她赋予了自己生命。她的作品间接地否认了男性唤起的生育的激情,断言分娩既会导致身体的不洁也会造成感情的创伤。

不论超现实主义男性艺术家对生殖的看法有多么理想主义(它将会诱使那个名誉扫地的精神分析概念“子宫妒羡”的复苏),但很明显男性思考了自身所具有的生殖能力,同时也带着某种真诚思考了女性的生殖能力。尽管他们膜拜女性,但他们在将性欲概念化时,还是引人注目地显示出了明确的男性视

图28 弗里达·卡洛,《我的出生》,画作,1932年。

角。从那个意义上来说，他们的方法与我们现在“解构”男性气质的兴趣是一致的，而这正是达达最迫切关注的。

纽约的马塞尔·杜尚在作品《大玻璃》中对性别差异现象的研究甚于其他任何人。男子气质，或更确切地说是男子性功能不全，是它的主题之一。在为这幅作品所写的注解中，杜尚令人费解地断言，位于画作下半部分的那些单身汉被困在“苹果酸模具”中，“将永远不能穿越这个面具”。

1921年至1924年间，杜尚自己也男扮女装成另一个自我——萝丝·瑟拉薇，并请曼·雷替她／他拍摄了系列照片。这些照片非常有趣地与我们已经看过的克劳德·卡恩的《自拍像》相对应（图27）。与卡恩的性别转换相比较，杜尚似乎显得有些三心二意。其中一张照片里，萝丝的脸部特征看起来粗野得可疑，好像杜尚自己在承认这种乔装无效。我们回忆一下苏珊·鲁宾·苏莱曼关于达达／超现实主义图像学的父权基础的观点，就可以把这一点解释为象征萝丝秘密地拥有男性生殖器：从精神分析学来说，她是一个“阳物母亲”。这可为这张照片添加一种直截了当的厌恶女性的情绪，但同样我们也可以证明萝丝代表着对20世纪早期在法国和美国出现的被解放了的“男性化的女人”所做的某种讽刺，在某种程度上来说这也是克劳德·卡恩所要表现的，尽管她的自拍像创作于杜尚的作品之后。杜尚似乎在生活和工作中都在玩弄男性分离主义，忠实地维护他的单身汉地位，同时还在《泉》（图3）之类的作品中讽喻针对男性的艺术论述（图3）。这些也许可以被看作是对女性分离主义的时髦回应。杜尚暗示男性艺术家应该重新定义自己的性别，而不是沿着超现实主义线路利用女性去“改变生活”。

种族问题：从“原始主义”到反殖民主义

如果达达对待性别的态度比起超现实主义更加符合我们现在的政治观点，那么在涉及种族问题时就又是另外一回事了。然而，首先有必要考虑“原始主义”这个问题。“原始艺术”在20世纪初叶让艺术家广泛着迷，从毕加索到德国的表现主义艺术家莫不如此。他们形成了对非洲面具的奇特崇拜，提出了激进的简化人类形体的方法（据称毕加索曾说过这些方法都是理性的，这种说法很出名），并且返回最初的“源头”，将其视为现代主义对欧洲文化过于矫揉造作的批评的一部分。

这种看法也渗入到达达之中。让我们再来看看扬科为苏黎世伏尔泰酒馆创作的画作（图2）。画家记录了舞台后方墙上悬挂着的一个巨大面具，舞台上的达达主义者可能戴着用纸板和麻绳捆扎而成的色彩鲜明的面具，这些面具是扬科为他们的表演而制作的。我们从雨果·巴尔的日记中得知，“黑人舞蹈”是达达惯用的表现手段。舞者似乎是从仪式的角度来理解这种舞蹈的，把它与“占有”的现象联结在了一起。巴尔这样写道：“每个面具不但要搭配与之相配的戏装，而且还要求运用一套非常特殊的姿势，耸人听闻甚至接近疯狂。”然而，很少有达达主义者能领会这些面具确切的文化背景，也许特里斯坦·查拉是个例外，他后来写了关于非洲和大洋洲艺术的文章。柏林的汉娜·赫希在1925年至1930年期间创作了一系列拼贴照片《来自人种志学博物馆》，其中她挑衅地将黑人部落面具的照片放在欧洲白人妇女的身体上，以此作为对常规的西方“美”的批判。这些作品暗示了将非洲审美观置于欧洲之上并加以珍视，但这样做也意味着把非洲视为外来的“他者”。

让我们回到超现实主义。毫无疑问,“原始”艺术品是激发马克斯·恩斯特、安德烈·马松、阿尔贝托·贾科梅蒂和维克多·布罗纳灵感的决定性因素。这些物品是美国印第安人、爱斯基摩人和大洋洲人的作品。非洲艺术在超现实主义者中并不那么流行,部分原因是立体主义对于它的运用过于形式主义,而大洋洲艺术在解剖学方面所具备的让人迷失方向的自由以及它们复杂的象征意义特别让现实主义者景仰。1929年,超现实主义者在比利时的超现实主义杂志《变体》上发表了他们重新绘制的世界地图。这幅地图上根本就没有法国和美国,而波利尼西亚、墨西哥和阿拉斯加却变得异常重要。他们在作品中显露出了偏向学术化的折中主义。贾科梅蒂在绘画中吸取了新爱尔兰岛小雕像的形式特点,将它作为1931年的木雕作品《笼木》的创作源泉:一堆杂乱无章、交织纠结的形体被困在一个围起来的脚手架中。从20世纪20年代末期的画作中暗指复活节岛的鸟的形象到20世纪40年代早期图腾雕刻中所参照的美洲印第安克奇纳神玩具娃娃,都可以看出恩斯特对原始文化的掠夺绝对是贪婪的。

随着20世纪20年代向前推进,超现实主义者的借鉴范围随着法国人种志文学的显著扩张而扩大。大多数艺术家都十分精通吕西安·列维-布留尔和马塞尔·莫斯,还有英国人类学家詹姆斯·弗雷泽爵士等人的研究成果。法国对“人种论”的关注与英国对社会人类学的关注相似,这种关注还延伸至“纯文学”及学术专业研究领域。在20世纪二三十年代,法国文化生活对待“原始”的态度发生了巨大转变,其象征是用乱糟糟的异国部落收藏品取代巴黎老左卡德罗博物馆的馆藏,而关注种族独特性和不分等级差别地展出不同文化物品的做法则被看作是支持男性博物馆（成立于1937年）的表现。

这个重大转变成为了《文献》背后的推动力，这份杂志是巴塔耶身边与超现实主义团体持不同政见的人创办的宣传工具。事实上，它的发起人和编辑董事会的一个成员是保罗·里维埃（男性博物馆的创建者），还有保罗·里维（巴黎人种志学院的共同创立者之一）以及米歇尔·莱里斯（此前是布勒东超现实主义团体中的一员，也是一位训练有素的人种志学家）。该杂志的版面被美国文化史学家詹姆斯·克利福德戏称为"人种志学的超现实主义"，在"高雅"和"低等"的文化物品和实践之间进行漫不经心的转变。举例而言，杂志上发表过一系列关于"男人"的非传统的"词典定义"，其中一个定义由英国一位化学家所概括：

> 一个正常身材男人身体中的油脂足够制造七块香皂。他的器官中能找到足够的铁打造一根中等大小的钉子……身体中的磷可供制造2200根火柴。

当然，这些异乎寻常的信息有着自己独特的异国情调。但在这个例子中，它们被用来取代欧洲中心主义的"男人"概念所拥有的权威——这一概念建立在白皮肤和笛卡尔的理性主义之上，此前是高于并反对"原始"观点的。

在此我们可以了解与超现实主义有关的论述中存在的深刻的反殖民主义精神，但是我们不得不回到"正式的"超现实主义，回到安德烈·布勒东对法属西印度群岛"黑人文化与精神价值"运动的兴起所做出的反应，以便理解超现实主义在涉及种族问题时积极参与政治的态度。超现实主义者早在1925年就显示了与法国殖民主义的对立。他们第一个明确表示的政治活动是公开支持里夫部落居民在摩洛哥开展的反对法国当权者的斗争。1931年他们抗议在巴黎举办的庆祝法国领土权和拥护殖民的大型展览。除了分发传单警示人们不去参观此次展览之外,他们还举办了另一个名为“殖民地真相”的展览。这个展览的一件展品重点评论了西方将部落物品等同于“恋物”的设想。他们在一个黑人孩童形状的收集箱旁展示了天主教的“圣母和基督”小雕像,下面附有“欧洲的‘恋物’”说明标签,以此简单明了地暗示了西方在宗教和经济上的恋物癖。20世纪30年代后期,由于超现实主义运动和那些来自殖民地的作家之间建立了新的联系,反殖民情绪愈演愈烈,其中主要的推动者是诗人艾梅·塞萨尔。

塞萨尔来自马丁尼克岛,20世纪30年代后期曾在巴黎学习,此后于1939年回到自己的故乡。1941年起,他和妻子苏珊还有哲学家勒内·梅尼共同出版了《热带》杂志,该杂志将对法国维希政府的反对和对超现实主义自由原则的赞赏与刚出现的“黑人文化与精神价值”的观念融合在一起,认为法国通过民族“同化”的观念强化了它的殖民地政策。面对此种意识形态时,该杂志主张要维护黑人身份。1941年,安德烈·布勒东正逃离被德国占领的法国,他在去美国的途中游历了马丁尼克岛,并发现了塞萨尔和《热带》杂志。随后他断言塞萨尔于1938年至1939年创作的长诗《回到我的故乡》是“我们时代最伟大的抒情诗丰碑”。布勒东和殖民地的关系并没有到此为止。1945年,他于二战后从美国返回法国之前,造访了海地,发表了关于超现实主义的演讲。早在1804年海地就爆发过奴隶起义,但自1915年起就一直处于美国的控制之下。布勒东的到来似乎在年轻的知识分子当中起到了催化剂的作用,激发了他们心中的反抗情绪。

一场革命爆发了,尽管这位超现实主义领袖唯一公开的政治姿态似乎只是拒绝与美国支持的海地总统会晤。这一次,超现实主义的言论为一场真正的革命作出了贡献。

让我们再来看看塞萨尔的诗,更确切地说是来看看《回到我的故乡》。值得强调的是,虽然远离巴黎,超现实主义不和谐的并置技巧却在这里被用来表达人们对过去所受压迫的憎恨和对新语言的渴望:

> 但你能杀死拥有美丽脸庞的自责吗?如同一位英国淑女在带盖汤碗中惊愕地发现了何腾托人的头盖骨?……我想要重新发现伟大的演讲和伟大的燃烧之后留下的芬芳气味。我想说暴风雨,我想说河流。我想说旋风。我想说叶子……

这种激情与另一位受超现实主义影响的人的视觉艺术相得益彰。这位艺术家长期浸淫于欧洲文化,后来回到他的殖民地故乡。他就是韦尔弗雷多·兰姆。兰姆来自古巴,在马德里受训。身为一名画家,他先是深受毕加索的影响,而后又于1938年深受超现实主义者的影响。他在回古巴的途中,曾陪伴布勒东一起经过马丁尼克岛,此次归途促使他创作了一幅主要作品《丛林》。

在这幅画中,一群瘦长的裸体人形被围在使人感到幽闭恐怖的植物之中。它在一般意义上运用了由超现实主义衍生出来的"尚古化"一词,把它与法国"天真"画家亨利·卢梭画中展示的富于纯粹异国风情的原始森林和毕加索于1907年创作并产生巨大影响的先立体主义代表作《亚维农的少女》中所表现的

图29 韦尔弗雷多·兰姆,《丛林》,油画,1943年,现代艺术博物馆,纽约。

妓院里外形分裂的女性形象交织在一起。为了让我们意识到殖民主义对丛林所做的一切,兰姆写道:

> 卢梭……没有谴责在丛林里所发生的一切。我却谴责了。看看我画中的怪物,看看它们摆出的那些姿势。右边的那个撅着屁股,淫秽下流得像个娼妓。再看看右上角的剪刀……

超现实主义被请来明确表达处于酝酿阶段的"黑人文化与

精神价值”，这可能意味着超现实主义在种族身份上被政治化了。然而，这些姿态的原动力来自外部而非巴黎的主流运动内部。直到1938年，那些“正式的”超现实主义者，尤其是布勒东，仍然能够将其他文化变得富有异域风情。例如，墨西哥因为在1910年至1917年间经历了一场人民革命而被认为是卓越的革命国家。布勒东1938年访问墨西哥时，热心地宣传超现实主义，扩大其在国际范围内的影响。与捷克斯洛伐克、英国和其他边缘地区的发展情况一致，超现实主义在墨西哥的发展并不全然是布勒东所景仰的社会主义现实主义艺术家迭戈·里维拉的功劳，而是里维拉的妻子弗里达·卡洛的功劳。布勒东声称弗里达的作品是超现实主义的，尽管她对该运动一无所知。相反，卡洛却认为她的作品——主要是自传性质的——在精神上是现实主义的。他们的参照标准是特别富有墨西哥特色的。在《我的出生》(图28)中，早先被描述过的极其痛苦的个人被以下这一事实强化了：画中出现的画像源自天主教供奉在锡盘上的还愿祭品，同时它还是向阿兹台克女神塔拉罗泰罗祈祷的一种形式。对那些死于分娩的女性而言，女神塔拉罗泰罗是神圣的。对于布勒东来说，身份本质上并非某种努力争取之物，而是要受到诘问的，他肯定对她探寻墨西哥的根源无动于衷，而她似乎已经厌倦了他的说教。从根本上说，布勒东赋予弗里达异域风情，并以一种典型的男性超现实主义者的态度，一度将她描述为“缠在炸弹上的丝带”。

某些超现实主义评论家，例如古巴作家阿莱霍·卡彭铁尔把超现实主义的言论看成是“普适的”。尤其在文化方面，他还运用布勒东的黑格尔哲学思想，将超现实主义调和矛盾的欲望等同于否认“差异”的存在，尽管我们看到，超现实主义也是以占统治地位的男性主体性为基础的。对卡彭铁尔来说，欧洲的超现实主义仅仅是渴望其他文化环境，而拉丁美洲和加勒比海这样的地方仍然存留着神奇的信仰，它们是超现实主义真正的故乡。

考虑到这一点时，我们甚至会质疑达达和超现实主义所奉行的国际主义文化精神的自由度。虽然达达出现的地点多种多样，但它却是高度西化的，虽然近期有关东欧与达达运动的研究承认苏黎世的查拉和扬科都曾在故乡罗马尼亚与这一先锋艺术有着不间断的联系。另外，1920年至1925年间达达运动在日本的兴盛表明，我们很快可以将达达放在一个更加宽泛的全球范围内加以审视。20世纪30年代，超现实主义在南斯拉夫、丹麦、加那利群岛以及再一次在日本（1937年东京和京都分别举办了一次国际展览）兴起，但从总体上来说，达达基本上还是以欧洲为中心的。1955年，布勒东回顾了超现实主义者对非西方文化的崇拜，并遗憾地承认"我们能够从它们的艺术中获取的灵感最终还是没有奏效，因为我们缺少基本的感官接触，只能给人留下毫无根基的印象"。我们至少可以感受到其中的哀怜并敬佩他的诚实。

政治同盟

达达和超现实主义与性别政治和种族政治的密切关系自然源于他们对个人自由的关注，但这些运动与"强硬"的政治世界的联系又是怎样的呢？如果我们认为达达运动与第一次世界大战以及俄国革命同时发生，并且超现实主义是和希特勒的上台同时出现的话，我们可能会奇怪他们对个人主义和非理性主义的思虑怎么能达到这些重大的政治事件和政治选择的预期要求。尽管如此，正如先锋力量在美学和社会经验之间建立了联系一样，这两个运动也都与政治建立了联盟。

拿达达来说，我们几乎要完全依赖柏林的达达团体。纽约和巴黎的达达主义者在很大程度上对政治派别大失所望，基本上都倾向于无政府主义或无政府工团主义的思想，这和他们强烈的个人主义立场并行不悖。苏黎世达达团体也赞赏无政府主义，尤其是巴尔沉迷于俄国思想家巴枯宁的著作，尽管他最终否定了无政府主义者对于“人性本善”的假设并引人注目地重新皈依天主教。当苏黎世达达走向衰退时，瓦尔特·塞纳和特里斯坦·查拉变得越来越消极，团体中的某些成员短暂受到在德国有可能发生革命的鼓舞，参与到了像“新生活”展览团体这样的乌托邦计划之中。像阿尔普和达厄贝曾做过的那样，这一展览团体也注意到了中世纪统一艺术和手工艺品的理想。然而，从柏林传来的关于罗莎·卢森堡和卡尔·李卜克内西被谋杀的消息最终使苏黎世达达团体陷入绝望，只好接受抽象而非政治。汉诺威的舒维特把这当成是一项信条。然而在柏林，达达主义者依然要面对政治现实。

正如上文已述，柏林达达团体分解成了无政府主义团体和共产主义党派。劳乌尔·豪斯曼和约翰内斯·巴德尔构成的无政府主义团体和苏黎世达达团体一样，被小规模团体的理念所吸引，质疑有组织的政治团体。因此豪斯曼会这样写道：“共产主义实际上是有组织的山顶布道，是一种经济公正的信仰，是一次美丽的荒唐行为。”我们应当通过赫茨菲尔德–哈特菲尔德–格罗兹，从这些正式的德国共产党成员身上发现达达是否会变成一种政治观念。

来看《人与足球》(图12)。在罗莎·卢森堡和卡尔·李卜克内西被谋杀后不久，代表这一派系的杂志便出版了。该杂志独特地显示了他们与这一团体中的无政府主义者的通力合作，这样就不用对他们的政治同情心持任何怀疑态度了。我们在已发表的声明中发现了《革命正处在危险之中》，我们也看到乔治·格罗兹的卡通画表现了柏林新上任的多数派社会主义政府的成员。他把他们描绘成天主教会的傀儡，激起了大众对布尔什维克主义的恐惧。瓦尔特·梅林回忆达达主义者是如何在一个小乐队的伴奏下，穿过城里的工人阶级住宅区兜售此杂志。该杂志在1919年2月15日被正式取缔前居然销售出了7600份。

赫茨菲尔德所办的左翼出版社——柏林马立克出版社随后出版了几期《失望》杂志，这份杂志明显的亲苏维埃立场让赫茨菲尔德在狱中待了两周。出狱后，该杂志的第三期将格罗兹创作的有针对性地直指斯巴达克联盟成员被屠杀的图画作为封面，画中国防大臣古斯塔夫·诺斯克一手持剑，另外一只手拿着盛满香槟的酒杯，站在满是尸体的大街上。画的下面是充满讽刺性的标题："为诺斯克干杯——无产阶级被解除武装了！"

此处有很强的讽刺意味，但是斯巴达克联盟被镇压之后赫茨菲尔德—哈特菲尔德—格罗兹派系为共产主义事业贡献甚少。赫茨菲尔德经常对德国共产党吹毛求疵，嘲弄他们的反智论和缺乏领导力。达达主义者从别处寻找他们的理想；主要是投向苏维埃共产主义，同时美国机器时代的神秘性也是哈特菲尔德和格罗兹某些照片蒙太奇理想化的主题。哈特菲尔德后来还在共产主义出版物中猛烈抨击希特勒的兴起，但是柏林达达在最兴盛时期很少支持德国共产主义，因此德国共产党对达达也是不冷不热的。针对达达运动最主要的批评就是，达达在革命尚未来到之前就在创作高级的革命艺术。无产阶级怎么可能理解达达的语言呢?

如果说这一批评看来妨碍了达达政治,那么它其实是超现实主义者在1926年至1935年间试图联合法国共产党时反复出现的最令人头痛的问题。和达达一样,超现实主义者本质上是个人主义者,但布勒东不断呼吁团体要同心同德,也不断地按照政治集团的原则开除成员,故意把超现实主义变成了一场运动。说到底,他是在调和弗洛伊德和马克思的思想。布勒东相信,男人的思想自由应该与社会革命相适应。(总的来说,他很少谈到女人的权利。)然而,从实际的政治来看,这就像试图把一个圆圈变成正方形那样。

超现实主义的第一次严重倒退发生在1927年,当时他们正试图与法国共产党建立联系,超现实主义的成员之一,皮埃尔·纳维尔质疑精神革命可以先于物质革命的设想。尽管超现实主义者在该年正式加入了法国共产党,他们仍然因"为艺术而艺术"的资产阶级态度和明显缺少与无产阶级之间的联系而备受质疑。布勒东接替了托洛茨基的位置,后者被驱逐出苏联令超现实主义者深感遗憾。在《第二次超现实主义宣言》中,布勒东声称,虽然超现实主义艺术几乎不能被看作是"无产阶级的",但它仍然是革命的,并为无产阶级艺术在后无产阶级形势下的可能发展指明了道路。法国共产党仍然未被说服。布勒东受到不同委员会的严厉斥责,被分配到巴黎煤气工人的小房间,还被要求撰写关于意大利重工业经济情况的报告;当然,布勒东觉得这个任务对他而言是力所不及的。

1932年,"阿拉贡事件"的发生使事情发展到紧要关头。路易·阿拉贡已经不再遵循正式的超现实主义政策。1930年,他代表超现实主义团体参加了在苏联哈尔科夫举办的革命作家代表大会，同意对超现实主义者的托洛茨基思想进行批判，同时在其他方面歪曲超现实主义的观点。1931年，他越来越致力于投身法国共产党号召的“无产阶级文学”，并在共产主义杂志《世界革命文学》上发表了一首诗《红色前线》。这首诗用“杀死警察”、“在那些受过社会民主训练的狗熊身上放火”这样的诗句来敦促工人阶级加入到革命斗争中去。这根本就是一副政治宣传者的口吻，已经远远背离了超现实主义的志趣。但是当法国当局热衷于镇压共产主义并以煽动谋杀这一前所未有的刑事诉讼来威胁这位诗人时，超现实主义者却都坚定地维护了阿拉贡。然而后来当超现实主义者让他支持布勒东为萨尔瓦多·达利写的一篇辩护文章，驳斥共产主义出版社对达利的攻击时，阿拉贡却不愿公开反对共产党，结果是他果断地与超现实主义决裂了。随后他全心全意地投入到国际共产主义赞赏的美学观点之中，这一观点在1934年的晚些时候从“无产阶级文学”转变为“社会主义现实主义”。

社会主义现实主义的信条（艺术在内容上是社会主义的而在形式上是现实主义的）有效地终止了超现实主义遵从共产主义原则的可能性。1935年，这个团体被法国共产党正式开除。顺带说一句，超现实主义在偏远地区的发展情况要好得多。在捷克斯洛伐克，超现实主义理论家卡雷尔·泰格任共产党杂志的编辑，保证超现实主义的文章定期刊登在该杂志上，直到1938年该团体才与共产党决裂。

在“国民阵线”那几年，法国共产主义者和左翼团体联合起来反对法西斯主义的兴起，超现实主义者继续坚持反常的立场，充满憎恨地反对法西斯，但却对左翼的民族主义倾向心存怀疑。曾经一度在很短时间内，布勒东和他的老对手乔治·巴塔耶在“反打击”的旗帜下联合起来，还特别和巴塔耶一起疯狂地做着“投机买卖”，思考怎样才可能利用法西斯主义在群众中发动起来的力量去打倒资本主义。1936年，邦雅曼·佩雷独自一人离开所有的超现实主义者，在西班牙内战中参加了无政府组织。

从某一方面来说，超现实主义以其宣言《迈向自由的革命艺术》结束了在政治联盟上的失败尝试。1938年超现实主义领导人布勒东到墨西哥拜访他的政治英雄时，布勒东和列夫·托洛茨基（尽管托洛茨基要求迭戈·里维拉代表他在宣言上署名）共同完成了这一宣言。当时的世界处在法西斯主义的暴政下，资本主义正处在崩溃的边缘，布勒东和托洛茨基明确重申了艺术在为马克思主义服务时不容侵犯的信条：“艺术的独立——为了革命。革命——为了艺术的独立。”令人遗憾的是，当布勒东回到法国，他发现和他结盟时间最久的保罗·艾吕雅一直在为斯大林主义杂志写作。这在超现实主义运动的核心引发了又一次明确分裂。备受打击的布勒东即将流亡到美国，并在那里逗留到第二次世界大战结束。1946年当他回国时，他将会发现艾吕雅、阿拉贡和以前的达达主义者特里斯坦·查拉一起，已经成为了反抗组织的文学英雄，而让-保罗·萨特和存在主义已经在稳健地左右着法国的文化生活。超现实主义，以及布勒东坚持原则、毫不妥协地献身该运动的姿态，都已经成为过去。事实上普遍的感受是一种令人愤懑的情绪。特里斯坦·查拉质问道：“今天的超现实主义是什么？当我们知道它在法国被占领期间在这场战争中缺席，知道它远离我们的内心，远离我们的反抗行动时，超现实主义该怎样为自己的历史辩驳呢？”

关于达达和超现实主义政治的这一章似乎正以令人沮丧

的方式结束。对这最后一部分所下的最显而易见的结论似乎是，不论超现实主义在文化上有多么成功，它却在政治上落败，虽然它与殖民主义的战斗是具有重要意义的遗产。达达一般都回避传统政治，所以很难说它是失败的；不管怎样，它自身的否定主义论也预示了失败。尽管如此，超现实主义将马克思和弗洛伊德融合在一起只是为了与20世纪30年代的共产主义意识形态发生联系，而且并不是所有人都认为那是一次公平的检验。超现实主义的唯心主义和基本上不切实际的政治宣传在第二次世界大战以后的很多年里都不被人们赞同。但它却在20世纪60年代"新左派"思潮中明显复活。举例来说，法国情境主义论者在1968年的巴黎暴乱中扮演了一个小角色。我们考虑一下法国情境主义论者对超现实主义的接纳，就会发现人们给予超现实主义的政治本能一种新的评价。马克思主义理论家亨利·列斐伏尔在超现实主义运动的某一时期和这一运动联系密切，情境主义论者通过他继承了超现实主义的总体信念，深信日常生活（包括梦、性关系、与城市空间的谈判等等）都属于应当发生革命的范畴。

情境主义理论家哈伍尔·范内哲姆近年来受到的关注要少于居伊·德波，他曾多次谈及情境主义运动是如何从超现实主义中受益的。1970年他写了一本小书《超现实主义的漫不经心史》（最初他以J.-F.杜普斯为笔名出版该书）。他在这本书中叙述了超现实主义隐约认为能够通过共产党而"到达群众"，尤其是因为这样做会使得这场运动服从于一种政体，该政体将把超现实主义的文化革命梦想变得如同"断断续续的敲击"。有趣的是，他指出布勒东在战后转而关注19世纪早期法国空想社会主义者查尔斯·傅立叶的著作也许表现了超现实主义更忠实于它的政治倾向。傅立叶在某些方面极为怪异：布勒东温情地在《黑色幽默文选》中写道，傅立叶"认为樱桃是大地与自己结合的产物，葡萄是大地与太阳结合的产物"。但傅立叶确信文明建立在抑制"激情"的基础之上，并且将他的单一社会形态"法伦斯泰尔"（共产合作社）建立在"激情的吸引"之上。因此毫不奇怪，曾在共产党着力强调的"劳动"面前踌躇不前的布勒东会被傅立叶的思想所吸引。傅立叶认为工作应该是"吸引"的结果，人们自然而然地按兴趣爱好各司其职。比如，法伦斯泰尔的厕所就该由一群喜欢和污秽物打交道的孩子打扫干净。布勒东极具个人风格地将性自由主义和条理性结合起来，而傅立叶为法伦斯泰尔精心策划的狂欢差不多满足了他的需求。

将这些梦想视作超现实主义意识形态最后的避难所来结束本章似乎完全合适。傅立叶拜占庭式的诸多设想差不多是对超现实主义者曾经不得不面对的政体的拙劣模仿，但它们至少是以欲望至上为基础的，是超现实主义政治真正的起点。结果是，为适应共产主义需要，首先是达达而后是超现实主义的社会抱负，都妥协了。

第六章

回顾达达和超现实主义

达达和超现实主义的影响本身就是一个独立的主题，此处只能简要涉及。艺术、文学、一般的思想以及广告、电影和电视都曾深受这些运动的影响，以至于人们差不多可将这种影响写成一部战后文化史。

从艺术的角度来看，达达可以说在战后产生了最为广泛的影响。考虑到达达的反艺术倾向，这一事实就显得自相矛盾了。对20世纪五六十年代的无数欧美艺术家来说，达达的行为和杜尚的现成品象征着对传统视觉艺术的激进挑战。具有讽刺意味的是，通常这些挑战的结果是扩大了艺术的疆界。20世纪50年代，美国的一个重要流派曾短暂地以“新达达”来命名，这一流派包括艺术家贾斯培尔·琼斯和罗伯特·劳森伯格以及实验音乐家约翰·凯奇等人。可以说他们的作品几乎不存在达达反资产阶级的那份尖刻。劳森伯格的装置作品，创作于1955年的《床》由一张垂直抬起的床以及被颜料滴染并蹭得模糊不清的枕头和床单组成。由于作者否定了床这一物体的正常功用，因而作品呈现出一种针锋相对的尖锐。但是，新达达的作品迅速成为一种新的艺术自由的象征。这一过程是以琼斯1960年创作的《上彩铜雕》为标志的。在这一作品中，两个麦芽啤酒罐被安置在一个底座上。本质上而言，它颠倒了现成品回归艺术的想法。对正在变老的杜尚来说，现成品的隐含意义仍然没有缺失。杜尚在20世纪60年代曾沮丧地评论说，他用一种挑战精神将自己制作的现成品甩到公众的脸上，却只发现公众敬仰其美学之美。

如果琼斯和劳森伯格的作品可以被部分地视为对现成品观念的精妙推演，那么建立在杜尚姿态基础之上的其他变化在20世纪五六十年代则很流行。从法国新现实主义（核心实践者有伊夫·克来因、丹尼尔·斯波利和阿尔曼）的例子到美国波普艺术的各类变体，这些变化无所不在；尤其是安迪·沃霍尔的作品，在这幅作品中，产品商标如可口可乐几乎未加修改就被利用，从而构成了“现成品”的主题。20世纪60年代后期至70年代，人们开始接受杜尚的艺术观念。我们可以回忆一下杜尚在《盲人》杂志上为《泉》所作的满含嘲讽的辩护——“穆特先生是否亲手制作了这座喷泉无关紧要。**他选择了它！**”艺术品的制作如今正广受质疑，道格拉斯·许布勒和罗伯特·巴利等艺术家用文本和照片记录了大量的观念主张。然而重要的是，我们要意识到在这些和其他许多情况下，杜尚的遗产就是“指定”：只要艺术家是这样指定的，那么某物就被裁定为艺术。观念艺术将关注各种各样主题性和哲学性的问题，远远超出杜尚的关注范围。与此同时，达达总体上变成了一些流派如“激浪派”（1962年至1965年达到高峰）和不同层面的行为艺术的重要先驱。我们甚至可以宣称，20世纪60年代“先锋派”的总体架构及其国际主义的文化精神以及它对成本低廉、寿命短暂的出版物传播能力的依赖，都受惠于达达的先例。

与超现实主义相比，达达主义对第二次世界大战刚刚结束那段时期的美学影响更具决定性。诚然，超现实主义艺术的原始抽象和“自动性”(如马松或米罗的艺术所表现出来的那样)对20世纪40年代中晚期美国的某些抽象表现主义者，尤其是阿希尔·戈尔基和杰克逊·波洛克来说非常重要。然而令人惊讶的是，在这个重要阶段之后，在20世纪50至70年代的主流艺术中就很难察觉到超现实主义的影响了。但波普艺术中存在着显而易见的特例。举例来说，詹姆斯·罗森奎斯特将破碎的形象突兀地放在一起，克拉斯·奥尔登堡的“软雕塑”将熟悉的东西如电灯开关、打击乐器配件根据性器官进行了扭曲变形，使其由硬变软。但是，通常这个运动的遗产存在于标新立异的幻想主义者的作品之中而不是主要的创新艺术家的作品之中。与此同时，某些杰出的个人如在法国出生的雕刻家路易斯·布尔乔亚，选择强化作品互不关联的部分，探索了性欲之类的主题而不是与后期现代主义相同的美学问题。20世纪八九十年代期间，由于现代主义艺术的正统基础受到侵蚀，超现实主义成为后现代主义意识的先驱。1986年，艺术史学家哈尔·福斯特大胆宣称：“从宗谱学的角度来说，我们的后现代所展示的许多当代评论和艺术、许多后现代理论和实践在一定程度上都是‘超现实主义’的理论和实践。”这一评论建立在弗洛伊德“受压抑者的回归”的模型基础之上，体现了福斯特的回归意识，意在让20世纪晚期的艺术回到更早时期的先锋派时刻。

福斯特的观察似乎因美国艺术家如罗伯特·戈贝尔，或更近一些的马修·巴尼的走红而得到了证实。他们清晰地回顾了超现实主义图像学巴洛克式的铺陈，用它悲惨绝望或恋物的身体形象来表达戈贝尔作品中出现的对艾滋病等问题的焦虑或巴尼的作品中反复出现的神话。戈贝尔创作于1991年的作品

《无题》是一个男性的下半身蜡像，它身着内裤、短袜和橡胶底帆布鞋。当这个作品在艺术陈列馆展出时，它趴在地板上，胃部涨红挤着板壁，似乎要穿越板壁而消失。更令人不安的是，它的屁股和双腿被嵌入了一连串的排水孔。戈贝尔这样运用超现实主义的技巧发表了一个关于男性性欲、疾病和死亡的复杂隐喻，这样一件作品有力地回应了对艾滋病广为扩散的担忧。与此同时，超现实主义传统为另一位美国艺术家辛迪·舍曼攻击美国机构在面对戈贝尔等人的艺术作品时表现出的道德整肃提供了更直截的方法。她在汉斯·贝尔默制作的令人不安的“人偶”上作画，摆放了极其精细的供医学研究用的人体模型，突出地展示了它们的生殖器，并于1992年拍摄了系列照片。考虑到美国政府当时正试图控制使用露骨的性形象，舍曼摆出了一副挑衅姿态。

在英国，与超现实主义有关的问题似乎在当代艺术中无处不在，尽管我们尚不清楚引导它们的基本原理。超现实主义对分类系统的痴迷可以在苏珊·希勒的作品中发现实例，早在20世纪70年代中期希勒就创作了《献给无名艺术家》，在这个作品中她收集了二百多张海滨明信片，上面题有“波涛汹涌的大海”，描绘了波涛拍打英国海岸的画面。这个作品相当于某种伪人类学调查——用流行技法表现一个岛屿上的种族。1997年获得享誉世界的特纳奖提名的艺术家科妮莉亚·帕克更倾向于认同超现实主义对“奇珍异宝室”传统的迷恋。因此她1996年创作的摄影作品《希特勒唱片的凹槽》邀请观众仔细端详长时间播放的唱片的一幅特写照片，彷佛可以在唱片的凹槽里依稀辨认出它某一任主人的阴暗动机。其他艺术家用不搭调的并置使超现实主义者的趣味长久不衰。苏格兰艺术家道格拉斯·戈登

1997年的作品《在黑暗与光明之间(紧随威廉·布莱克之后)》包括两部同时投射在一块透明银幕正反两面的电影——《伯纳黛特之歌》和《大法师》,这样就在这两部分别探讨善与恶的电影之间展开了对话。这样的作品可能被认为是与超现实主义“较温和的”诗意有关系的。然而,国际上某些与所谓的“yBa”(青年英国艺术家)同义的艺术家已经创作出的作品,给人带来的粗野的震撼可以与美国艺术家戈贝尔等人的作品相媲美。本书开头讨论过的莎拉·卢卡斯的作品即是一例。

如果我们将卢卡斯1994年创作的摄影作品《下马饮奶》(图1)和它的一个一般参照标准,即勒内·马格里特于1934年创作的超现实主义代表作《强奸》(图20)相联系的话,我们就可以看到她针对马格里特自反性的厌女形象表现出了富有攻击性的女性主义立场。卢卡斯鼓动软弱无力的超现实主义进入市场,被市场同化。她用孩子气的象征物(如奶瓶、助消化饼干)来替代阳刚的男性气质,因而使超现实主义所属的“高雅”文化与民间的街头文化产生交会,不断争辩着男性和女性的身份问题。

对莎拉·卢卡斯来说,超现实主义手法只是通用的大众文化的一部分。尽管她明确赞同超现实主义者对性欲的兴趣,但是超现实主义就像其他任何东西一样,在上个世纪,在强化商品文化方面,主要是通过广告而被提及的。实际上这种讽刺的或修正主义的根本态度隐藏在我已讨论过的许多作品背后。不计其数的艺术家都曾把超现实主义作为探寻身份政治的起点,但却很少有人全心全意地认可超现实主义。对很多人来说,它太容易与达利和马格里特画在海报上的形象联系起来。它在大众中的流行掩盖了它的潜在价值。

有可能找到一种真正的超现实主义运动的延续吗?答案与其说是取决于主流的(后)现代艺术还不如说是取决于反文化组织或“艺术兼政治”宣言,它们具有某种自觉的先锋力量,这在本书开篇已作为达达和超现实主义的典型特征而被指出过。从这个意义上来说,超现实主义直接的历史继承者将是出现在1968年前的政治化艺术组织,也就是实验艺术家国际联盟(简称COBRA),一个由比利时、荷兰和丹麦的艺术家、建筑师、作家组成的联盟,从1948年延续到1951年;由伊西多尔·伊苏领导的法国字母派运动,1946年到1957年演变成由居伊·德波领导的字母派国际运动;还有1957年至1972年间主要在法国出现的情境主义。正如上文所述,事实上情境主义在20世纪60年代中期就已经摆脱了对艺术的兴趣,可以被视为超现实主义日常政治的继承者。情境主义者反对现代派对城市的理性解释。他们沉迷于在城中漫游,用“漂流”来概括这种漫游,并且在写作中号召一种“集中的都市主义”,以此来重组现代大都市的空间使之符合幻想和游戏的要求,此处他们直接受惠于超现实主义。1950年安德烈·布勒东在一篇文章《新桥》中提及城市街道的格调——在熟悉的街道上人们能够标出“让人感到心旷神怡的区域和使人莫名不适的区域之间”的分界线。我们可以在情境主义领导人居伊·德波1957年的一份重要“报道”中找到对布勒东的附和,德波在该文中设想如何将一个实验城市的“情感效应”精心编排在一起,他写道:

> 我们当中的一位同志提出了一个心灵状态区域的理论,按照这个理论,一座城市中的每一个区域都可引发一种特定的基本情绪,市民可以故意让自己面对这种基本情绪。

20世纪60年代中期，情境主义的乌托邦要旨被各种各样的反文化组织所分享。在许多方面，这可以被看作是超现实主义力量最后的伟大时刻。20世纪60年代，英国地下杂志《盎司》的版面极度亢奋地把新左翼和无政府主义者的政治归并在一起，充满了迷幻文化和性挑衅，因而可被看作是被败坏了名誉的超现实主义意识形态的最后一丝微光。考虑到情境主义和20世纪60年代反文化组织的情形，我们可以恰如其分地援引本书前文用来界定达达和超现实主义历史特性的先锋派观念。从某种程度上而言，这一时期反文化组织的政治兴趣与激浪派之类的艺术运动重叠了起来。文化历史学家意识到了这一点，略带迟疑地运用了“新先锋派”来归纳这次短暂的回归，以便将艺术和生活归并在一起。

随之而来的是，如果我们要为超现实主义和达达寻找一个有意义的当代遗产，我们就需要为历史先锋派或新先锋派的“艺术兼政治”寻找一个当下的对等物。然而，无数评论家都曾对20世纪70年代以后的文化发表评论，都注意到先锋立场似乎不再切实可行，尤其因为很难想象任何一个团体能够像达达和超现实主义那样曾经处在社会进程边缘的位置。艺术上的激进主义已被晚期资本主义文化结构同化。如今很少有雄心勃勃的艺术家会满足于直到生命即将终止时才等来重要展览，就像杜尚和哈特菲尔德那样。从20世纪60年代末期开始，各种各样的反文化团体蓬勃发展，但它们一直与某些特定思想相联系，如生态学或妇女权利，由此避开了超现实主义意识形态的总体文化精神。当下全球化文化的纯粹异质性意味着“为了人类”的思想无论如何看起来都是可笑的，而这种思想正是超现实主义者时常自认为是在践行的。

如果说先锋派是某种过去之物,那么这也许只是因为像特里斯坦·查拉或者安德烈·布勒东那样有才干的、可信的文化领军人物还没有出现。有些重要的法国知识分子承认,超现实主义对他们产生了决定性的影响。这个名单将包括罗兰·巴特、米歇尔·福柯、雅克·拉康、茱莉亚·克里斯特瓦和雅克·德里达。然而,这些人觉得成为受人崇拜的学术名流更自在,而不愿充当活跃的文化领袖。成为领袖的想法本身似乎是狂妄的且与我们的时代不相一致。

除了对达达和超现实主义的"继续存在"作出这种推断以外,最终还是值得更为直截了当地问一问:这些运动实际上是否值得继续存在?莎拉·卢卡斯所认可的超现实主义仅仅是商品文化的一部分。这是否表明她承认这场运动最终陷入了历史的死胡同?

要讨论这一问题,我们有必要回到上一章末尾讨论过的情境主义者哈伍尔·范内哲姆对超现实主义的批判。范内哲姆的《超现实主义的漫不经心史》中有许多很有价值的内容。例如,他论证说布勒东的超现实主义在道德层面上常常缺少自由男性。欲望的自由游戏以及诸如此类的事情也可仅仅被视为"刺激旧秩序再生的兴奋剂"。范内哲姆支持更极端的超现实主义者如研究萨德的学者莫里斯·海涅的想法,后者在一篇文章中把受虐产生的可疑快感和范内哲姆所描述的"缓慢物化的消极面"加以对比。换句话说,一个男人被另一个男人操控要好于被国家所控制。范内哲姆认为超现实主义本质上过于人文主义,过于"浪漫"。他的这一感觉强有力地说明:超现实主义对现代工业的根本憎恶及其反功能主义(顺便说一句,达达并不赞同这一态度，尽管它对机器报以强烈的讽刺）意味着超现实主义无法将现代技术纳入它的视野之中。结果，用范内哲姆的话说，那种视野"被占优势的蒙骗和诱拐的机制拉拢了"。除了像瓦尔特·本雅明所倡导的那样去拥抱批量再生产之外，很难准确地知道范内哲姆原本希望超现实主义者做些什么，但他提出了超现实主义对现代化的理解还不足以使其抵抗商品化这一有力的观点。这一评论与范内哲姆的情境主义立场一致，却与德波所谓的"景观社会"，即资本被冻结在封住的感觉中枢里，截然相反。

毫无疑问，这种看法认为超现实主义缺少资源以抵抗资本主义对它的同化，因此人们在支持它"继续存在"时变得小心翼翼。确实，就流行形式而言，超现实主义可被理解为构成了其旨在反对的意识形态，就像照了哈哈镜一样。在一篇文章《回顾超现实主义》中，马克思主义理论家西奥多·阿多尔诺修改了同事瓦尔特·本雅明的洞见，建议超现实主义以蒙太奇的使用为基础，再次传播自资本主义稍早阶段就开始的形象文化，以便让观众产生一种启发性的识别情感。不过，它对过时物质的依赖又形成了一种毫无生气的幻影似的表象。用马克思主义的话来说，它举例说明了男人在资本主义制度下的"物化"。

但是我们能说达达就比超现实主义的幸存情况好吗？我冒着显得落伍的危险，想用范内哲姆在1968年撰写并完成的一部引起争论的著作《日常生活的革命》来结束全文。在该书中他认为，达达而非超现实主义为标新立异的文化实践提供了模式。范内哲姆将达达的虚无主义设想为社会革命的起点，严厉批评超现实主义没有"再次从达达最初的虚无主义开始，没有把达达和反达达作为自己的基础，没有历史性地看待达达"。我们当然可以鲁莽地申斥范内哲姆没有从历史角度来理解达达。我们已经发现达达并非仅仅相当于虚无主义，它远比情境主义者原本所希望的要神秘得多。但是它对笨拙的保留以及对似是而非和傲慢无礼的钟爱至今仍使许多人觉得达达“难以理解”，但这些特质却使达达免于像超现实主义那样，轻而易举就被局势同化了。

除了澄清达达和超现实主义的历史和哲学轮廓之外，本书还不断地让它们相互掂量对方。超现实主义不可避免地占据了较多的讨论篇幅，因为超现实主义作为一场运动，持续时间相对较长，而且它也更加严格地制定了自己的理论前提。然而，我们也可以恰如其分地用全然相反的历史设想来结束本书，在这一构想中达达“进化”为更加刻意的革命的超现实主义，这样我们就可以打破平衡，支持达达短暂却极具煽动性的时刻。正如范内哲姆所声称的（这句话曾风靡一时，现在对我们而言却是陌生的）：“达达的开始是重新发现活生生的体验及其可能的乐趣——它的结束是对所有观点的颠覆，它创造了一个崭新的宇宙。”

达达：主要中心——主要人物及事件

苏黎世

汉斯／让·阿尔普（阿尔萨斯，1887—1966）
雨果·巴尔（德国，1896—1927）
维金·埃格林（瑞典，1880—1925）
马塞尔·扬科（罗马尼亚，1895—1984）
汉斯·里希特（德国，1888—1976）
瓦尔特·塞纳（捷克斯洛伐克，1889—1942）
苏菲·达厄贝（瑞士，1889—1943）
特里斯坦·查拉（罗马尼亚，1896—1963）

1916年2月：伏尔泰酒馆开张。
1916年4月：创造“达达”这个名称。
1916年6月：第一期达达杂志《伏尔泰酒馆》出版。
1917年3月—5月：达达画廊。
1917年7月：《达达》杂志第一期出版。
1918年：特里斯坦·查拉发表《达达宣言》。
1919年4月：塞纳发表《最后一篇松散的宣言》。

纽约

阿瑟·克拉旺（瑞士，1887—1920）
马塞尔·杜尚（法国，

1915年6月：杜尚来到纽约。
1917年1月：皮卡比亚的《391》杂志在巴塞罗那首版。

1887—1968）

埃尔莎·冯·弗朗塔格-诺布朗霍文（德国，1874—1927）

弗朗西斯·皮卡比亚（法国，1879—1953）

曼·雷（美国，1890—1976）

1917年4月：杜尚的作品《泉》被“独立艺术家协会”展览会组委会拒绝。

1917年4月：阿瑟·克拉旺在“独立艺术家协会”上发表酒后演讲。

柏林

约翰内斯·巴德尔（德国，1875—1955）

乔治·格罗兹（德国，1893—1959）

劳乌尔·豪斯曼（德国，1866—1971）

约翰·哈特菲尔德（德国，1891—1968)

维兰德·赫茨菲尔德（德国，1896—1988)

汉娜·赫希（德国，1889—1978）

理查德·许尔森贝克（德国，1892—1974）

瓦尔特·梅林（德国，1896—1981）

1918年4月：许尔森贝克成立俱乐部达达。

1919年2月：《人与足球》杂志出版并发行。

1919年：《达达》和《失望》杂志第一期出版。

1920年6月：国际达达交易会。

科隆

马克斯·恩斯特（德国，1891—1976）

约翰内斯·巴格尔德（德国，1892—1927）

海因里希·赫勒（德国，1895—1936）

1919 年：《鼓风机》和《公报 D》杂志出版。

1920 年 4 月：科隆达达交易会。

汉诺威

库尔特·舒维特（德国，1887—1949）

1920 年："莫斯"活动开始。

巴黎

路易·阿拉贡（法国，1897—1982）

安德烈·布勒东（法国，1896—1966）

保罗·艾吕雅（法国，1895—1952）

菲利普·苏波（法国，1897—1990）

1919年：《文学》杂志开始出版，安德烈·布勒东和菲利普·苏波共同出版《磁场》杂志。

1920年：皮卡比亚出版《食人者宣言》。

1921年5月：对莫里斯·巴莱斯的模拟审判。

1922年：罗马代表大会。

1923年7月：查拉的"老成的心晚会"实际上标志着达达的结束。

超现实主义主要事件

1924年	第一次超现实主义宣言； 设立“超现实主义研究局”； 创办《超现实主义革命》评论杂志（1929年停刊）。
1926年	比利时超现实主义团体成立。
1929年	第二次超现实主义宣言； 布勒东把一些持异议者驱逐出超现实主义团体； 巴塔耶创办《文献》杂志； 达利和布努艾尔合作电影《一条安达鲁狗》。
1930年	持不同见解的超现实主义者借《一具尸体》发起对布勒东的抨击； 发行《为革命服务的超现实主义》杂志（1933年停刊）； 阿拉贡参加在苏联哈尔科夫举办的第二届国际革命作家代表大会。
1932年	阿拉贡与超现实主义团体决裂。
1933年	创办《人身牛头怪》杂志（1939年停刊）。
1934年	布拉格超现实主义团体成立； 伦敦举办国际超现实主义展览； 巴黎的查尔斯·拉顿画廊举办超现实主义物品展。
1938年	布勒东和托洛茨基合作发表《迈向自由的革命艺术》宣言； 巴黎美术馆举办“超现实主义国际展”。
1941年	布勒东和其他欧洲流亡者到达纽约。
1942年	纽约举办“超现实主义的最初文件”展览。
1946年	布勒东回到法国。

超现实主义相关重要人物

作家

路易·阿拉贡
（法国，1897—1982）
安托南·阿尔托
（法国，1896—1948）
乔治·巴塔耶
（法国，1897—1962）
安德烈·布勒东
（法国，1896—1966）
勒内·克勒韦尔
（法国，1900—1935）
罗贝尔·德斯诺斯
（法国，1900—1945）
保罗·艾吕雅
（法国，1895—1952）
莫里斯·海涅
（法国，1884—1946）
乔治·于涅
（法国，1906—1974）
米歇尔·莱里斯
（法国，1901—1990）
皮埃尔·马比勒
（法国，1904—1952）

艺术家

汉斯·贝尔默
（德国，1902—1975）
路易斯·布努艾尔
（西班牙，1900—1983）
克劳德·卡恩
（法国，1894—1954）
约瑟夫·康奈尔
（美国，1903—1972）
萨尔瓦多·达利
（西班牙，1904—89）
乔治·德·基里科
（意大利，1888—1978）
马克斯·恩斯特
（德国，1891—1976）
阿尔贝托·贾科梅蒂
（瑞士，1901—1966）
弗里达·卡洛
（墨西哥，1907—1954）
勒内·马格里特
（比利时，1898—1967）
曼·雷
（美国，1890—1976）

皮埃尔·纳维尔 （法国，1903—1993）	安德烈·马松 （法国，1896—1987）
保罗·罗杰 （比利时，1895—1976）	胡安·米罗 （西班牙，1893—1983）
邦雅曼·佩雷 （法国，1899—1959）	梅雷·奥本海姆 （瑞士，1913—1985）
雅克·普雷韦 （法国，1900—1977）	巴勃罗·毕加索 （西班牙，1881—1973）
雷蒙·格诺 （法国，1903—1976）	伊夫·唐居伊 （法国，1900—1955）

索引

（条目后的数字为原文页码）

A

B

索引

C

E

F

索引

I

J

K

L

M

N

O

P

R

S

T

U

V

W

Y

Z

David Hopkins

DADA AND SURREALISM

A Very Short Introduction

To Benjamin

Contents

List of illustrations

The publisher and the author apologize for any errors or omissions in the above list. If contacted they will be pleased to rectify these at the earliest opportunity.

Acknowledgements

My thanks to Paul Stirton for encouraging me to write this in the first place. Beyond that I am extremely grateful to Kate Tregaskis, Katharine Reeve, and Neil Cox for their comments on the manuscript.

Introduction

Question: How many Surrealists does it take to change a lightbulb?

Answer: A fish.

Everybody knows something about Dada and Surrealism. Dada, born in 1916 and over by the early 1920s, was an international artistic phenomenon, which sought to overturn traditional bourgeois notions of art. It was often defiantly anti-art. More than anything, its participants, figures such as Marcel Duchamp, Francis Picabia, Tristan Tzara, Hans Arp, Kurt Schwitters, and Raoul Hausmann, counterposed their love of paradox and effrontery to the insanities of a world-gone-mad, as the First World War raged in Europe.

Surrealism, Dada's artistic heir, was officially born in 1924 and had virtually become a global phenomenon by the time of its demise in the later 1940s. Committed to the view that human nature is fundamentally irrational, Surrealist artists such as Max Ernst, Salvador Dalí, Joan Miró, and André Masson conducted an often turbulent love affair with psychoanalysis, aiming to plumb the mysteries of the human mind.

For many people Dada and Surrealism represent not so much movements in 20th-century art history as 'modern art' incarnate. Dada is seen as iconoclastic and confrontational; Surrealism as similarly anti-bourgeois in spirit but more deeply immersed in the bizarre. But why Dada-and-Surrealism? Why are they yoked together? They constitute two movements but are regularly conflated. Art historians have traditionally found it convenient to generalize about Dada 'paving the way' for Surrealism, although that was only really the case in one of Dada's locations, namely Paris. This book will certainly rehearse that story again, but it will also present these movements as distinctly different, so that they can be played off against each another. Dada, for instance, often revelled in the chaos and the fragmentation of modern life, whilst Surrealism had more of a restorative mission, attempting to create a new mythology and put modern man and woman back in touch with the forces of the unconscious. Such differences touch on important distinctions which I have aimed to make as vivid as possible.

More than any other art movements of the last century Dada and Surrealism now permeate our culture at large. Surrealism especially has entered our everyday language; we talk of 'surreal humour' or a 'surreal plot' to a film. This very continuity means that it is difficult to place them at one remove from us in 'history'. Critical and historical accounts of both movements have admittedly become more and more elaborate. Dada, which might be thought to be anti-academic, is now widely studied in universities. Similarly monographs on notorious Surrealist artists such as Dalí and René Magritte are ubiquitous. But very often the sheer plethora of information is dazzling, and we lose critical distance.

Conscious of this problem, I have structured this book around key thematic issues. Chapter 1 charts the historical development of Dada and Surrealism, and deals with the assumptions involved in approaching them together. Chapter 2 looks in detail at the way both movements disseminated their ideas, particularly in terms of public events and publications. In the process, it shows how they established a dialogue between art and life. Chapter 3 looks closely at aesthetic questions, focusing on poetry, collage, and photomontage, painting, photography, object-making, and film. Issues of anti-art and the positioning of each movement within modernist aesthetic debates are centrally important here. The last two chapters highlight recent research, by both myself and others, in line with current historical perspectives on the movements. I examine Dada and Surrealist attitudes to a range of key topics from irrationalism to sexuality, before focusing closely on their politics. The book concludes with some reflections on the afterlife of the two movements, particularly in relation to recent art.

My main concern has been to ask the questions of Dada and Surrealism that correspond to our current cultural preoccupations. For instance identity – whether racial or sexual – is a central concern for many of us, and Surrealist artists, such as the French photographer Claude Cahun or the Cuban painter Wifredo Lam, were pioneers in addressing it. But to appreciate the force of their concerns it is necessary to recreate the contexts to which they were responding. Similarly, given Surrealism's current popularity in culture at large (for example, the ubiquity of Dalí's works on posters) it is safe to assume that the 'darker', unconscious aspects of our psychic lives, which were celebrated by both Dada and Surrealism, are now widely thought to be 'positive' things. However, in cultures where Fascism was once powerful many would question the virtues of surrendering to the irrational, while modernist critics have argued that, however anti-bourgeois they might have considered themselves, the Dadaists and Surrealists simply helped to extend the range of experience which bourgeois culture could assimilate into its system of values. In our 'postmodern' culture we all too readily aestheticize our darker motivations and impulses. This book looks at the historical roots for such attitudes and clarifies why, and in what contexts, they were once 'radical'. In doing so, questions about our own motivations might inevitably arise.

This kind of enquiry, which does not necessarily place Dada and Surrealism on a pedestal but seeks to establish why they are still such vital forces in our culture, seems particularly pressing given that contemporary art is very much in thrall to these movements. This can be made apparent by glancing at a work by Sarah Lucas, one of the most visible British artists of the 1990s.

Lucas's work reveals a continuation of the desire to shock that was once the stock-in-trade of Dada. At the same time, she uses substitutions or

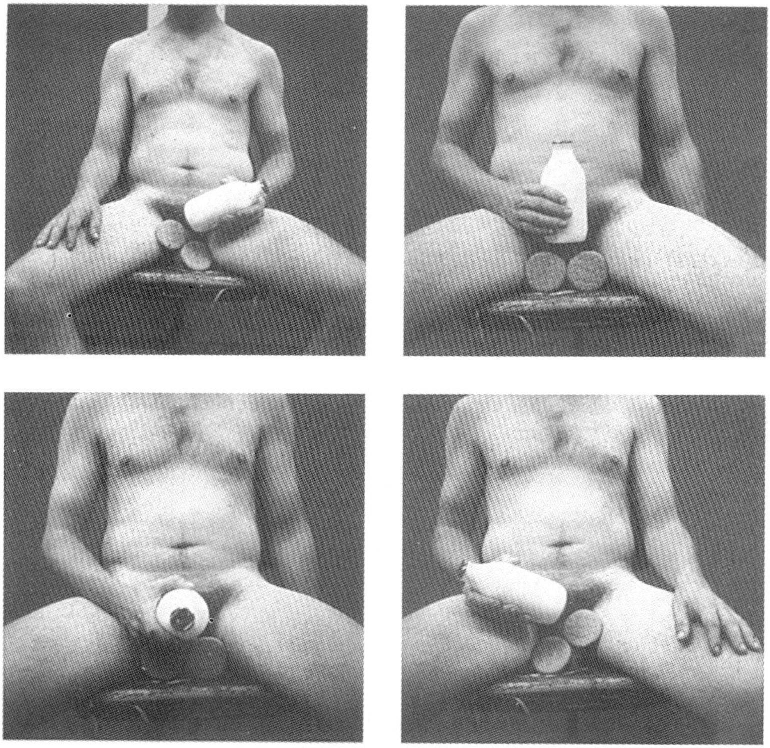

1. Sarah Lucas, *Get Off Your Horse and Drink Your Milk*, set of photographs, 1994

displacements of bodily imagery that were once the currency of Surrealism. Her work implicitly relies on the achievements of Dadaists and Surrealists such as Marcel Duchamp, Man Ray, and René Magritte. But does Lucas's work simply confirm that Dada-style shock has become institutionalized? Or does it build on this tradition in a culturally significant way?

These, it seems to me, are the kind of questions that a contemporary engagement with the implications of Dada and Surrealism might throw up. By the end of this book, we should be well placed to answer them. The central task of the coming chapters, however, is to establish the key historical and thematic contours of Dada and Surrealism.

Chapter 1
Dada and Surrealism: a historical overview

The early 20th century was a period of tumultuous change. The First World War and the Russian Revolution profoundly altered people's understanding of their worlds. The discoveries of Freud and Einstein, and the technological innovations of the Machine Age, radically transformed human awareness. In cultural terms, the novels of Joyce or the poetry of T. S. Eliot – the former's *Ulysses* and the latter's *The Waste Land* were both published in 1922 – registered distinctively new 'modernist' modes of feeling and perception characterized by a marked sense of discontinuity. Hence the theorist Marshall Berman sees a simultaneous sense of exhilaration and impending catastrophe, reflective of the fractured conditions of life at the time, as defining modernist sensibility.

Early 20th-century art movements powerfully reflect this new mind-set. Daringly innovatory in technical terms, movements such as Cubism and Futurism, both of which were at their height around 1910–13, moved beyond the calm surface of traditional painting to probe the structure of consciousness itself. Arguably, though, it is to Dada and Surrealism that we should look for the most compelling explorations of the modern psyche, not least because both movements placed considerable emphasis on mental investigation. Dada partially saw itself as re-enacting the psychic upheaval caused by the First World War, while the irrationalism celebrated by

Surrealism could be seen as a thoroughgoing acceptance of the forces at work beneath the veneer of civilization. This chapter summarizes the overlapping histories of both movements, but, first of all, what attitude links them to the other art movements of the early 20th century?

The 'avant-garde'

More than anything else, Dada and Surrealism were 'avant-garde' movements. The term 'avant-garde', which was first employed by the French utopian socialist Henri de Saint-Simon in the 1820s, initially had military connotations, but came to signify the advanced socio-political as well as aesthetic position to which the modern artist should aspire. Broadly speaking, art in the 19th century was synonymous with bourgeois individualism. Owned by the bourgeoisie or shown in bourgeois institutions, it was a means by which members of that class could temporarily escape the material constraints and contradictions of everyday existence. This state of affairs was challenged in the 1850s by the Realism of the French painter Gustave Courbet, which, by fusing a socialist agenda with a matching aesthetic credo, arguably represents the first self-consciously avant-garde tendency in art. By the early 20th century, several key art movements – such as Futurism in Italy, Constructivism in Russia or De Stijl in Holland, as well as Dada and Surrealism – were pledged to contesting any separation between art and the contingent experience of the modern world. Their reasons for doing so were inflected in different ways by politics – the Constructivists, for instance, were responding directly to the Bolshevik Revolution in Russia – but they tended to share the belief that modern art needed to forge a new relationship with its audience, producing uncompromising new forms to parallel shifts in social experience. For the cultural theorist Peter Bürger, writing in the 1970s, the mission of the early 20th-century European avant-garde thus consisted in undermining the idea of art's 'autonomy' ('art for art's sake') in favour of a new merging of art into what he calls the 'praxis of life'.

Dada and Surrealism thus shared the defining avant-garde conviction that social and political radicalism should be bound up with artistic innovation. The artist's task was to move beyond aesthetic pleasure and to affect people's lives; to make them see and experience things differently. The Surrealist goal, for instance, was nothing less than the French poet Arthur Rimbaud's call to 'change life'.

As already noted, the modern art of the early 20th century – the pictorial fragmentation of Picasso and Braque's Cubism, for instance – represented a startling break with traditional artistic conventions. The standard art-historical way of understanding this break is to see it as representing the legacy of late 19th-century French artists such as Gauguin, Seurat, Van Gogh and Cézanne, alongside a general shift of sensibility that had been effected by European Symbolism in the 1880s and 1890s. In the paintings of Cézanne and Gauguin, for instance, space was flattened out and colour distorted in a radical departure from naturalism. Such conditions paved the way for the abandonment of Renaissance pictorial conventions, such as linear perspective, in Picasso's watershed painting of 1907, the proto-Cubist *Les Demoiselles d'Avignon*. At the same time German Expressionism and French Fauvism experimented further with expressive, non-naturalistic uses of colour.

Dada and Surrealism were certainly beholden to Cubism and Expressionism, alongside Futurism, for their new pictorial languages. Cubist collage, for instance, led directly to the Dadaists' development of 'photomontage'. But the Dadaists and Surrealists would have been deeply uncomfortable with the idea, implicit in much of Cubism, that formal innovation alone provides a rationale for art. Much as the art of Cubism aimed to shock or disorientate its viewers into rethinking their relations with reality, it was ultimately 'autonomous' art; art about art. For Dada and Surrealism the stakes were considerably higher than this. Like certain other 20th-century art movements such as Futurism, which reflected the speeded-up, multi-sensory world in which people in the first decade of the 20th century were living, Dada and Surrealism were committed to probing experience itself.

This commitment to lived experience meant that Dada and Surrealism were ambivalent about the idea of art as something sanctified or set apart from life. This is a fundamental point, and it is why it is inappropriate to treat Dada and Surrealism as identifiable stylistic 'isms' in art history. In actual fact there was comparatively little stylistic homogeneity among the artists involved, and literature was as important to them as visual art. It would be more accurate to describe these movements as ideas-driven, constituting attitudes to life, rather than schools of painting or sculpture. Any form, from a text to a 'ready-made' object to a photograph, might be used to give Dada or Surrealist ideas embodiment. In Dada a basic distrust for the narrowness of art frequently translated into open antagonism towards its values and institutions. At this point, therefore, we should put generalities aside and examine the overall historical outlines of Dada. A discussion of Surrealism will arise out of this.

Dada's origins: Zurich and New York

The 'myth of origins' of Dada centres on one man, the poet and theorist Hugo Ball, and the cabaret bar, called the Cabaret Voltaire, which he opened in the Spiegelgasse in Zurich in February 1916.

The cabaret was initially modelled on prototypes in cities in which the itinerant Ball had previously lived, namely Munich and Berlin. Like the cabarets there, it offered a heterogeneous programme of events ranging from the singing of street ballads to the recital of poems in the dominant Expressionist mode. Ball's early associates at the cabaret, all of whom were expatriates like himself, included Ball's girlfriend the cabaret performer Emmy Hennings, the Romanians Tristan Tzara and Marcel Janco, a poet and artist

2. Marcel Janco, *Cabaret Voltaire*, oil on canvas (photograph of lost work), 1916

respectively, the Alsatian poet-artist Hans/Jean Arp (his alternating name reflecting his dual French/German nationality) and Arp's partner, the Swiss-born textile designer and dancer Sophie Taeuber. Shortly they would be joined by the German poet Richard Huelsenbeck and later by the likes of the German writer Walter Serner and the experimental filmmakers Hans Richter, from Germany, and Viking Eggeling, from Sweden.

Although the performance events staged by this group at the Cabaret Voltaire were initially fairly conventional, they quickly turned into provocations. Tzara was to recall a particularly notorious performance in July 1916:

> In the presence of a compact crowd . . . we demand the right to piss in different colours . . . shouted Poem –shouting and fighting in the hall, first row approves second row declares itself incompetent the rest shout, who is the strongest, the big drum is brought in Huelsenbeck against 200.

To a degree such confrontational proceedings followed in the wake of a series of performances in Italy and other European locations by the Italian Futurists during 1909–13. Although their knowledge of Futurism was partial, Cabaret Voltaire performers such as Ball and Huelsenbeck were aware of its leader Marinetti's experimental poetry or 'parole in libertà' and the Futurist performers' confrontational use of cacophonous or 'bruitist' barrages of noise. Ball developed a form of 'phonetic' poetry in which made-up words jostled rudimentary linguistic fragments. His 'Karawane' of 1916, a poem which appears to mimic the trumpetings and slow movements of a caravan of elephants, begins 'Jolifanto bambla ô falli bambla'. Other Dada poets and performers joined forces to recite 'simultaneous poems', in which texts were read aloud or chanted simultaneously. To some extent, such techniques were extrapolations from Futurist prototypes. However, Dadaist phonetic poetry was often more uncompromisingly 'abstract' than the Italian precedents, and the Dadaists themselves had little of the Futurists' faith in technological progress and none of their pro-military fervour.

Dada performances also borrowed elements from Expressionism, the style which had been dominant in German art up until that point, and from which the German-born participants in the Cabaret Voltaire were gradually departing. There had been a cult for African art among the Expressionists, as there had been among the French Cubists, and the performers at the Cabaret Voltaire occasionally engaged in 'negro dancing'. Further primitivizing undertones could be found in the incessant drum-beating with which Huelsenbeck famously baited the audience at the Cabaret.

The artistic activities at the Cabaret Voltaire were diverse. They extended beyond performance poetry and dance to the radically simplified geometrical collages of Hans Arp, which were often displayed during performances. This demonstrates the equality accorded to visual and literary production by the Dadaists, an attitude which was essentially an inheritance from 19th-century cultural movements such as Romanticism and Symbolism, as well as from Futurism and Expressionism. But the group's lack of adherence to any delimited sense of art, and their confrontational ethos, was ultimately determined as much by social and political realities as anything else. Their very reason for being in Zurich was its neutral position at a time when their home countries were involved in the carnage of the First World War. There is an important way in which the Zurich Dadaists equated the war which was raging elsewhere with a conviction that the values attaching to pre-war art were largely decadent ones. If oil painting and bronze-cast sculpture had become synonymous with the interiors of high-class boudoirs, the Dadaists would assemble new structures from bits of paper or from pre-existing objects. If poetry was synonymous with refined sensibility, they would wrench it apart and reorientate it towards babble and incantation. As a group they were united in a hatred for the professionalization of art, seeing themselves as cultural saboteurs, but it was not necessarily art *per se* that they rejected; rather it was the way art served a certain conception of human nature. In his writings, Arp in particular would equate the art produced prior to the war with egotism and a too-high valuation of humanity. Voicing commonly felt Dadaist sentiments he would later write:

> Revolted by the butchery of the 1914 World War, we in Zurich devoted ourselves to the arts. While the guns rumbled in the distance, we sang, painted, made collages and wrote poems with all our might. We were seeking an art based on fundamentals, to cure the madness of the age, and a new order of things that would restore the balance between heaven and hell.

It is interesting that a fundamentally constructive note is struck by Arp's talk of a curative role for art and a 'new order of things' here. Other Dadaists would be considerably more negative, seeking to destroy art as a concept. Arp himself had an almost messianic sense that it could be reinvented. But what would the coming of Dada represent? Turning to the origins of the word 'Dada', which are profoundly confusing, since various group members claimed to have discovered it in different circumstances, it seems that it was the word's sheer open-endedness that attracted them. Writing in his diary of the Dada years, *Flight Out of Time*, now one of the crucial primary sources for knowedge of the Zurich movement, Hugo Ball recorded that, after a few months of activities at the Cabaret Voltaire, the group began to see the need for a collective publication and hence for some form of label:

> Tzara keeps worrying about the periodical. My proposal to call it 'Dada' is accepted . . . Dada is 'yes yes' in Rumanian, 'rocking horse' and 'hobbyhorse' in French. For Germans it is a sign of foolish naiveté, joy in procreation, and preoccupation with the baby carriage.

By contrast Huelsenbeck recalled that he discovered the word while leafing through a dictionary with Ball and was moved to exclaim that 'the child's first sound expresses the primitiveness, the beginning at zero, the new in our art'. It is significant that Ball stresses the international mobility of the concept, seeing it as a kind of cultural esperanto, while Huelsenbeck stresses notions of rupture and renewal. Both attitudes were key ingredients of Dada. Beyond this, the word paradoxically stood for everything and nothing. It amounted to a kind of absurd admixture of affirmation and negation, a kind of pseudo-mysticism. Art was a dead religion. Dada was born.

A complication here, however, is that Dada was born elsewhere simultaneously. In 1915 two French expatriates Marcel Duchamp and Francis Picabia arrived at a similar position, at a somewhat greater remove from the European war, in New York. Both artists had been prominent in French artistic circles before the war, but gravitated to America feeling that it would be more receptive to new ideas. Duchamp's Cubist-influenced painting *Nude Descending a Staircase no 2* had found little success with the Parisian avant-garde but had travelled to New York and been a success at the 'Armory Show' exhibition of 1913. By 1915 Duchamp had come to formulate what he described as an anti-retinal stance in relation to the visual innovations introduced into French art by Matisse, on the one hand, and Cubism on the other. Duchamp's distaste for art which appealed solely to the eye rather than the intellect went hand in hand with a cynicism about the effects the machine age had wrought on the human psyche. Humanist rhetoric continued to uphold notions of the soul and romantic love, but, seeing this as self-deluding in the face of society's increasing mechanization, Duchamp and Picabia began around 1915–16 to develop a parodic language of machine/human hybrids, most significantly in Duchamp's painting-on-glass, *The Bride Stripped Bare by her Bachelors, Even* (or *Large Glass*), a work which was to be abandoned as 'definitively unfinished' in 1923.

Duchamp's antipathy towards the 'craft' associations of visual art, and his concomitant belief that ideas should replace manual skill as the prime components of works of art, led to his selection of

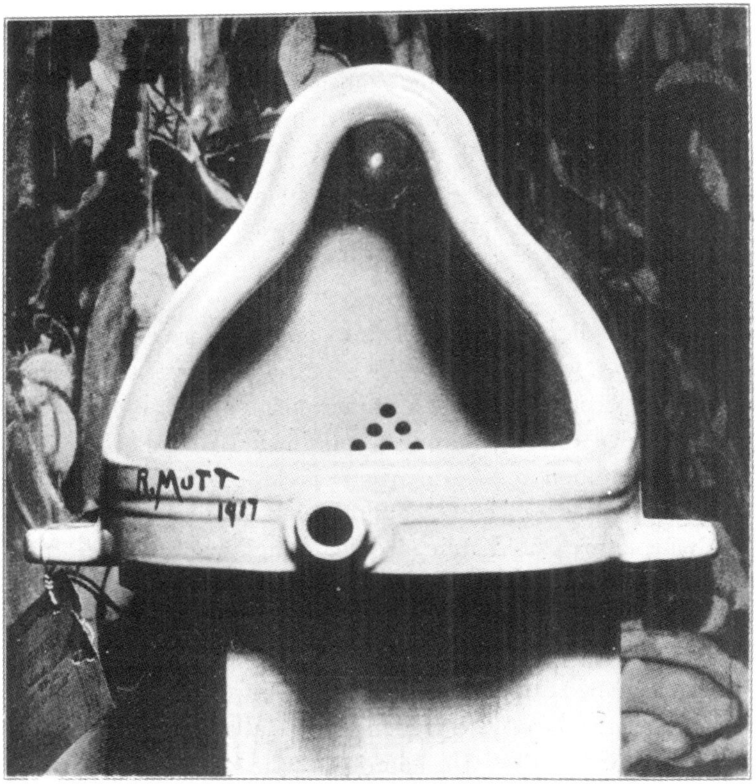

THE EXHIBIT REFUSED BY THE INDEPENDENTS

3. Marcel Duchamp, *Fountain*, readymade, photograph by Alfred Stieglitz as it appeared in the journal, *The Blind Man*, 2 (Mar. 1917)

'readymade' items as art objects from 1913 onwards. Most notoriously, he submitted a men's urinal – playfully signed 'R. Mutt' and titled *Fountain* – for the New York Society of Independent Artists exhibition in April 1917.

The work's rejection by a hanging committee, in spite of a policy whereby payment of a member's fee guaranteed exhibiting rights, became a Dada manifestation in itself.

By this point there appears to have been some knowledge of Zurich

Dada activities on the part of Duchamp and Picabia, but the label itself was barely used in New York until the early 1920s. For this reason the activities of Duchamp and Picabia of 1915–17 are often labelled proto-Dada. Certainly a sizeable avant-garde network quickly developed around the Europeans. It included members of the so-called 'Stieglitz circle' who were associates of the American photographer Alfred Stieglitz, a crucial advocate of avant-garde art in the USA through his 291 gallery in New York, and members of the 'Arensberg circle', named after the wealthy art collectors Walter and Louise Arensberg, who acted as Duchamp's patrons. Its key figures, however, were the American photographer Man Ray, who was to collaborate on a number of later projects with Duchamp, and two people who were to become Dada mascots, on account of their innate eccentricity: the mercurial Arthur Cravan and the German-born writer Baroness Elsa von Freytag-Loringhoven.

German Dada

In 1918 Dada extended to Berlin as an outcome of the polemical zeal of Richard Huelsenbeck, who had arrived there from Zurich the previous year. In Berlin the validity of art-for-art's sake attitudes were even more clearly undermined by the stark social realities gripping the city. Germany had, at this point, lost the war and was undergoing economic collapse as an outcome of the reparations demanded by France and Belgium. In addition to its economic instabilities, it was teetering on the verge of social revolution in the wake of the Bolshevik Revolution in Russia of 1917. The relatively conservative socialist government in power met forceful opposition from Communists, particularly the Spartacist faction, and reacted with acts of brutal suppression. It is not surprising then that the Berlin Dadaists tended to be highly politicized. Aligned communally as 'Club Dada', they broke down into two groups of friends. One group, which included Walter Mehring, Wieland and Helmut (later John) Heartfield, and George Grosz, were Communist sympathizers (the last three were card-carrying members of the Party). The other group, including Raoul

Hausmann, Hannah Höch, and Johannes Baader, were more sympathetic towards anarchism.

Anti-art in Berlin manifested itself in open opposition to the main aesthetic trend in Germany, Expressionism. Duchampian distase for humanist iconography and the sensual indulgences of 'retinal art' transmuted in Berlin into a discomfort with 'inwardness' and the spiritualized expressive gesture. Despite the fact that Berlin artists such as Grosz and Hausmann had previously worked in graphic idioms attuned to Expressionism, Richard Huelsenbeck now berated the previous artistic generation in a key manifesto of 1920 asserting 'On the pretext of carrying out propaganda for the soul, they have, in their struggle with naturalism, found their way back to the abstract, pathetic gestures which presuppose a comfortable life free from content or strife.' By contrast, Huelsenbeck argued, a new art – that of the Berlin Dadaists – would be 'visibly shattered by the explosions of last week . . . forever trying to collect its limbs after yesterday's crash'.

Not surprisingly the Berlin Dada group spurned traditional painting in favour of Hausmann's phonetic poetry, or the highly original deployment of photomontage techniques by Hausmann, Höch, Grosz, and Heartfield. The fragmentary shards of photographic imagery in their early photomontages, often picturing machinery in a manner broadly analogous to the New York Dadaists, eventually gave way to the apparently seamless surfaces in which John Heartfield specialized. Heartfield's slick montages made use of essentially Surrealist techniques of juxtaposition for savagely satirical purposes. After Berlin Dada's demise in the immediate aftermath of its major public manifestation, the 'Dada Fair' in Berlin of June 1920, Heartfield was to become a merciless commentator on the rise of Nazism in Germany, and his photomontages appeared regularly on the covers of Communist journals such as the *Arbeiter-Illustrierte-Zeitung* (Workers' Illustrated Newspaper).

Elsewhere in Germany there were further Dada outposts. Hanover, considerably more conservative and sedate than Berlin, was home to Kurt Schwitters. Friendly with Berlin artists such as Hausmann and Höch but refused membership of 'Club Dada' by Huelsenbeck for his lack of political commitments and supposedly 'bourgeois' demeanour, Schwitters ploughed his own distinctive furrow, pioneering a form of collage in which urban detritus (discarded bus tickets, sweet wrappers, etc.) was implicitly revalued by being corralled into abstract visual structures. Schwitters adopted the label 'Merz', abstracted from the word 'Commerzbank' in one of his collages, to designate his activities, which by the mid-1920s had extended to the creation of an enormous proto-installation, known as the 'Merzbau', which developed organically through several rooms of his house. In the early 1920s Schwitters established close contacts with artists involved with the International Constructivist movement, as its principles of geometrical abstraction percolated through Germany and Holland. The co-founder of the Dutch De Stijl movement, Theo van Doesburg, was to participate somewhat vicariously in Dada around this time, under the pseudonym 'I. K. Bonset'. He along with Schwitters, Arp, Richter, Hausmann and Tzara attended a 'Dada–Constructivist Congress' at Weimar in September 1922, forging contacts with important German-based Constructivists such as László Moholy-Nagy and El Lissitsky. For a few years sporadic collaborations occurred in and among these groups. In a sense this episode falls outside of Dada proper, at least to the extent that Dada was opposed to purely aesthetic experimentation. But Arp and Schwitters, with their abstract interests, were exceptions to this rule, and the rhetoric of Zurich Dada had in any event included calls for a 'new order'.

Cologne, a far less turbulent city than Berlin, and one which fell under British occupation immediately after the war, provided the setting for a further offshoot of Dada in 1918–20. Here the key figures were Max Ernst and Johannes Baargeld, a pseudonym adopted by Alfred Grunewald with the surname translating as 'money bags', an oblique reference to Grunewald's banker father. Cologne Dada's membership extended to a more politicized faction including Franz Seiwert and Heinrich and Angelika Hoerle, but the group only really coalesced around one key event, the anarchic 'Cologne Dada Fair' of April 1920 (see Chapter 2). Beyond this, the essentially apolitical but bitterly absurdist collages and photomontages of Ernst, characterized by startling collisions of imagery, set the tone for this Dada formation. As with Duchamp and Picabia's work elsewhere, a savage indictment of the art of the past could be found in Ernst's reworkings of traditional religious iconography.

French Dada

Just as Cologne was positioned in cultural terms between Germany and France, so Ernst tended to look to Paris to a much greater degree than other German Dadaists. He eventually moved there in 1922. Dada in Paris is a complex affair, in terms of its shifting clientele and their allegiances. It was born early in 1919 with the arrival of Picabia, Dada's self-appointed ambassador of nihilism. He had just spent a period in Switzerland during which he had turned up in Zurich, representing, for Zurich Dada's chronicler Hans Richter, 'an experience of death'. Zurich Dada in its final phase was nihilistic in any case, with Walter Serner declaiming a particularly bleak *Last Loosening Manifesto* at the final public manifestation of the movement in April 1919. In Paris Picabia paid host to Duchamp who was revisiting his home country. Duchamp's enigmatic persona, expressed in gestures such as the iconoclastic *LHOOQ* consisting of these letters (producing the French equivalent for 'she has a hot arse' when read aloud) written beneath a reproduction of the Mona Lisa with pencilled-in moustache and beard, quickly elicited the admiration of a group of young Parisian poets grouped around the journal *Littérature*. This group – notably Louis Aragon, Théodore Fraenkel, Paul Eluard, and Philippe Soupault – was effectively 'led' by André Breton.

A charismatic personality in his own right, Breton was profoundly affected by the example of others. Centrally important for him was the French poet Guillaume Apollinaire, the associate of Picasso and critical advocate of Cubism, who had died in 1918. In many ways Breton was to assume Apollinaire's role as avant-garde catalyst. Another influence was Breton's friend Jacques Vaché, a dandy whose bitter humour (christened by himself 'umour') and sense of futility led him to commit suicide with an overdose of opium, shortly after the Armistice was signed, in 1919. With such precedents in mind, alongside that of Duchamp, Breton developed his own essentially cerebral brand of Dada.

In early 1919 Breton looked to the example of Tristan Tzara whose powerful 1918 manifesto had appeared in the third edition of *Dada*, a magazine published by the Zurich group. 'The Principle "Love thy neighbour" is hypocrisy. "Know thyself" is utopian but more acceptable because it includes malice. No pity. After the carnage we are left with the hope of a purified humanity', wrote Tzara, shifting from the rhetoric of nihilism to that of redemption in familiar Zurich style. Tzara himself arrived in Paris in January 1920 but over the next couple of years Breton, whose tendency to seek coherence of outlook gradually alienated him from the anarchic Picabia, as well as Tzara, inevitably assumed avant-garde leadership.

Paris Dada was bluntly negativistic in tone. Opposed though it was to the right-wing government that had come to power in France after the war, it was rarely overtly political like Dada in Berlin, and far removed from the proto-constructive ethos of Dada's early phase in Zurich. Its key manifestations were a series of public provocations in one of which, in March 1920, Breton read out Picabia's 'Cannibal Manifesto':

> What are you doing here, planted on your backsides like a load of serious mugs . . .
> . . . you serious people, you smell worse than cow dung
> DADA, as for it, it smells of nothing, it is nothing, nothing, nothing.
> It is like your hopes: nothing
> like your heaven: nothing . . .

like your politicians: nothing . . .
like your artists: nothing . . .

Fundamentally, Paris Dada, like Dada manifestations elsewhere, waged war on the outworn rhetoric of art. At the same event, Picabia presented a canvas with a stuffed monkey attached to it surrounded by the words: 'Portrait of Cézanne, Portrait of Rembrandt, Portrait of Renoir . . . '

Surrealism: beginnings

By mid-1922 Paris Dada, the final full-blown incarnation of the movement, had become mired in its own negativity. Its demise was signalled by Breton's organization of a 'Congrès de Paris' which, in aiming to pinpoint the overall direction of avant-garde activity, tacitly asserted that Dada was what it wanted to avoid becoming: another movement in art history. Breton's penchant for cultural politics is evident here. Accusing Dada of 'insolent negation' and a taste for 'scandal for its own sake', he seized the opportunity to reorientate avant-garde priorities. The way was prepared for Surrealism.

Max Ernst arrived from Cologne late in 1922, providing a link with German Dada activities, although not at their most politicized. For a couple of years, between 1922 and 1924, there was a kind of hiatus between Dada and Surrealism, a phase christened by its participants the 'mouvement flou' (indistinct or hazy movement) during which Breton, Aragon, and Eluard, along with newer recruits to the *Littérature* circle such as Robert Desnos and René Crevel, engaged in a variety of experimental activities. Most dramatic of these were the 'seances' in which certain group members, notably Desnos, responded bizarrely to questions when in self-induced trances. An interest in the irrational which had manifested itself in Dada as anti-bourgeois psychic free play was now being systematically explored. While serving as a medical orderly in the French army during the war, Breton had become acquainted with Sigmund Freud's theories of the unconscious. The psychoanalyst's works were first translated into French during the early 1920s, and Breton and his friends rapidly assimilated the scientific idea of the unconscious to their poetic interests, developing techniques of 'automatic writing' whereby, partly on the model of Freudian 'free association', rapid flurries of writing were carried out in the absence of any preconceived idea. However, a meeting between Breton and Freud in Vienna in 1921 clearly established that Freud had little sympathy for such artistic adaptations of his therapeutic techniques.

By 1924 Breton saw fit to consolidate these tendencies under a label, and after its lengthy gestation Surrealism was born with the publication of Breton's First Surrealist Manifesto.

The word Surrealism had originally been coined in 1917 by Breton's role model Apollinaire, but Apollinaire's rather vague attempts to characterise a new supra-logical spirit in the arts were given greater precision in Breton's 1924 manifesto where Surrealism was said to be 'based on the belief in the superior reality of certain previously neglected associations, in the omnipotence of dreams, in the disinterested play of thought'. The manifesto was essentially a poet's charter; little attention was given to the visual arts at this stage and priority was accorded to 'psychic automatism . . . by means of the written word, or in any other manner'. The fact that this was to be conducted 'in the absence of any control exercised by reason, exempt from any aesthetic concerns' made it clear that Surrealism had inherited one central principle from Dada, which returns us to the thrust of the earlier discussion: the critique of a self-referring autonomous art. Like Dada, Surrealism was dedicated to erasing distinctions between the claims of 'art' and those of 'life'. Naming Freud as the guiding light for the Surrealist project, Breton talked not so much of the aesthetic producer but of the 'human explorer' carrying out 'investigations'. Nothing less than a revolution was envisaged. 'The imagination', it was asserted, 'is perhaps on the point . . . of reclaiming its rights.'

Surrealism began as a literary movement. Its early pantheon of forerunners were French poets and writers such as Arthur Rimbaud, Isidore Ducasse (the Comte de Lautréamont), Raymond Roussel and Alfred Jarry. As the 1920s progressed, visual artists, particularly painters, increasingly came into its orbit, attracted by the ideal of a 'peinture poésie'. Max Ernst, his artistic style decisively affected by an encounter with reproductions of works by the Italian painter Giorgio de Chirico, pioneered what might loosely be described as 'dream painting'.

Central as dreams were as subject matter for Surrealist artists, the process of transcribing them visually necessitated considerable conscious deliberation. As various commentators pointed out, this was counter to the ideal of bypassing the control of reason. Critical interventions like this, demanding a constant re-evaluation of principles, became very much the norm in Surrealism. Indeed, the attack on 'dream painting' prompted the artists André Masson and Joan Miró to produce visual equivalents of the automatism that had long been practised by the movement's poets. Another shortcoming of 'dream painting' was that it could be apprehended all in one go, while dreams, of course, unfold in time. The way was therefore opened for film to respond to Surrealist requirements, and the late 1920s saw the production of two highly significant films: *Un Chien Andalou* (An Andalusian Dog) and *L'Âge d'Or* (The Golden Age), both the result of collaborations between Spaniards who had gravitated to Paris, Luis Buñuel and Salvador Dalí.

Dalí's attraction towards Surrealism in 1929 shows how successfully Surrealism managed to recruit new talent. At the same time established names occasionally lent support; Picasso allowed several new works to be reproduced in the Surrealist journal *La Révolution Surréaliste* in the mid to late 1920s without ever officially joining the group. Certain figures became established as mainstays of the movement; the painters Ernst and Yves Tanguy for example. Another mainstay was the photographer Man Ray who, having been a collaborator of Duchamp's in the New York Dada

4. Max Ernst, *Pietà/Revolution by Night*, oil on canvas, 1923, Tate Gallery, London

days, became very much the staff photographer of official Surrealism while also producing his own experimental 'rayographs' (cameraless photographs) and studio studies of nudes. Other individuals sporadically fell in and out of favour with the increasingly autocratic Breton, and several were summarily excommunicated for failing to match up to expectations of doctrinal or ideological purity. The year 1929 was a watershed in this respect when figures such as Georges Ribemont-Dessaignes, Robert Desnos, Roger Vitrac, André Masson, Philippe Soupault, Antonin Artaud, and the ethnographically trained writer Michel Leiris, in the wake of a specially convened meeting in which they were accused of failing to observe group protocols, were publicly denounced by Breton in his *Second Manifesto of Surrealism*.

In actual fact, there had been a rift for some time between the 'Rue Fontaine' Surrealists, so-named after the street in Paris where Breton lived and held group meetings, and the 'Rue Blomet' faction which incorporated Masson, Miró and Leiris among others. The latter group's penchant for Nietzschean philosophy had always alienated them from Breton and when they began to be courted by Georges Bataille, an ethnographer and writer who emerged as a key intellectual rival to Breton in the late 1920s, mainly via his journal *Documents*, Breton saw the need to act decisively. His Second Manifesto was partly aimed at undermining the appeal of Georges Bataille. As far as Bataille was concerned, Breton's thought was flawed by its idealist presuppositions. Breton's aesthetics, which were rooted in Hegelian dialectics, returned constantly to the notion of the new reality produced when two incompatible images collide. The much quoted exemplification of this for the Surrealists was Lautréamont's extended simile 'Beautiful as the chance meeting on a dissecting table of a sewing machine and an umbrella'. By contrast to such an aesthetic of revelation Bataille advocated what he called a 'base materialism' whereby art sought to confront the lowest or most bestial aspects of humanity. Artists in sympathy with Bataille, such as Masson, therefore tended to produce imagery which, for Breton, could appear gratuitously offensive. A more direct attack on Breton was mounted in the form of the pamphlet 'A Corpse' published by the Bataille camp in 1930. Breton, pictured as a martyred Christ, was lampooned for his censorious judgements and self-importance.

Breton's *Second Manifesto* in any case signalled a shift in the philosophical direction of Surrealism. Previously the emphasis within the movement had tended to be on the contents of the mind, or what Breton termed the 'interior model'. The emphasis was now placed on the interaction between the interior realm and external reality, in a dialectical relationship. This new orientation had repercussions in terms of visual production. In many ways the meteoric rise of Dalí hinged on a revival of 'dream painting' but, ever the career strategist, Dalí ingeniously swung the emphasis of his work away from internal reverie to what he described as a paranoiac 'delirium of interpretation' in relation to external reality. At the same time a veritable cult of the Surrealist object emerged from around 1930, led by Dalí and the Swiss-born artists Alberto Giacometti and Meret Oppenheim. Here the emphasis was on the artist finding an object in the external world which corresponded to unconscious requirements, hence reinvigorating the relations between inner and outer reality. A cult of the 'encounter', which went back to the early days of Surrealism, was simultaneously stepped up. Wandering through a Paris that was magically informed by a hidden network of meanings, the Surrealist flâneur would make himself available to the dictates of 'objective chance'. True to the underlying avant-garde ethos of Surrealism, however, this new engagement with the external world manifested itself more literally in politics.

Surrealism: politics and internationalism

The Surrealists' engagement with politics had begun in 1925 when they opposed the French colonial war in Morocco. By 1927 their passionate opposition not only to France's right-wing government but to capitalism in general led to them joining the French Communist Party. However, from the beginning it proved difficult to square their political inclinations with their artistic aims. How, as internal critics such as Pierre Naville argued, could a political ethos of collectivism be reconciled with the extreme individualism of Surrealist poetry and art? Should a revolution of the mind precede a social revolution or vice versa? After Breton's group purges of 1929, which were themselves partly predicated on the relative claims of group solidarity and individualism, these questions became particularly pressing. The Surrealists were now forced to respond to the requirements of a new Stalinist regime in Russia. Matters came to a head in 1932 when Louis Aragon officially quit Surrealism in favour of the Communist Party. As the 1930s progressed, 'Socialist Realism' – a legible, realist art for the masses – became the officially sanctioned art of Communism, and Breton's Trotskyist commitment to a cultural-cum-political revolution alienated the Surrealists decisively from Soviet orthodoxy.

Despite such ideological turbulence, Surrealism in the 1930s attracted a number of newcomers. Several of these were women, ranging from the English painter and writer Leonora Carrington, who largely explored mythological themes, to the French writer and photographer Claude Cahun, who produced self-images questioning her own gender identity. Within male Surrealist art, primacy had always been given to the expression of sexual desire, usually conceived of in heterosexual terms, and the 1930s saw the erotic work of the German Hans Bellmer coming to prominence. Violent and morally taboo fantasies were licensed in Surrealism by a cult around the French 18th-century pornographer, the Marquis de Sade, conceived of as an apostle of liberty.

The later 1930s was also a period in which Surrealism, as a set of doctrines, spread both to other European countries and to other continents. In the 1920s Surrealism had attracted important figures from countries such as Spain or Germany to Paris. As the world became more politically volatile in the 1930s – with numerous countries affected to varying degrees by the political polarities of Communism and Fascism – the movement's principles and values appealed to Leftist and anti-Fascist artists and writers in a variety of new contexts. In this sense it often achieved a political potency elsewhere that it was incapable of in France. The first substantial subgroup was formed in Belgium in 1926 by the writer Paul Nougé and incorporated artists such as E. L. T. Mesens, René Magritte and, later, Paul Delvaux and the photographer Raoul Ubac. By the mid-1930s Surrealism had gained a foothold in Eastern Europe. Two Romanians, Victor Brauner and Jacques Hérold, had been important additions to the Paris group in the early 1930s, but particularly significant was the formation of a Prague group in 1934, its prominent figures being Karel Teige, the collagist Jindrich Styrsky and the painters Josef Sima and Toyen (Marie Cernunová). Both the Belgian and the Czechoslovakian groups had friendlier relations with their national Communist Parties than the Paris group.

In 1936 the important 'International Exhibition of Surrealism' took place in London, serving as the rallying point for a disparate collection of English talents such as the writer David Gascoyne, the painters Roland Penrose and Eileen Agar, and the filmmaker Humphrey Jennings. Large international exhibitions very much provided the symbolic locus for Surrealism by this time. Dramatic staging had always been a distinctive aspect of Surrealism (a small but striking display of objects was shown at Charles Ratton's Paris gallery in 1936 for instance), but 1938 saw their most flamboyant exhibition yet, the 'International Exhibition of Surrealism' held at the Galerie des Beaux Arts in Paris in which the ceiling of the main room was hung with coal sacks filled with newspapers.

That same year Breton travelled to Mexico to cement ideological bonds with Trotsky and the muralist painter Diego Rivera. This established the foundations for a Surrealist presence in Latin America, with figures such as the photographer Manuel Alvarez Bravo and the painter Frida Kahlo being hailed as Surrealists, however much their work dealt with 'local' traditions and concerns. The Surrealists were always voracious in their annexation of cultural and social 'others'. They saw their work as paralleling that of the art of the insane, and often placed their artworks alongside objects such as Oceanic masks. Sometimes this amounted to an insensitive appropriation of quite different modes of understanding, but with the onset of the Second World War and the inevitable dispersal of the Parisian nucleus of the group, Surrealism as a French-identified phenomenon was forced to adapt to new cultural imperatives.

In 1941 Breton, along with artists such as Masson and Ernst, left German-occupied France via Marseilles, although some of his old allies such as Eluard chose to remain in Paris. Breton's exile proved to be a catalyst in various ways. On the one hand, his visit to Martinique, en route to the US, brought him into contact with the 'négritude' movement that was under formation in the French colonies, and more particularly with the poet Aimé Césaire. Surrealism thus truly became a language of the culturally marginalized. On the other hand, Breton's presence in New York from 1942 to the end of the war meant that the foundations were laid for an American response to Surrealism, despite the fact that Breton himself remained defiantly French and refused to learn English.

Before the war the American take-up of Surrealism had been confined to isolated instances, such as the work of Joseph Cornell, who produced poetically allusive tableaux in open-fronted wooden boxes from the late 1930s onwards. With the presence of Breton and several key painters in the US, Surrealism now began to inform the abstract painting that was dominant in New York. Several older New York painters, notably the Chilean-born Roberto Matta and the Armenian-born Arshile Gorky, started to incorporate elements from the painting of Surrealists such as Miró and Masson such as biomorphism (the use of semi-abstract organic forms) and automatism into their work. Such experiments eventually proved instrumental in the development of Jackson Pollock's variant of Abstract Expressionism. Abstraction, underpinned by Surrealist faith in the dictates of the unconscious or the primal, dominated the immediate post-war period in the US but by the mid-1950s artists had begun to rediscover the implications of Dada. Duchamp, who had moved from France to New York just after Breton but whose influence had initially been more 'underground', now came to be seen as the decisive figure. His concept of the 'readymade' and his interest in mass culture seemed much more attuned to American sensibility and would provide one of the reference points for Pop Art. Given that the readymade had been a Dada invention, it could easily be argued that Dada, rather than Surrealism, set the agenda for post-1945 art in America.

Breton returned to France after the war, but Surrealism could no longer command the intellectual authority it had once had. Existentialism seemed much more pertinent to the changed times. Arguably Surrealism did not re-emerge as a cultural influence until the 1960s, and it was once again Dada's concern with the readymade or with processes of assemblage which caught the imaginations of the most prestigious French artists of the 1950s such as Yves Klein or Arman. Surrealism as a movement certainly continued until Breton's death in 1966, and periodically came up with dramatic flourishes; in the 1959 *EROS* exhibition in Paris, for instance, the ceiling of the opening 'Love Grotto' 'breathed' courtesy of hidden air pumps. But the movement's characteristic devices now arguably bordered on the 'kitsch' and it had nothing approaching the status it had once had. Paradoxically, however, its influence had become pervasive in the world at large. If it had once aligned itself with Communism, its artistic techniques of juxtaposition and disorientation were now fundamental to the advertising strategies of late capitalism.

Dada-and-Surrealism?

The above summaries of Dada and Surrealism are intended to provide the reader with a 'map' which can be referred back to while reading the rest of this book. The narrative they supply is predicated on the idea that Dada and Surrealism are in some sense 'wedded'. This model of Dada-and-Surrealism has been rehearsed almost as a matter of course in anglophone cultures during the past century. It was used to underpin the first substantial historical survey of the movements, Alfred Barr's exhibition 'Fantastic Art, Dada and Surrealism' at the Museum of Modern Art, New York, in 1936. Later it informed the substantial book by another MoMA curator, William Rubin, *Dada and Surrealist Art*, in 1968. It was further upheld in the important scholarly reassessment of the two movements 'Dada and Surrealism Reviewed' at the Hayward Gallery, London, in 1978. But how naturally do these movements sit together?

It would be argued by some that 'Dada-and-Surrealism' as a portmanteau concept actually betrays a Francophile historical bias. Indeed from the point of view of a committed Germanist it might be seen as potentially misleading. As we will see, 'Expressionism-and-Dada' might imply as valid an historical narrative for someone primarily interested in German-speaking cultures.

To counter this objection we would have to acknowledge that both movements were avowedly internationalist. Certain figures who literally moved over from Dada to Surrealism, such as Picabia, Tzara, Ernst and Arp, also moved freely from one European culture to another and were bi- or multi-lingual. For political reasons, both Dada and Surrealism abhorred nationalist sentiment and tended to see themselves as addressing humanity at large, although it should be noted that the 'universalizing' rhetoric of the early 20th-century avant-garde is widely questioned these days, not least because it was precisely European assumptions that were thought to be 'universal'. However, the fact is that because a very clear, if gradual, transition from Dada to Surrealism occurred in Paris it has become customary to produce a model of Dada-and-Surrealism predicated on what happened in Paris alone, with Surrealism inevitably emerging as Dada's 'destiny'.

In actual fact Dada did not lead to anything approaching Surrealism in Germany itself. In keeping with other big German cities, there was a trend towards *Neue Sachlichkeit* (loosely translated as 'new objectivity') in Berlin and Cologne in the early

1920s. We can see an artist such as George Grosz, who had used elements of intensified realism in late Dada works such as *Grey Day* of 1921, shifting toward this new trend, but *Neue Sachlichkeit* has little in common with Surrealism. It is outward in orientation, tending towards social satire, rather than 'inward'. The characteristics it shares with Surrealism are a concern with heightened realism (the term 'magic realism' was used by German critics), as in certain works by Dalí and Magritte, and a revalorization of painting itself as an activity. If we had to search for a partner to Dada in Berlin, or Zurich for that matter, we would have to go backwards, so to speak, rather than forwards, and look at how closely Dada in these cities was initially allied to Expressionism. Admittedly this was often in a negative way for many of the Berliners, but Expressionist-style masks, for instance, figured prominently in Zurich Dada performances and, although the performances of simultaneous poems and such like at the Cabaret Voltaire signalled a pronounced move away from Expressionist precedents, they were often juxtaposed with song or poetry recitals harking back to the older style.

Similar points could be made about Dada in New York. The ironic machinist works of Duchamp and Picabia were assimilated by young American artists such as Morton Schamberg alongside an indigenous photographic tradition, represented by figures such as Alfred Stieglitz and Paul Strand, in which the machine was often celebrated. Machine iconography would become an element in a drive towards creating a distinctively 'American' art by the early 1920s, and a much more straightforwardly realist attitude to the machine, as part of a so-called 'Precisionist' trend, took hold in the paintings of, say, Charles Sheeler, well before Duchamp left New York in 1923.

It should be clear from all this that 'Dada-and-Surrealism' is in no way a self-evident formulation if developments in all the centres associated with Dada are borne in mind. It misrepresents Dada to a degree. If a microscope were trained on it as a historiographic construction, 'Dada-and-Surrealism' might even be seen as erected on the basis of, say, Barr's above-mentioned exhibition at MoMA, New York of 1936, or the publication of the French scholar Michel Sanouillet's important study *Dada à Paris* of 1965 in which he argued that Surrealism was the form that Dada took in Paris. Alternatively, the formulation could be seen as based on the attractions of an international figure such as Max Ernst, who moved from Cologne to Paris in 1922, providing possibly the clearest bridge between German Dada and French Surrealism.

There are, however, very good reasons for looking at the movements side by side, not least because their concerns can often be contrasted in a peculiarly telling manner. Both movements prioritized the poetic principle and downplayed the concept of art, endorsing the avant-garde wish to merge art and life. Both presented themselves as 'international' in ethos, and, in its later stages, Surrealism was virtually global. Both were fundamentally irrationalist in orientation.

Beyond this, subtle and significant differences existed between them. Dada was largely anarchic in spirit. The people who held it together, however tenuously – namely Ball, Huelsenbeck, Tzara and Picabia – were highly ambivalent about what they were doing, just as Dada was defined by them as simultaneously affirmative and destructive. By contrast, Surrealism, impelled by the organizational proclivities of André Breton, was much more of a 'movement' in the sense that the word implies direction. The Dadaists were largely unconcerned about making traditionally saleable art objects, while Surrealist artists such as Dalí and Magritte specialized in that most traditional and saleable of techniques, oil painting. Admittedly Breton criticized the commercial preoccupations of certain artists, but Surrealism might easily be termed 'reactionary' if we were to judge it by the standards of Dadaist anti-commercialism and technical innovation. The Dadaists were ambivalent about the values of intellect, seeing excessive rationalism as part of man's downfall, but the Surrealists, in their theoretical writings at least, paradoxically employed highly intellectual means to investigate unconscious phenomena.

These, of course, are generalizations, and detailed comparisons will emerge from the focused case studies and discussions in the chapters that follow. My approach throughout, as I asserted in the introduction, will be to examine how Dada and Surrealism concurred or diverged around a set of key themes. I have avoided mapping them onto one another as far as possible, but I have nevertheless seen them as inhabiting a common cultural moment bracketed by two world wars. One thing that should be evident from the above historical summaries is how much emphasis they placed on attracting attention to themselves as avant-garde formations. I have mentioned manifestos, the changes of direction signalled by articles in journals, the importance of staged events, and so on. This emphasis on dissemination is highly characteristic of these movements. It therefore provides the thematic foundation for the next chapter.

Chapter 2
'Rather life': promoting Dada and Surrealism

In a poem of 1923, Surrealism's 'pope' André Breton asserted the pre-eminence of life over art, ending with the words 'And since words have become over-rife / Rather life.' The artists and poets attached to both Dada and Surrealism refused to subordinate the experience of life to that of art. Perhaps they were idealistic or naive in trying to reconcile these principles, but it is this level of ambition which characterizes Dada and Surrealism as quintessentially avant-garde cultural formations. How, then, did these movements penetrate into the fabric of daily life? How did they attempt to infiltrate the world beyond the art gallery? How did they promote themselves?

In this chapter I will concentrate on the Dadaists' and Surrealists' penchant for the 'event' – whether a fleeting performance in some obscure location or a well-publicized public happening – and their ability, when they did enter the art gallery, to create attention-grabbing exhibitions. I will also look closely at their journals and their uses of photography.

Quite apart from how Dada and Surrealism presented themselves to the outside world, how did the participants involved in these movements conceive of their relation with that world, i.e. with the phenomenon of social modernity? To help focus this issue, I will look at their relation to popular culture, and how the city itself was understood by them. Building on the basic narrative presented in the last chapter, certain key 'moments' will be dwelt on in order to build up a collage of Dada and Surrealist 'snapshots'.

The magic bishop and the Dada fair

Let us begin by reconstructing a foundational Dada moment. If we had attended the Cabaret Voltaire on the night of 23 June 1916 we would have been in a room containing a small stage, a piano, and tables and chairs for about 50 people. A photograph of a now-lost painting by Marcel Janco (see Figure 2) shows that there was barely any distance between the performers and their audience. Eyewitness accounts stress the smokiness of the room and the rowdiness of the audience of drunken students, socialist intellectuals, army deserters and vagabonds, as the cabaret was in the 'amusement quarter' of Zurich.

The Dadaist poet Hugo Ball is carried onto the stage. According to his diary:

> My legs were in a cylinder of shiny blue cardboard, which came up to my hips so that I looked like an obelisk . . . Over it I wore a high coat collar cut out of cardboard, scarlet inside and gold outside . . . I also wore a high blue-and-white-striped witch doctor's hat.

Once positioned in front of an arrangement of music stands bearing pencilled scripts, he solemnly declaims:

> gadji beri bimba
> glandridi lauli lonni cadori
> gadjama bim beri glassala . . .

How would we have reacted ? The audience probably jeered. On another occasion Ball primed them by saying 'In these phonetic poems we totally renounce the language that journalism has abused . . . we must return to the innermost alchemy of the word', a statement which goes some way to explaining the sheer absurdity of his incantation. Ball himself was overwhelmed. Finding himself chanting at one point in a liturgical style that transported him back to his Catholic childhood, he was carried off stage 'bathed in sweat like a magic bishop'. Shortly afterwards he left Dada permanently, eventually devoting himself to religious studies.

Other Dada performances at the Cabaret Voltaire reached a crescendo around this time. Virtually re-enacting the traumatic and dislocating effects of the war they were opposed to, the Dadaists unleashed forces which they themselves found unsettling. As a consequence there was a lull in Dada proceedings between mid-1916 and early 1917.

After this, Zurich Dada gradually became 'respectable'. The group moved over to the other side of the River Limmat and held soirées in impeccably bourgeois civic buildings. The Galerie Dada, which hosted a number of events in rooms above the Sprüngli confectioners, would eventually be described by Richard Huelsenbeck as 'a manicure salon of the fine arts, characterised by tea-drinking old ladies trying to revive their vanishing sexual powers with the help of "something mad"'. High admission prices were charged and guest lists drawn up. It is clear from this that Dada, however much we think of it as bohemian in character, rapidly became assimilated to bourgeois norms. The larger point, of course, is that the Dadaists ironically found it necessary to appeal to a well-educated, liberal audience in order to be 'understood'. It is an irony that will continue as a leitmotif throughout Dada and Surrealist avant-garde activity.

The initial scandal of Dada derived from events at which few people were present. Dada thus relied from the beginning on a process of self-mythologization. Another way in which the group promoted themselves from early on was via group publications, in the wake of avant-garde precedents such as the Italian Futurist magazine *Lacerba* or the British Vorticist journal *Blast*. *Cabaret Voltaire*, the first of the Zurich group's publications, produced in June 1916, was a relatively sober affair, reproducing works by acknowledged avant-garde names such as Picasso as well as the works of the Dadaists. It was even printed in a de luxe edition with original woodcuts. The next Zurich Dada review, *Dada*, of 1917–19 was more daring in design, making use of jarring typefaces, particularly in its third issue. It was also more assertively 'international', with poems by Dadaist contacts elsewhere, such as Francis Picabia and Louis Aragon.

In a sense, though, Zurich Dada, with its legendary cabaret events and its partially hand-printed magazines, was rather 'home-made'. It did relatively little to harness the techniques of modern publicity. We can look to the later Dada Fair in Berlin to see the opposite process occurring.

Modelled loosely, and highly ironically, on a commercial trade fair, this event had a notable precedent in the Cologne Dada Fair of 20 April 1920 which had been designed to cause its audience maximum discomfort. People entered the Cologne exhibition via the public urinal of a beer-hall. At the exhibition's opening they were treated to a reading of obscene poetry by a young girl wearing a communion dress. The works on display included a sculpture by Max Ernst with an axe attached with which to destroy the object. The Berlin event, held at a commercial gallery from 30 June to 25 August 1920, dubbed the 'First International Dada Fair', and consisting of some 200 objects in various media, was equally confrontational, but was set up from the outset with an eye to obtaining the widest possible publicity. The famous photograph of the gallery's main room (Figure 5), which included a stuffed Prussian officer's uniform fitted with a plaster pig's head hanging from the ceiling and a mannequin, constructed by George Grosz and John Heartfield, with an illuminated light bulb

5. Installation view of the First International Dada Fair, Berlin, June 1920

for a head, was reproduced widely. Newspapers throughout the world – from Paris to Buenos Aires – carried articles on the event.

Like the Cabaret Voltaire, the Berlin Dada Fair would have been a profoundly disorientating experience. As we can see from the photograph, the walls of the show included photomontages by the likes of Hausmann and paintings by Grosz or Otto Dix, but these vied for attention with posters bearing slogans such as 'Dada is on the side of the revolutionary proletariat', 'Everyone can Dada' and 'Art is dead: long live the new machine art of Tatlin'. It would have been difficult as a spectator to separate the (anti-)art on display from the polemical barrage. This, of course, is precisely the effect that was sought. The slogan supporting Tatlin is particularly revealing of the overall strategy of the Berlin group. Tatlin, a leading figure of Russian Constructivism whose work they knew only partially, was seen as the embodiment of a new materialist attitude to art, and hence the antithesis of the bogus spirituality represented for them by the Expressionist generation. But the main point about the event is that its sloganeering revealed the Berlin Dadaists' awareness of the increasing power of advertising in daily life. Rather than stand aloof from the processes of the commercial world, they hijacked its strategies to disseminate their message.

The mock trial and the street of mannequins

The two kinds of Dada manifestation we have looked at – one 'home-made' but quickly mythologized, the other manifestly geared towards mass publicity – bore the hallmarks of the movement's desire to overturn or to relativize existing values. Turning to two analogous events – one proto-Surrealist, the other fully so – it is possible to underline some crucial differences between Dada and Surrealism. The first of these reveals the shift from Dada to Surrealism that occurred in Paris, as part of the 'mouvement flou', during 1921 to 1924.

On 13 May 1921 André Breton and a group of his Dada allies, along with a number of literary and political personalities, engaged in a bizarre 'mock trial', set up to test Breton's conviction that Maurice Barrès, a well-known right-wing author, was guilty of 'crimes against the security of the mind'. Looking at a photograph of the event, we can see that a degree of immediate absurdity was involved. The Dadaists themselves were elaborately kitted-out as High Court judges, whilst Barrès – who did not deign to defend himself – was represented by a dummy. However the event was carefully orchestrated and sober in tone, abandoning the spontaneity of previous Dada manifestations such as the Cabaret Voltaire happening discussed above.

In many ways the trial was conceived from the outset as a 'position statement' on Breton's part, as well as a photo-opportunity (a strategy to be discussed further shortly). A few people paid to attend it, but the emphasis was placed squarely on the participants and their ideological viewpoints. Significantly, the participants were not just Dadaists but invited 'witnesses'. They ranged from the nationalist novelist Rachilde to Georges Pioch, a Communist who defended political criminals in the courts. The event was held in premises once used by the Club de Fauborg, a debating society formed during the French Revolution, in which prominent public figures were invited to discuss political matters before a largely bohemian tribunal. (On one occasion a club meeting had instigated the attack on the Bastille.)

Breton and his fellow 'judges' believed that Barrès, whom Aragon in particular had once admired, had betrayed the commitment to the individual conscience shown in his novels of the 1880s and 1890s. In doing so, he had capitulated to the shift to the right in French politics during the First World War. Breton was thus using a Dada event not to disorientate but to examine a coherent set of ideas, albeit ideas which impinged closely on the nascent Surrealist group's concern with the rights of the imagination.
The event was also an exercise in cultural politics. To the disdain of

6. The mock trial of Maurice Barrès, photograph, 13 May 1921. From left to right: Louis Aragon, unidentified person, André Breton, Tristan Tzara, Philippe Soupault, Théodore Fraenkel, the dummy representing Barrès, Georges Ribemont-Dessaignes, Benjamin Péret and other Dada associates

Tristan Tzara, who was appalled that Dada could assume a judgemental position, Breton was signalling a move towards a consolidated avant-garde programme, a process which would culminate in the 'Congrès de Paris', mentioned in Chapter 1, and eventually Surrealism.

If the proto-Surrealist 'mock trial' stands in a pointed relation to the spontaneity of the Dadaist Cabaret Voltaire, a much later event, this time an exhibition of the fully fledged Surrealist movement, provides a striking contrast with the Dada Fair in Berlin. On the whole, exhibition installations had been fairly conventional in the early years of Surrealism, and it was not until the later 1930s, largely in order to showcase the increasing internationalism of the movement, that the group started to experiment with exhibition design as the Dadaists had. The large International Exhibition of Surrealism, held at Georges Wildenstein's Galerie des Beaux Arts in Paris in 1938, was a notable turning point.

The talents of the ex-Dadaist Marcel Duchamp were solicited by Breton for this exhibition's installation. Duchamp decreed that 1,200 dusty coal sacks, filled with newspaper, be hung ominously over the main exhibition space, which was lit only by a burning brazier. The works on display were thus difficult to see, and, at the opening, visitors were supplied with flashlights. The nocturnal aspect of the space was further compounded by the presence of two enormous beds, one in each corner of the room.

There were other dramatic flourishes. In the courtyard of the building, visitors could peer into Salvador Dalí's *Rainy Taxi* to discover a scantily clad female mannequin, crawling with snails, perched on the back seat in a cascade of water. Entering the show, they were compelled to walk along the 'Street of Mannequins' and thus notionally to 'choose' among sixteen fetishistically attired mannequins, which might be construed to be 'streetwalkers', each the outcome of the fantasies of a different Surrealist artist.

7. Installation view of the International Exhibition of Surrealism at the Galerie des Beaux Arts, Paris, 1938

These effects differ markedly from those used by the Berlin Dadaists at their Fair. Both groups set out to be disorientating, but the Surrealists were obviously concerned with the seductions of unconscious fantasy rather than with the material jolts favoured by the Dadaists. Dreams were obviously invoked by the nocturnal trappings of the main exhibition room at the 1938 show, while the 'Street of Mannequins' encouraged erotic reverie in a way which would have been foreign to Dada's satirical instincts. Like the Dadaists, the Surrealists used exhibition décor as a means of attracting publicity, but their engagement with the world of fashion far exceeded that of their predecessors. The mannequins, for instance, had been borrowed from leading fashion houses and it was no coincidence that Salvador Dalí had started to collaborate on dress designs with Elsa Schiaparelli the previous year. Whilst the Dadaists had parodied commerce at the Dada Fair, the Surrealists could be seen as complicit with it to some degree. Admittedly this was bound up with the international profile they were set on establishing, as two previous international Surrealist exhibitions had been held in Prague and London, in 1935 and 1936 respectively; indeed the Berlin Dada Fair looks almost parochial by comparison. But to some extent the Surrealists risked 'selling out' to the commercial world. If the 'mock trial' of 1921 had been a demonstration of the group's ideological austerity, the exhibition of 1938 revealed how its instinct for publicity could jeopardize its politics. This theme will re-emerge later.

Being Dada, being Surrealist

We have so far looked at events. Let us turn now to people. If Dadaist and Surrealist principles were promoted with maximum strategic flair in their performances and exhibitions, often with an eye to commercial practices, to what extent did the poets and artists of the movements concentrate on personal image-building ? What was involved in *being* Dada or *being* Surrealist ?

We tend popularly to think of Dada and Surrealism as synonymous with outlandish behaviour, and there are numerous examples within Dada in particular to support this. The most compelling story, perhaps, is that of Arthur Cravan. Born in Switzerland in 1887, a nephew of Oscar Wilde, Cravan lived a restless, itinerant existence in various European locations. In Paris between 1912 and 1915 he published a scurrilous literary magazine titled *Maintenant* dedicated to insulting members of the artistic avant-garde. By 1916 he was in Barcelona where he challenged the world heavyweight boxing champion, Jack Johnson, to a fight. A well-built man, Cravan was an amateur pugilist, given to announcing himself prior to his fights with an improbable list of credentials: 'hotel thief, muleteer, snake charmer, chauffeur', and so on. Whatever his qualifications, he was not a match for Johnson and was knocked out in the sixth round. Not surprisingly, the Dadaist Francis Picabia, who was publishing his peripatetic *391* review from Barcelona, became an enthusiastic advocate of Cravan's and when, in 1917, Cravan turned up in America, Marcel Duchamp got him to deliver a lecture to the 'Society of Independent Artists' (of which more below). Cravan put on a suitably Dada show, arriving drunk, stripping off his clothes, and finally being arrested by the New York Police. He was to disappear completely in 1918. His wanderlust brought him to Mexico, from where he reputedly set out in a rowing boat heading for Buenos Aires, never to be seen again.

Whether or not Cravan committed some symbolic form of Dada suicide is open to debate, but his scorn for convention assured him of lasting fame. In that sense he typifies the Dada belief that one's mode of living could itself qualify as a category of Dada. One quintessentially Dada characteristic of Cravan's was his penchant for false identities (hotel thief, etc.). The movement's participants frequently invented aliases for themselves. In Berlin, Richard Huelsenbeck was known as 'World Dada', Raoul Hausmann was 'Dadasoph' and Johannes Baader was the self-styled 'Oberdada' (Super-dada). Baader, incidentally, cultivated his megalomaniac streak to a sublimely parodic pitch, vying with Cravan in terms of sheer bravado. In February 1919, having previously proclaimed himself 'President of the Globe' in a Dadaist manifesto, he disrupted the inaugural meeting of the National Assembly at Weimar, demanding that the government be handed over to the Dadaists. Further afield, Max Ernst in Cologne became 'dadamax', while Duchamp, in New York, had himself photographed by Man Ray, dressed in fashionable women's clothes, as the enigmatic Rrose Sélavy, a deliberately artless pun, when pronounced in French, on the phrase 'eros c'est la vie'.

In developing alternative personae, the Dadaists implied that, rather than being fixed, identity is constantly in a state of flux. Implicitly they questioned the idea of an immutable core to the human personality or an intrinsic 'human nature', itself part of bourgeois ideology. This was extended further with Duchamp's gender slippages, so that the idea of sexual identity as something determined by biology was questioned. In terms of our discussion of the artist's 'image', this suggests that a secure or finite image was precisely something the Dadaists avoided; hence they admired the outrageous social posturing of a figure such as Cravan. As was revealed by the Berlin Dada Fair, they were ambivalent about the modern age's mania for publicity and spectacle, simultaneously endorsing and undercutting it.

Turning to the public personae of Surrealist artists, it is surprising, given the psychoanalytic preoccupations of the movement, that alternative identities were less widely adopted. Max Ernst's alter ego, the 'Bird Superior' Loplop was a notable exception. The artists generally favoured an outward show of conformism. This extended to a reassertion of late 19th-century dandyish codes of conduct, whereby excessive display was considered vulgar. Several leading Surrealists sported the dandyish attribute of the monocle (as did many Dadaists) while the Belgian painter Magritte notoriously suppressed any indication of his imaginative self by adopting the bowler hat and umbrella of the city gentleman. When the Surrealists did indulge their fascination for extravagant dress or disturbing mutations of identity, they often did so in the socially acceptable context of high-class Costume Balls. There are some memorable photographs of Max Ernst, for instance, dressed as the aforementioned Loplop at an event in 1958. Salvador Dalí was the obvious exception to all this.

Dalí's flamboyant showmanship, emblematized by his famous upturned moustache, is notorious, but the Dalí phenomenon warrants further attention precisely because students of modernism find the artist's self-promotion so galling. Dalí posed difficulties for the Surrealists themselves, and was only fully in favour with André Breton from 1929 to 1934, after which relations between the two men cooled considerably. Dalí flouted all the ideological protocols of Surrealism; as the 1930s progressed, he advocated both monarchist and Fascist sentiments. He also cultivated an innate fondness for kitsch, developing a fascination for the more excessive flourishes of Art Nouveau – he wrote an innovative article in the Surrealist journal *Minotaure* in 1933 on the tendril-like ironwork of Hector Guimard's entrances to the Paris Metro. His garish, showily accomplished, paintings were designed from the outset to be anti-aesthetic. He described them as 'instantaneous colour photography done by hand of the superfine, extravagant . . . superpictorial, superplastic, deceptive, hypernormal, feeble images of concrete irrationality'.

Dalí's insistent self-obsessiveness, his love of the politically incorrect and the aesthetically recherché, can be seen as a deliberate decision to play the vulgarian in the eyes of André Breton. The Surrealist leader was to anagramatize his name as 'Avida Dollars', discerning in the later Dalí all of the commercial motivations that official Surrealism repudiated. However, as was suggested above, by the time of its late 1930s public exhibitions, Surrealism had, however uncomfortably, become wedded to capitalism, and Dalí simply admitted to the fact. The Surrealists were not coy either in recognizing Dalí's value as publicity; hence his presence in the 1938 show, at a time when he was officially losing favour with them. It took Dalí's genius for bad taste to draw out from George Orwell one of the few considered mainstream literary responses to Surrealism of the 1930s. Deciding that Dalí was 'as anti-social as a flea' and his work 'diseased and disgusting' Orwell was nevertheless exercised by its ethical challenge as art. We might deduce from this that Dalí alone among the Surrealists fashioned a public image measuring up to Dada standards of irritability.

Disseminating Duchamp: Dada reviews

We have looked at how assiduously the Dadaists and Surrealists cultivated their images but how exactly did their reputations become established? After all, the audience for avant-garde art at that time was small. At the end of its five-year life, the number of subscribers for the first Surrealist journal, *La Révolution Surréaliste*, was only one thousand. The audience for Surrealism could not have been substantially larger.

In the case of Dalí, news of his larger-than-life activities travelled quickly: at the London International Exhibition of Surrealism of 1936, for instance, he wore a deep sea diver's outfit, attracting considerable attention. But reputations were often established by more insidious means. The name Duchamp is synonymous with some of the most iconoclastic works of Dada and Surrealism, yet the man himself was private and (deliberately) enigmatic. So how did the cult of Duchamp become established?

A brief account has been given of the rejection of Duchamp's urinal from the New York 'Independents' exhibition of April 1917. A month after that event a slim proto-Dada journal, titled *The Blind Man*, had appeared. It contained a photograph of the offending object and a short anonymously authored article responding, in mock outrage, to the urinal's rejection and defending it from an imputed charge of plagiarism:

> Whether Mr Mutt with his own hands made the fountain or not has no importance. HE CHOSE IT. He took an ordinary article of life,

placed it so that its useful significance disappeared under the new title and point of view – and created a new thought for that object.

We can be sure that Duchamp was behind this article – he probably got one of his female friends, Beatrice Wood, to write it – since it offers a philosophical justification for his 'readymades' (to be discussed further in Chapter 3). But the most pressing reason for the piece lay in manufacturing a controversy which would not otherwise have existed; the actual events surrounding the rejection of *Fountain* are hardly known. Even the original object seems to have disappeared at some point during the 'Independents' exhibition. If it has become a Dada icon it is as a result of the photograph in *The Blind Man*, taken by the modernist photographer Alfred Stieglitz (Figure 3), although, later in his life, Duchamp disconcertingly had 'replicas' produced.

All of this underlines the extent to which *Fountain* and its associated 'scandal' were stage-managed affairs. At the same time it brings into focus a theme which now deserves central prominence; the way in which Dada and Surrealist publications functioned.

The Blind Man was one of the earliest of a spate of journals published by the Dadaists in the movement's various locations. Possibly the most widely influential of these journals, and the longest running, was Francis Picabia's *391*, which he published intermittently from 1917 to 1924 from wherever he happened to be at the time: Barcelona, New York or Paris. Its name implied a kind of evolutionary progression from the American photographer Alfred Stieglitz's earlier magazine, *291*, whose title referred to the address of his gallery on Fifth Avenue, New York.

It was in *391*, in an issue of 1920, that Picabia further contributed to the dissemination of the Duchamp legend. He took Duchamp's anti-art provocation *L.H.O.O.Q*, the 'assisted readymade' of 1919 consisting of a print of the Mona Lisa with added moustache and beard, and replicated it (without the beard, which he appears to have forgotten) in close proximity to a reproduction of a work by himself consisting of an ink splash and titled *Holy Virgin*. The notoriety of both works was thus assured. In October 1922, in the pages of another Dada magazine, this time *Littérature*, the organ of the Paris group, Duchamp's myth was consolidated by a key article on him by André Breton. Here Breton set in motion the concept of a cerebral Duchamp, more interested in making gestures than creating works of art, which would definitively secure his reputation among the nascent Surrealist group: 'Could it be that Marcel Duchamp reaches the *critical point* of ideas faster than anyone else?'

Clearly Duchamp's myth was built up as much via magazines and enigmatic photographs as via the exhibition of his relatively meagre output. He did not have a proper one-man show of his works until his retrospective of 1963. Even the reputation of his greatest work, *The Bride Stripped Bare by Her Bachelors, Even* was built up through appreciative descriptions and asides in Surrealist journals, notably Breton's essay 'Lighthouse of the Bride' published in *Minotaure* in 1934/5, rather than through people actually seeing the work. How Duchamp himself orchestrated the build-up of his reputation is a fascinating question but it can hardly be discussed here. Dada's publishing infrastructure clearly did much of the work for him. It is necessary now, however, to pursue the functioning of journals from a Dada to a Surrealist context in order to further explore continuities and differences between the movements. Journals were of even greater significance for Surrealism than for Dada. Similarly, if photography was crucial in disseminating Duchamp, as we saw in the case of *Fountain*, it became an absolutely central tool in the Surrealist publications.

Insulting priests in the street and other photo-opportunities: the Surrealist reviews

A copy of the Surrealist journal *La Révolution Surréaliste* of December 1926 contains a seemingly innocuous photograph of an

NOTRE COLLABORATEUR BENJAMIN PÉRET
INJURIANT UN PRÊTRE.

8. **'Our colleague Benjamin Péret in the act of insulting a priest', photograph reproduced in *La Révolution Surréaliste*, 8 (Dec. 1926)**

exchange between two figures, with the arresting caption 'Our colleague Benjamin Péret in the act of insulting a priest' printed beneath it (Figure 8).

The image appears to be a casual, deadpan photographic document but is surrounded by poems written by the Surrealist poet Benjamin Péret, one of which parodies the 'Chicago Eucharistic Congress', at which 'everyone rushes towards the divine excrements and the sacred spit'. Clearly the image, rather than being an incidental snapshot, constitutes an elaborate set-piece, its purpose being to reinforce the blasphemous message of the poem. In effect it records a kind of 'performance event'. Péret obviously had a friend at hand to photograph his act.

This is a good example of the way in which photography operated in Surrealist magazines. The principal reviews in question were *La Révolution Surréaliste* (1924–9), *Le Surréalisme au Service de la Révolution* (1930–3), and *Minotaure* (1933–9), although I shall also be referring throughout this book to *Documents* (1929–30), the organ of the renegade Surrealists who surrounded Georges Bataille. The kinds of photography these publications employed ranged from composed studio photographs taken by Surrealism's house photographers, Man Ray or J.-A. Boiffard, to ones simply appropriated from other sources. These images were placed in the context of scholarly articles, literary essays, accounts of dreams, and so forth, and frequently competed for attention with reproductions of Surrealist paintings. The layout of the magazines was much more sober than Dada journals such as Picabia's *391*, which experimented freely with typefaces. Indeed the model for *La Révolution Surréaliste* was *La Nature*, an earnest 19th-century scientific journal.

In using a 'dry' presentational style, which made items such as photographs appear like documents or items of evidence, the Surrealists declared their commitment to a project of enquiry, a systematic attempt to interrogate man's lot vis-à-vis the 'reality

N° 1 — Première année 1er Décembre 1924

LA RÉVOLUTION SURRÉALISTE

IL FAUT ABOUTIR A UNE NOUVELLE DÉCLARATION DES DROITS DE L'HOMME

SOMMAIRE

Préface : J.-A. Boiffard, P. Eluard, R. Vitrac.
Rêves : Georgio de Chirico, André Breton, Renée Gauthier.
Textes surréalistes : Marcel Noll, Robert Desnos, Benjamin Péret, Georges Molkine, Paul Eluard, J.-A. Boiffard, S. B., Max Morise, Louis Aragon, Francis Gérard.
Le rêveur parmi les murailles : Pierre Reverdy.

Chroniques : Louis Aragon, Philippe Soupault, Max Morise, Joseph Delteil, Francis Gérard, etc.
Notes.
Illustrations : Photos Man Ray. Max Morise, G. de Chirico, Max Ernst, André Masson, Pablo Picasso, Pierre Naville, Robert Desnos.

ABONNEMENT, les 12 Numéros : France : 45 francs Étranger : 55 francs

Dépositaire général : Librairie GALLIMARD 15, Boulevard Raspail, 15 PARIS (VIIe)

LE NUMÉRO : France : 4 francs Étranger : 5 francs

9. Cover: ***La Révolution Surréaliste*****, 1 (1924)**

principle'. The journals should thus be understood as the privileged sites of Surrealist ideology.

In the case of the Péret photograph, the image clearly related to the Surrealists' fervent anti-Catholicism. Many of them had been brought up according to the religion's precepts and, as well as opposing its moralism, they were appalled by the alliance in the early 1920s between right-wing political parties and Catholic organizations in France, first under the 'Bloc National' government and then, from 1924, under a ruling alliance of Radicals and Socialists. Particularly galling for them was a pro-Catholic trend among French intellectuals in the mid-1920s, including figures such as Jean Cocteau. Their attitude to this tendency is registered in a photograph on the cover of the June 1926 issue of *La Révolution Surréaliste*. It shows a crowd of people looking skyward and is labelled 'The Latest Conversions'. The image had actually been appropriated from a then little-known, now famous, photographer, Eugène Atget, a specialist in documentary records of Paris, whom Man Ray had ' discovered' as an old man living near to him. Atget's picture, taken in 1912, had simply been a record of an eclipse, but the Surrealists, in typical fashion, reinvested the image with their own meanings.

Photography was clearly employed by the Surrealists to press home political or social messages. There is one particularly striking instance where an image was again appropriated, but not even from a known source; it consisted simply of two anonymous photographs of the Papin sisters, labelled 'Before' and 'After', which were republished in *Le Surréalisme au Service de la Révolution* in May 1933.

The Papin sisters had committed one of the grisliest and most sensational crimes to hit early 1930s France. A text in the same Surrealist journal, in a section dedicated to 'fait divers' or bizarre news items, told how these impeccably bourgeois young ladies, having been placed in service by their mother in a respectable Le Mans household, had developed a loathing for their employers and had ended up murdering them with ritualistic precision, tearing out their eyes and smashing their heads.

On one level the dual photograph of the sisters, which registered an extraordinary change in their physiognomies, corresponded to the Surrealist's fascination with 'convulsive beauty'; a kind of physical

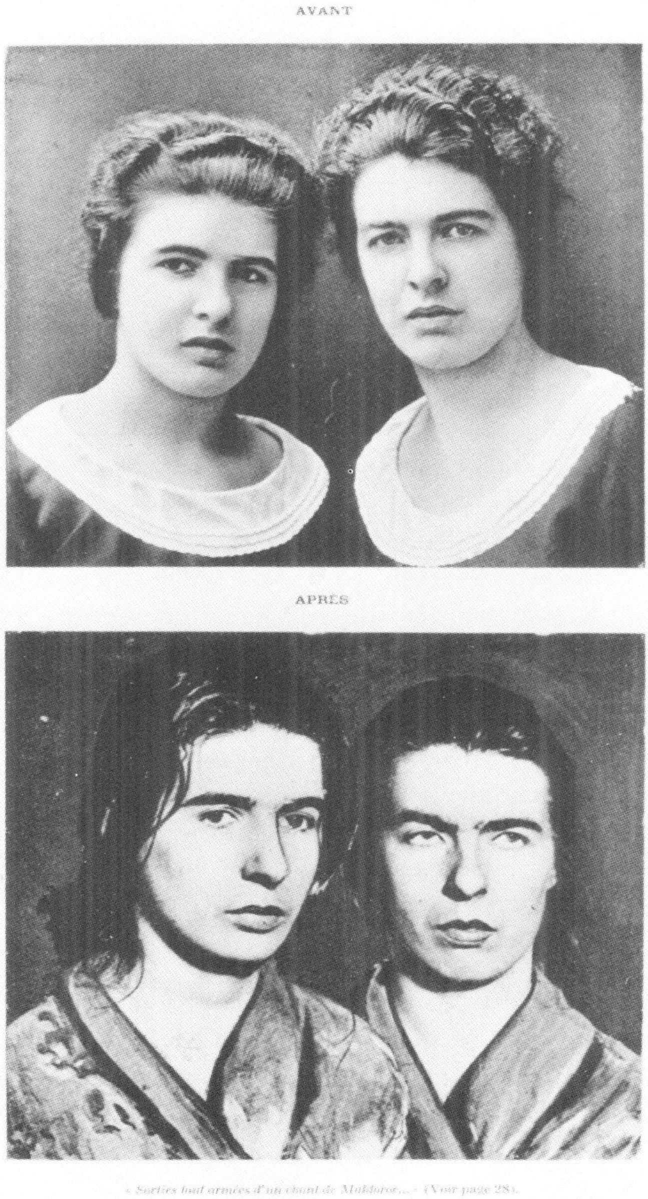

10. 'The Papin Sisters: Before and After', from *Le Surréalisme au Service de la Révolution*, 5 (May 1933)

jolt in relation to extraordinary visual phenomena which will be discussed later. However, the Surrealists also sympathized with the violent response to servitude represented by the sisters' act. Believing that accepted morality often served to cover up ethical cowardice, the Surrealists had venerated criminals on other occasions. In the very first issue of *La Révolution Surréaliste*, for instance, they had placed photographic mug shots of themselves around a photograph of Germaine Berton, an anarchist who had assassinated Marius Plateau, leader of an ultra right-wing organization. Hence the image of the Papins evoked a whole range of Surrealist (as well as Dadaist) preoccupations centring on the relations between criminality and morality.

In using photographs, alongside texts, in their journals, the Surrealists set up a complex and ironic engagement with the issues of their day. This further reinforces the point that Surrealism, even more than Dada, was concerned as much with life, in its public and ethical dimensions, as with aesthetics. However, neither the Dadaists nor the Surrealists saw their social interests as confined solely to the 'official' dimension of public life. As shown by the Surrealists' interest in the Papins, or the Dadaists' parodic flirtation with commerce, there was a desire to engage with the entire spectrum of social knowledge and representations. Although most of the Dadaists and Surrealists came from middle-class backgrounds, they had a strong fascination for mass culture, or for what in France is known as the 'populaire.'

Popular pleasures

In one of the most insightful essays written on Surrealism the German Marxist writer Walter Benjamin posed the question: 'What form do you suppose a life would take that was determined at a decisive moment precisely by the street song last on everyone's lips?' In thus invoking the revolutionary potential of supposedly 'low' cultural materials, the critic was voicing a running theme in early 20th-century avant-gardism. Movements such as Cubism were deeply interested in breaking down the distinction between 'high' and 'low' culture, as is shown, for instance, in the French painter Léger's introduction into Cubist painting of advertising motifs. The left-wing commitments of both Dada and Surrealism gave a particular inflection to their gestures of solidarity with the 'populaire', even though in the early 20th century mass culture was usually something manufactured for the people rather than arising from them. Benjamin understood their commitment to the poetics of the 'everyday' extremely well. Discussing André Breton's novel, *Nadja* (1928), an account of Breton's love affair with the woman of the title, he writes:

> Breton and Nadja are the lovers who convert everything that we have experienced on mournful railway journeys . . ., on Godforsaken Sunday afternoons in the proletarian quarters of the great cities, in the first glance through the rain-blurred window of a new apartment, into revolutionary experience. They bring the immense forces of 'atmosphere' concealed in these things to the point of explosion.

In this section and the next I want to draw out some of the ways in which the Surrealists and the Dadaists before them made their pact with the 'everyday'. In doing so, the discussion in this chapter will shift from the way Dada and Surrealism inserted their message into the social world to the degree to which that world saturates their productions and way of life.

Starting with Dada, there are plenty of examples of artists in particular using vernacular idioms to downplay the 'artiness' of their creations; thus Picabia's *Portrait of a Young American Girl in a State of Nudity* (Figure 11) employs the style of commercial graphics found in cheap ads or trade catalogues. I have talked already of the Dadaists parodying the commercial world, and this could be underlined by the fact that the word 'dada', quite apart from deriving from a dictionary (see Chapter 1) was used, just prior to Dada's emergence, by a Zurich company, Bergmann and Co, to

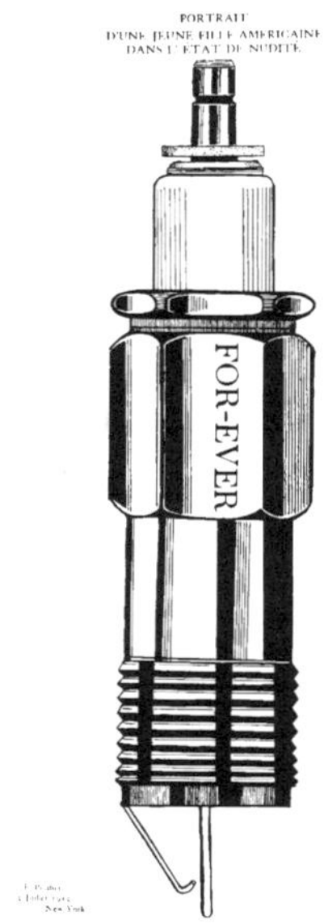

11. Francis Picabia, 'Young American Girl in a State of Nudity', line drawing illustrated in *291*, 4/5 (July/Aug. 1915)

advertise beauty products. But the best way to demonstrate Dada's mimickry of mass culture is to look at a further example of a Dada journal, this time one produced by the Berlin group: *Jedermann sein eigner Fussball* (Everyman his own Football) of February 1919, with a cover bearing one of the earliest examples of Dada photomontage by John Heartfield.

Unlike other Berlin Dada journals, such as *Der Dada* where varied typefaces and multidirectional layouts were employed, the design here functions as a skit on conservative layout. Beyond this, as with Berlin Dada in general, it is crucial to appreciate the piece's political background. The journal, one of a sequence produced by the fervently Communist Heartfield–Herzfelde–Grosz faction of Berlin Dada, came out a few weeks after the Communist uprising in Berlin, led by the Sparticists Karl Liebknecht and Rosa Luxembourg, had been savagely crushed by the Free Corps under the orders of the Minister of Defence

12. ***Jedermann sein eigner Fussball*** **(Everyman his own football), cover of journal, one-off issue (15 Feb. 1919)**

Gustav Noske. The cover cleverly attacks the new ruling Socialist (SPD) party, with the heads of its leading figures and propagandists, including Noske, arrayed around an open fan, with the words 'Prize Competition: Who is the Prettiest?' placed above them. This is a direct reference to the prize competitions for poster designs which were then placed in newspapers by political groups. It also pointedly precedes an article by Heartfield's brother, Wieland Herzfelde, in which he questions whether the election which the SPD had won could be considered democratic, given that its advertising had been financed by people with pro-SPD interests. All in all, then, the design both plays with mass advertising and criticizes its role in manufacturing political consent. The surreal photomontage of the bowler hatted man next to the journal's title – which is also by Heartfield – was incidentally a visual reinforcement of the title's exhortation not to allow oneself to be kicked around by others but to do it for oneself.

On balance, Heartfield's cover design could be said to criticize rather than affirm mass culture, in this case political advertising. Once again, this establishes a contrast between Dada and Surrealism since the Surrealists often cultivated a more openly celebratory attitude towards popular culture. This is typified by their attitude to *Fantômas*, the hugely popular French 'penny dreadful', published by Fayard from 1911 onwards. The fictional Fantômas, a perpetually elusive master criminal who committed blood-chilling murders under a variety of false identities, was venerated by the Surrealists for his enigmatic and lawless persona. On 3 November 1933 the Surrealist poet Robert Desnos read out his epic, 25-verse *Complainte de Fantômas* on French and Belgian radio, piling up lurid images, many of which derived from the covers of the Fantômas books: Fantômas, in top hat and tails, hovers malevolently over the rooftops of Paris; a human clapper swings from side to side inside a gigantic bell, blood and jewels pouring down from it . . . and so on. Similarly, the Belgian painter René Magritte, whose deliberately stilted painterly realism owed much to popular graphics (such as the covers of Nick Carter detective magazines), paid explicit homage to the 1913–14 film versions of *Fantômas* directed by Louis Feuillade. One of Magritte's most famous images, *The Murdered Assassin* (1927) is derived compositionally from a frame from one of these.

What impressed the Surrealists was the way in which the exploits of Fantômas conjured up a modern urban mythology, corresponding to the imaginative needs of thousands of Parisians. Fascinated by the unconscious life of mass culture, they embraced popular representations much more uncritically than the Dadaists. More than anything, though, it was the city in its own right which they mythologized. This important theme now warrants a fresh discussion.

The city

If we were searching for compelling images of the modern metropolis, George Grosz's paintings and graphics of the Berlin Dada period would be an obvious choice. Grosz, who had developed a bitterly pessimistic view of human nature while serving in the German army in 1914–15, depicted the city as a hellish vortex of unleashed forces. Writing in a letter about his painting *Dedicated to Oskar Panizza* (1917–18) he described 'A teeming multitude of possessed human beasts', adding: 'I am totally convinced that this epoch is sailing on down to its destruction – our sullied paradise . . . just think: wherever you step smells of shit.' In his brilliantly acerbic drawings, which appeared in Berlin Dada publications such as *Die Pleite* (Bankrupt!) or as lithographs in portfolios published by Wieland Herzfelde's publishing company Malik Verlag, Grosz depicted a Berlin dominated by those who had prospered and suffered through warfare: bloated profiteers and pitiful war cripples. Even Grosz's more tender works, such as the watercolour-cum-photomontage, *Daum Marries* (Figure 13), partly referring to his own marriage in 1920, evokes a Berlin of vice girls and automatons, with a glimpse of a faceless street in the background.

Grosz's Dada vision of Berlin is worlds away from Surrealist representations of Paris, a fact which is not surprising given the post-war situation in the two cities. For the Surrealists Paris was a city of revelation. Certain places acquired the character of avant-garde shrines. In 1921 the Paris Dadaists had embarked on bizarre excursions to unpromising locations such as the church of St Julien-le-Pauvre. As Surrealists they sought out particularly quirky or atmospheric sites. Possibly the most revered of such locations, the 'Ideal Palace' of the Postman Cheval, was actually some distance from Paris, in the village of Hauterives near Lyon, and thus necessitated a form of pilgrimage. Cheval had constructed his 'palace', a heavily encrusted and overgrown-looking structure – like Brighton Pavilion filtered through an opium trance – with unusual stones collected over 33 years during his rounds as a postman.

13. George Grosz, ***Daum Marries her Pedantic Automaton 'George' in May 1920. John Heartfield is Very Glad of it***, **pencil, pen, watercolour and collage, 1920**

14. The 'Palais Idéal' of the Postman Cheval

The obsessive logic informing the 'palace', and the fact that its builder had few conventional artistic pretensions, appealed irresistibly to Surrealist sensibility. Paris itself offered a multiplicity of further locations: the previously neglected museum housing Gustave Moreau's weird Symbolist paintings; the hauntingly kitsch Buttes-Chaumont park; the Tour Saint-Jacques connected to the medieval Parisian alchemist Nicolas Flamel.

Such locations seemed to be part of an alternative city; one hidden to tourists and miraculously spared by city planners, ruled by the logic of unconscious desire rather than day-to-day utility. The two great novels of early Surrealism, Breton's *Nadja* and Louis Aragon's *Paris Peasant* (first serialized in 1924–5) both see their authors wandering through a Paris understood to constitute a 'forest of indices' in Breton's terms; a network of cryptic signs and augurs of revelation. The Surrealists can be seen here as the natural heirs to the French poet Charles Baudelaire's conception of the modern artist as 'flâneur' or urban wanderer, committed to aestheticizing urban flux. In Aragon's *Paris Peasant*, which was created precisely in order to pinpoint a 'modern mythology', the author provides a detailed itinerary of Parisian spots which held a poetic resonance for him. Most famously, he revels in the down-at-heel atmosphere of the Passage de l'Opéra, an early 19th-century covered shopping arcade which was imminently to be demolished as part of the modernizing process set in motion under the Second Empire by Baron Haussmann. Describing its overall atmosphere as that of a 'human aquarium' Aragon lingers lovingly over various shop windows; that of a postage stamp dealer, a cane seller, a women's hairdresser. The latter provokes a stream of Surrealist fantasy as Aragon imagines the joys of an apprentice hairdresser whose life's work will consist of 'deciphering those networks which just a while ago gave a hint of sleep's disorder'.

The Surrealists systematically allowed the city to penetrate their psyches; indeed to map out their actions. By the early 1930s this was part of a self-consciously dialectical process, by which the interiority that had previously dominated Surrealist writing and art was set in counterpoint to the dictates of external reality. Everyday events that appeared merely to be the outcome of accident – such as apparently chance meetings on the street – were deemed to correspond to psychic necessity. This principle of 'objective chance' was central to certain early 1930s Surrealist productions such as Breton's novel *Communicating Vessels* (1932), and underpinned the 'encounters' with enigmatic and inherently significant 'found objects' which the Surrealists experienced on their regular visits to the Paris flea markets.

In many ways such ideas about how to negotiate the spaces of the city amount to a positive conception of modern experience which is peculiar to Surrealism. However, it is worth noting that, following on from the insights of Walter Benjamin, writers such as Hal Foster have emphasized that, far from upholding a 'progressive' notion of modernity or modernization, the Surrealists' emphasis on the 'outmoded', as in their reclamation of sites such as the Passage de l'Opéra, could be seen as criticizing capitalism, in so far as the ruins from its past are brought back to haunt it. In this sense, despite their immersion in the city's matrix of signs, the Surrealists could be thought to be as scathing about the implications of the urban spectacle as, say, the Berlin Dadaists.

This chapter has located Dada and Surrealism in their world, showing how they seized on modern means of dissemination, and allowed 'modernity' to infiltrate their productions and lifestyles. The demands of life constantly outweighed those of art. But however much Dada and Surrealism downplayed art, their participants have become famous primarily as practitioners of it. It is time, therefore, to capitulate, and to turn to aesthetics.

Chapter 3
Art and anti-art

Discussing aesthetics, André Breton once noted that, from a Surrealist point of view, the way in which a picture was painted was virtually irrelevant. It was the mental reality that the picture 'looked onto' that was all-important.

The best way of appreciating the distinctiveness of Breton's attitude is by reference to the Modernist aesthetics of the critic Clement Greenberg, which dominated art criticism after Surrealism's demise in the late 1940s. Greenberg stressed disciplinary 'purity'. Far from opening onto some other reality, painting was required to draw attention to itself as an artistic discipline; to deal with problems intrinsic to painting. The rigours of this pursuit, Greenberg asserted, would lead to the attainment of degrees of formal, or aesthetic, resolution.

Disciplinary and formal purity were anathema to most of the practitioners of Dada and Surrealism. In their productions artistic disciplines constantly overlapped; the textual, the visual, and the performative were often in a state of free play. By the same token, formal 'beauty' seemed an irrelevant pursuit, given the world the artists were living in. They were ambivalent in any case about art as an institution, with the Dadaists often pledged to destroying it. In looking at Dada and Surrealist artistic and literary production in this chapter we must constantly bear in mind this deep-seated ambivalence towards traditional art and aesthetic purity.

Greenberg certainly did his best to discredit what the Dadaists and Surrealists stood for. In an essay on Surrealism of 1945 he criticized what he considered to be its 'literary' basis. Although this attitude now seems somewhat dated, it is still remarkably tenacious. Surrealist artists such as Dalí or Magritte are frequently denigrated as 'literary' while Dada artists are often thought insufficiently serious due to their preoccupation with playful or humorous content. For Dada and Surrealist artists, however, this kind of critique would have completely missed the point of their work. They would have been proud to appear literary, having a particular commitment to the poetic. The word 'poetic' was generally understood by the Dadaists and Surrealists as 19th-century Romantic writers and artists would have understood it, in terms of a 'state of soul' or mode of sensibility rather than a form of practice. All in all, the best way of understanding Dada and Surrealist aesthetics is not via traditional notions of beauty but via this notion of a poetic 'attitude'.

Given the primacy of poetry, language, or rather the linguistic sign, continually underlies the work of Dadaist and Surrealist practitioners. This will be evident in much that follows. My primary aim, however, is to establish a series of distinctive differences in terms of the technical and procedural means by which participants in the two movements attained their poetic outcomes. Dadaist utilization of chance will be played off against Surrealist uses of 'automatism'. Dadaist techniques such as collage and photomontage will be pitted against Surrealist techniques such as painting and photography, The Dadaist readymade will be contrasted with the Surrealist object, and so on. The obvious place to begin, though, is with poetry itself.

Poetics

Broadly speaking, Dadaist poetics can be split between approaches prevalent in Germany and Switzerland and ones prevalent in France. In the 'Cabaret Voltaire' section of Chapter 2 I looked at Hugo Ball's attempt in Zurich to return to the 'alchemy of the word' via his phonetic poetry. Implicit in this was a rejection of language's semiotic capacities, its ability to convey meaning. Ball's return to the basic units of language probably owed something to his awareness of Russian futurist poetry with its emphasis on the autonomous characteristics of language. However, rather than being fully 'abstract' in spirit, a description which better describes the phonetic poetry of the Berlin Dadaist Raoul Hausmann, Ball's poetry often communicates a mystical desire to find new names or words for things. In his diary he wrote: 'Why can't a tree be called Pluplusch or Pluplubasch when it has been raining?' In this respect, he partly responds to the German philosopher Nietzsche – a major influence on artists of Ball's generation – who had written of his sense of a mismatch between words and the things to which they refer, seeing language as a 'mobile army of metaphors' which had become worn out. Other German Dadaist poets reveal a similar despair with language's signifying capabilities. In Hanover, Kurt Schwitters produced his own variants of phonetic poetry, intimately related to his so-called 'Merz' abstractions in collage, but also produced texts in which different orders of language coexist, destroying any overall sense of coherence. Part of one poem reads:

> Greetings, 260 thousand ccm.
> I thine,
> thou mine,
> we me.
> And sun unboundedness stars brighten up.
> Sorrow sorrows dew.
> O woe you me!
> Official notices:
> 5000 marks reward!

By contrast, French Dadaist poetry – notably that of the Paris Dadaists surrounding the journal *Littérature* – could be said to be more compliant with semantic conventions although similarly committed to the irrational. This was partly because figures such as André Breton and Paul Eluard had more straightforwardly 'literary' sources in, for instance, the French Symbolist poetry of Rimbaud or Paul Roux, the self-styled Saint-Pol-Roux. We will see in the next section that 'automatic writing' was their main technical innovation, but what unified them more than anything was a conception of the poetic image. This would prove central to the Surrealist aesthetics they developed from 1924 onwards.

The Surrealist attitude to the image hinged on the principle of the meeting of incompatible realties. Breton was to see the French Cubist poet Pierre Reverdy as the main theoretical exponent of the device, but examples of its use could be found in many of Surrealism's literary precursors, one example being Rimbaud whose 'A Season in Hell' of 1873 described hallucinatory visions such as 'a drawing room at the bottom of a lake'.

In full-blown Surrealist poetry we are bombarded with striking images, such as Eluard's 'the earth blue as an orange' or the impassioned litany in Breton's 'Free Union' (1931):

> My wife with her figure of an otter between the tiger's teeth . . . My wife with temples the slate of a hothouse roof
> With eyebrows the edge of a swallow's nest . . . My wife with wooden eyes always under the axe . . .

Other Surrealist poems characteristically combine startling juxtapositions of imagery with anarchic humour. Part of a work by Benjamin Péret reads:

> And the stars that frighten the red fish
> are neither for sale or rent
> for to tell the truth they are not really stars but apricot pies
> that have left the bakery.

What was constantly sought was a glimpse of 'the marvellous'. Again and again Breton invoked the electrical metaphor of a spark to evoke the inspirational jolt produced as unrelated images collided.

Clearly French Dada – and subsequently Surrealism – was committed to a more lyrical poetics than German/Swiss Dada, where there was a more thoroughgoing anti-Romantic deconstruction of language. There are important exceptions to this: Hans Arp, who would leave Zurich for Paris and Surrealism, often produced poems revealing a lyricism rooted in German Romanticism. It has been asserted by critics that deconstructive Dadaist poetry merely reflects chaos whereas Surrealism, by compromising with traditional poetic idioms, achieves more lasting results. Certainly poetry such as Eluard's now appears to have great formal elegance. But Dadaist sound poems, such as Schwitters's seminal 'Ur Sonata' of 1922–32, are far from chaotic in terms of their abstract internal structures. They also possessed an afterlife, in terms of the development of concrete poetry and performance aesthetics in post-1945 European art, that was possibly more significant than that of Surrealist poetry, which often bred mannerism and cliché.

The disjunctive nature of Dada poetry is in keeping with the relativist philosophies espoused by its writers. In his 1918 'Dada Manifesto' Tristan Tzara asserted that 'a work of art is never beautiful, by decree, objectively, for everyone'. The Surrealists also distrusted normative ideas of beauty, but André Breton would theorize the Surrealist image, both in its verbal and visual registers, in terms of a notion of 'Convulsive Beauty' in his philosophical-cum-autobiographical disquisition *Mad Love* (1937). Resolutely avoiding the criteria of traditional aesthetics, not least because he was implicitly straddling literature and the visual arts, Breton talked of the experience of beauty as approximating to a form of physical convulsion, with a strong erotic undertow. Rather obscurely, he defined three types of Surrealist 'convulsive beauty': 'veiled erotic', which characteristically arose from the merging of the animate and inanimate (as in coral), 'fixed–explosive', which came about when motion was translated into repose (as in a photograph of a locomotive overgrown with vegetation) and 'magical–circumstantial', which arose from a 'magical encounter' with a seemingly portentous phrase or object.

This attempt to produce new aesthetic categories, which in any event seems partial, says a great deal about the difference between Dada and Surrealism. For the Dadaists there could be no normative aesthetic experience. Art itself was open to question. The Surrealists by contrast nurtured a lingering utopian longing for a transformed and experientially transforming poetics/aesthetics.

Automatism versus chance

Poetry underpinned Dada and Surrealist aesthetics, but how exactly was the poetic language of these movements generated? Where did it come from? For the Surrealists in particular there was one clear answer: the unconscious. In his *First Surrealist Manifesto* of 1924, André Breton described how, whilst falling asleep one evening in 1919, a phrase had occurred to him as though 'knocking at the window'. Before long, Breton was making use of such spontaneously occurring material for poetic purposes and, along with the poet Philippe Soupault, published the first fully 'automatic' proto-Surrealist text, *The Magnetic Fields*, in 1920. Automatism was predicated on the conviction that the speed of writing is equivalent to the speed of thought. Writing rapidly with no preconceived subject in mind, the poet became, in Breton's terms, a 'modest recording device'.

By 1922, as part of the so-called 'mouvement flou' when Paris Dada gradually metamorphosed into Surrealism, Breton and his friends experimented with more dramatic means of bypassing conscious control. For a period one or other of them would willingly enter into a hypnotic trance and respond to questions from the rest of the group. The poet Robert Desnos was particularly susceptible to these states and on one occasion responded unnervingly to questions about the poet Benjamin Péret:

Q. What do you know about Péret?
A. He will die in a crowded car.
Q. Will he be killed?
A. Yes.
Q. By whom?
A. (He draws a train, with a man falling from its door.) By an animal.
Q. By what animal?
A. A blue ribbon my sweet vagabond.

Eventually the trances threatened to get out of control, with the poet René Crevel one time attempting to lead a group suicide, and they were abandoned. Automatism increasingly came to be seen as a response to discoveries in psychiatry and psychoanalysis. Breton's original exposure to these disciplines had been in 1916 when he had practised Freudian techniques of free association on shell-shocked troops during his military service as a medical orderly. However, it was not so much Freud who provided a model for automatism as the French psychiatrist Pierre Janet whose *L'Automatisme psychologique* of 1889 had reported extensively on the outpourings of patients undergoing hypnosis. Janet, however, had tended to downplay the creative volition of his patients, and by 1924, when Breton made automatism the pre-eminent Surrealist technique in the *First Manifesto*, it was Freudian free association which was given prominence.

Surrealist automatism was predicated on the suppression of rational consciousness. It should be stressed, however, that it was not always used in the creation of Surrealist writing; much of the Surrealist poetry cited in the last section only made partial use of it. Nor should it be assumed that it was entirely an invention of Surrealism; the earlier Dada poetry of Picabia, Tzara, Arp, and Schwitters had often arisen from similar processes, although Arp saw the body as much as the mind as its wellspring: 'Automatic poetry issues straight from the entrails of the poet or from any other organ that has stored up reserves . . . It crows, curses, stammers, yodels, just as it pleases.' It could be argued that automatism was routinely employed by the Dadaists and simply theorized in psychoanalytic terms by the Surrealists at a later date. Indeed, if we now turn to the ways in which the Dadaists, particularly, in Zurich, had understood the abandoning of creative control, not so much in favour of automatism but more in conformity with chance, some significant distinctions between Dadaist and Surrealist aesthetic attitudes can be established.

Around 1916–17 Arp, the principal visual artist of Zurich Dada, had produced a series of abstract works in collaboration with his partner Sophie Taeuber in which squares of paper were collaged in precise grids onto sheets of paper. As visual abstractions these works participated in the beginnings of a widespread phase in European art at that time involving figures such as Mondrian and Kandinsky. More distinctively 'Dada', however, were a few collages which Arp produced in direct counterpoint to these highly precise works. In these Arp randomly dropped pieces of paper onto mounts and fixed them where they landed (Figure 15). He claimed later that they were produced 'according to the laws of chance'.

Slightly earlier, Marcel Duchamp, who was then in Paris but was shortly to move to New York and to his own version of Dada, had done something comparable. Commencing work on *The Bride Stripped Bare by her Bachelors, Even*, his *magnum opus* in glass which was to end up as a diagrammatic depiction of frustrated desire, opposing a group of mechanistic 'Bachelors' at the bottom to a 'Bride' at the top, he had dropped three pieces of threads and had 'fixed' the configurations in which they fell, producing templates from them which served as variations on a standard measure. He had then used these 'Standard Stoppages' (as he called them) to help determine the placement of the Bachelors in the *Large Glass*, implying that his work conformed to an alternative, irrational set of physical laws to those of external reality.

15. Hans Arp, ***Rectangles Arranged According to the Laws of Chance*****, collage, 1916/17, Museum of Modern Art, New York**

Both Arp and Duchamp were departing radically from the model of authorial control synonymous with art-making at that time. They were also pioneering a characteristically 'Dada' attitude which stands at the foundations of a tradition of aleatory art in the 20th century, incorporating figures such as the composer John Cage. More significantly for our current discussion, both artists were invoking impersonal or nature-based processes as opposed to psychologically orientated human ones, albeit ironically in Duchamp's case. Arp had an essentially mystical understanding of what he was doing. Chance for him was linked to nature and was part of an 'unfathomable raison d'être . . . an order inaccessible in its totality'. Whereas the Surrealists were primarily interested in the individual psyche, the Dadaists chose to invoke forces which were entirely independent of themselves. They distrusted human egotism and a too-high valuation of human reason; a world war had arisen from such values. They had little respect either for Freud's systematization of the irrational. Tristan Tzara described psychoanalysis as a 'dangerous disease' which lulls our 'antireal inclinations' to sleep and helps perpetuate bourgeois society. The Dadaists distrusted Freud for wishing to tame the unconscious rather than allowing it free play in the service of social critique. They therefore distrusted the Freudian basis of Surrealist automatism, although it should be emphasized that the Surrealists valued Freud for plumbing unconscious mechanisms rather than 'curing' the maladies they gave rise to.

In showing how the Dadaist understanding of chance conflicts with the Surrealist understanding of automatism, our reference points have necessarily shifted from poetic to visual ones. This is consistent with the constant cross-overs between literary and visual aesthetics in Dada and Surrealism mentioned earlier. If we turn now to the visual art of Surrealism, it is interesting to see that, while verbal automatism found an equivalent in the technical innovations of certain artists, Dadaist chance was also subtly incorporated into Surrealist procedures.

16. André Masson, *Birth of Birds*, automatic drawing, *c.*1925, Museum of Modern Art, New York

In 1924–5 the French painter André Masson, attempting to find a visual equivalent for the automatism called for by Breton in the *First Surrealist Manifesto*, produced an important sequence of 'automatic drawings'. In them, a set of intensely personal images – eroticized bodies, animals and architectural elements – were poetically fused together as he drew rapidly without premeditation.

These elevated 'doodles' might initially appear abstract, but the Surrealists never took the step into complete abstraction that we saw in Arp. Given some effort, Masson's *Birth of Birds* of 1925 thus reads comparatively straightforwardly as a woman's body, with birds emerging from the vulva.

Slightly later than Masson, the German-born artist Max Ernst, who had recently moved to Paris from Cologne, similarly reacted to the *Manifesto* with his 'frottages' of 1925. Here, the artist placed sheets of paper over raised surfaces, such as wood-graining, and made rubbings. He then allowed forms to suggest themselves, blocking out or re-emphasizing parts of the images to conjure up a personalized flora and fauna. Ernst published these as reproductions in a portfolio titled *Histoire Naturelle*. It is interesting that Ernst, who had once been part of the Dada movement, reveals a much greater degree of passivity in his working process than Masson. He thus looks back to the impersonal principle of chance as it had been understood within Dada, although his direct inspiration was none other than Leonardo da Vinci who, in his *Treatise on Painting*, had recommended that artists should use formless blots as inspirational triggers for compositions.

Ernst cleverly harnessed Dadaist chance to Surrealist automatism, making it answerable to the imperatives of the unconscious. His case reveals how Surrealist aesthetics often subtly reverted back to Dada. The Surrealists would devise many other ways of psychologizing chance; they actually lived their lives according to principles of 'objective chance' as discussed in the previous chapter. But one wonders whether, in the final analysis, they did not end up civilizing or domesticating what, in Dada, had been an essentially anarchic non-human principle.

Collage versus painting

Staying with the visual art of Dada and Surrealism, it is worth establishing some further differences between the movements in their approaches to artistic media and technique. An initial contrast can be set up by returning to Max Ernst, who bridged the two movements in any case, and to the transition he made from a Dadaist use of collage to a distinctively Surrealist mode of painting.

In 1921, at the invitation of the Paris Dadaists, who had been aware of his activities in Cologne, Ernst had an exhibition of his collages at the *Au Sans Pareil* gallery in Paris. It was a revelation for the Parisians. If Breton's and Soupault's *The Magnetic Fields* had foreshadowed textual Surrealism, this exhibition effectively pre-empted visual Surrealism. Ernst would shortly join the group and produce work, such as the 'frottages' just mentioned, which conformed to their theories.

So what was so significant about Ernst's Dada collages? Collage was already well established as an avant-garde technique at this time. Bits of linoleum, wallpaper, and so on had been introduced into their paintings by Picasso and Braque around 1912–14 in the so-called 'Synthetic' phase of Cubism, largely to reintroduce witty allusions to the real world into their increasingly abstracted paintings. Ernst, however, assembled his collages from fragments of recognizable imagery, juxtaposing fragments of encyclopedia plates, commercial catalogues, anatomical treatises and photographs to produce disturbing counter-realities. In *Santa Conversazione* of 1921, for instance, illustrations of birds and cuttings from anatomical diagrams were shunted into an alliance with photographs in a semi-illusionistic pictorial space. Alluding in its title to religious iconography – namely the traditional theme of Madonna and Child with Saints – *Santa Conversazione* blasphemously invokes the Virgin Birth by depicting a dove perched on the basin-like 'womb' of the main figure.

Once he had moved to Paris, at the height of the 'mouvement flou', Ernst set about translating collage into painterly terms. In 1919 he had been profoundly impressed by illustrations of works by the Italian painter Giorgio de Chirico. During a fertile period in Paris

17. Max Ernst, *Santa Conversazione*, collage, 1921

during 1911–15, De Chirico had developed a 'metaphysical' mode of painting in which he envisioned lonely late-afternoon Italian piazzas flooded with unearthly light, the statues casting long, melancholy shadows. The 'faux naif' style in which Chirico painted these visions, involving the use of dizzily receding perspectives and the diligent cordoning off of flatly painted forms with fine black lines, provided Ernst with the painterly vocabulary with which to re-embody the startling juxtapositions of his collages. Under De Chirico's influence, the semi-illusionistic indications in certain of the collages blossomed into suggestions of a palpable psychic universe. The series of paintings Ernst produced between 1922 and 1924, including *Oedipus Rex*, *Of This Men Shall Know Nothing*, and *Pietà* (Figure 4) became keystones of visual Surrealism.

Arguably, though, in being translated into the terms of Surrealist painting, Dada collage underwent a process analogous to that which Dadaist chance had undergone in being annexed to automatism. Employed by Ernst in Cologne, collage had summoned up a world that was profoundly inimical to human control; whole systems of ideas and regimes of representation appeared to be in conflict. But when Breton wrote of Ernst's collage in the catalogue of the 1921 *Au Sans Pareil* exhibition, he linked the technique to proto-Surrealist poetics, employing his favoured metaphor of the spark generated by the meeting of separate realities to underline Ernst's effects. When Ernst embarked on his fully 'Surrealist' paintings in the early 1920s, partly under the patronage of Breton, he returned to a technique – namely oil painting – which had virtually been proscribed by the Dadaists for its connotations of élitism and tradition.

Photomontage versus painting

This sense of a watering down of Dada principles can be reinforced by comparing another Dadaist technique, photomontage, with Surrealist painting. Photomontage was the pre-eminent visual innovation of Berlin Dada. Both factions in Berlin, the Hausmann–Höch faction and the Grosz–Herzfelde–Heartfield faction, claimed to have 'discovered' it, but such squabbles need not detain us here. It is important, however, to briefly differentiate the photomontages of the Berlin group from Ernst's photocollages as described in the last section. Ernst rarely made overt social references. His works suggested irrational collisions of ideas or thought systems, and, to this end, he played down the physical nature of his materials, rephotographing his collages to create a seamless effect. By contrast, Berlin photomontage was profoundly politicized, the very act of cutting up and recombining imagery from newspapers and magazines bearing connotations of cutting into the fabric of social reality. Berlin photomontage made the physical process of constructing the image – the fragmentary nature of the pieces of imagery, their inconsistencies in terms of photographic scale, etc. – manifest in the final work. This can be seen in Hannah Höch's *Bourgeois Wedding Couple – Quarrel* of 1919 where the humorous content of the image, a parody of bourgeois marriage in which an infantilized couple in sports gear undergo their private traumas among the latest household gadgets, is subordinated to the sense that these are still cut-out fragments of printed matter.

Turning to Surrealist painting, it is obvious that, as an 'autographic' technique, in other words one where the very marks made by the artist's brush speak of his or her 'touch', painting could hardly be said to signify social interaction or exchange in the manner of Berlin photomontage. Whereas Hausmann in Berlin once talked of his fellow artists as 'photomonteurs', fitting their pictures together like construction workers, Surrealist painting spoke by contrast of individual reverie and of the artist-genius. It intrinsically lacked Dada's political edge.

Surrealist painting was distrusted to some degree from within the movement itself. In 1925 Breton described it as a 'lamentable expedient', and it was to be up to the artists themselves to

18. **Hannah Höch, *Bourgeois Wedding Couple – Quarrel*, photomontage, 1919**

convince him of its applications. Almost from its beginning it was polarized. On the one hand, there was a veristic mode of painting, in which irrational alternative realities were depicted with pseudo-academic exactitude. This tendency was rooted in Giorgio De Chirico but also in French 19th-century Symbolist painters such as Odilon Redon and Gustave Moreau. It tends, for convenience sake, to be dubbed 'dream painting', although, as will be shown later, examples of it by Ernst and Dalí did not necessarily make use of personal dreams but often plundered Freudian case histories.

On the other hand, there was the 'automatic' painting, characterized by the spontaneous production of painterly marks or blotches to suggest forms, practised by artists such as André Masson, whose related 'automatic drawings' were mentioned earlier. This technique could claim to be more truly 'Surrealist' in terms of Breton's theorizing.

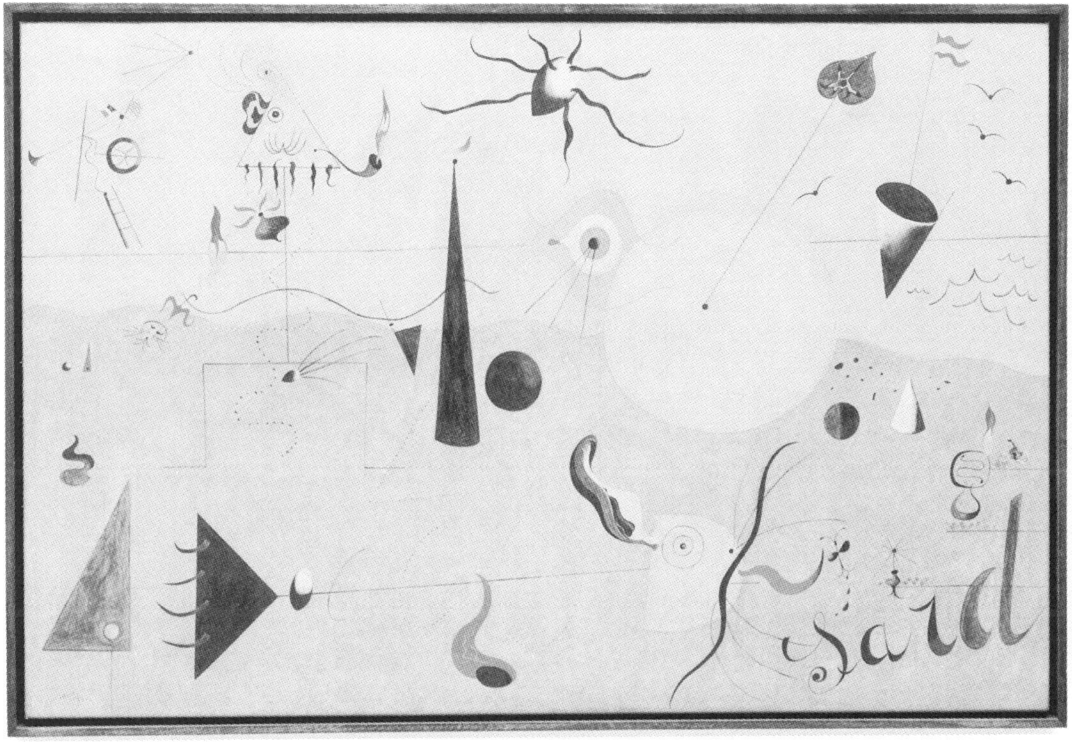

19. Joan Miró, *The Hunter*, oil on canvas, 1924, Museum of Modern Art, New York

Along with Masson, Joan Miró is a key figure within this 'automatic' tendency. Having moved from his native Catalonia to Paris in 1920–1, he initially developed a highly idiosyncratic pictographic language in works such as *The Hunter* (1923–4) (Figure 19). To the upper left of this work, the 'hunter' of the title is depicted as a stick-man, his alertness signalled by his enormously enlarged ear and his heart which is shown to be 'on fire'. At the base of the canvas is his quarry; a peculiar sardine-cum-rabbit. Miró's entire oeuvre would subsequently be characterized by this kind of capricious poetic transformation, with visual signs undergoing continual metamorphosis from one painting to the next. Automatism, which he used from the mid-1920s – sometimes in the planning of works, or sometimes, as in the important *The Birth of the World* (1925), as part of the finished result – perfectly suited his fluid working methods.

As suggested already, painting had a torrid time at the hands of Surrealism's theorists. Just after the *First Manifesto* the writer Max Morise wrote an essay entitled *The Enchanted Gaze* which expressed doubts about 'dream painting'. Such works, according to Morise, were incapable of expressing the temporal or unfolding nature of dreams. Film, as we will see, was better equipped to do this. The 'secondary revision' involved in producing them also put a brake on the unconscious. In April 1926 Pierre Naville – at this time editor of the Surrealist journal *La Révolution Surréaliste* – declared more dramatically 'Everybody knows there is no Surrealist painting.' Even painterly automatism was placed under suspicion since aesthetic habits, such as a sense of compositional balance, potentially got in the way of complete spontaneity.

Breton rose to painting's defence and wrote a series of essays and catalogue introductions in the later 1920s, poetically championing such artists as the French painter Yves Tanguy whose dream landscapes, populated with strange biomorphic forms, he particularly admired. But Breton never fully established a theoretical justification for Surrealist painting; hence the pointed title these collected writings were eventually given: *Surrealism and Painting*. Breton was convinced of the importance of Surrealist precursors such as De Chirico or Picasso. The latter in particular was courted unsuccessfully by him over a long period, and the licence accorded to sexual and violent fantasies by Surrealism undoubtedly reinvigorated Picasso's output of the 1920s and 1930s. But Breton was to vacillate in his support of the likes of Miró and Masson. His perennial point of criticism, in line with the increasingly Marxist commitments of Surrealism, was that painters succumbed too easily to the seductions of their 'métier' and too quickly took advantage of the commercial benefits offered to them. The comparatively academic technique of a relative latecomer to Surrealism, the Belgian painter René Magritte, might have led to such compromises, but the literalism with which Magritte's best works present hallucinatory phenomena or philosophical conundrums gives them a distinctly uncompromising edge (Figure 20). On the other hand, the technical facility of Salvador Dalí, who made a dramatic entry into the Paris group from his native Catalonia in 1929, would confirm all of Breton's fears.

Dalí's early Surrealist paintings – such as *The Lugubrious Game* and *The Great Masturbator* of 1929 – were genuinely inventive, their 'ultra-retrograde' technique, in Breton's phrase, being entirely appropriate for the realization of the host of psychopathological fantasies, often culled from literary sources such as Freud or the late 19th-century 'sexologist' Richard von Kraft-Ebbing, with which they swarmed. In the early 1930s Dalí also did much to shore up the theoretical resources of visual Surrealism, inventing his so-called 'paranoiac-critical method'. He demonstrated this in a short contribution to the journal *Le Surréalisme au Service de la Révolution* in 1931, reproducing a postcard of a group of Africans sitting in front of a straw hut, which, when turned sideways, reads as a phantom head (Figure 21). Just as clinical paranoia involves the obsessional reinterpretation of external phenomena, so Dalí filled his 1930s canvases with skilfully

20. René Magritte, *Le Viol* (The Rape), oil on canvas, 1934

contrived double-images; thereby, in his own terms, 'discrediting reality'. Ultimately, though, such devices inclined towards mannerism, and as Dalí inevitably attracted wealthy patrons, such as the English collector Edward James, so his inventiveness slackened. He became the 'Avida Dollars' of Breton's famous anagram.

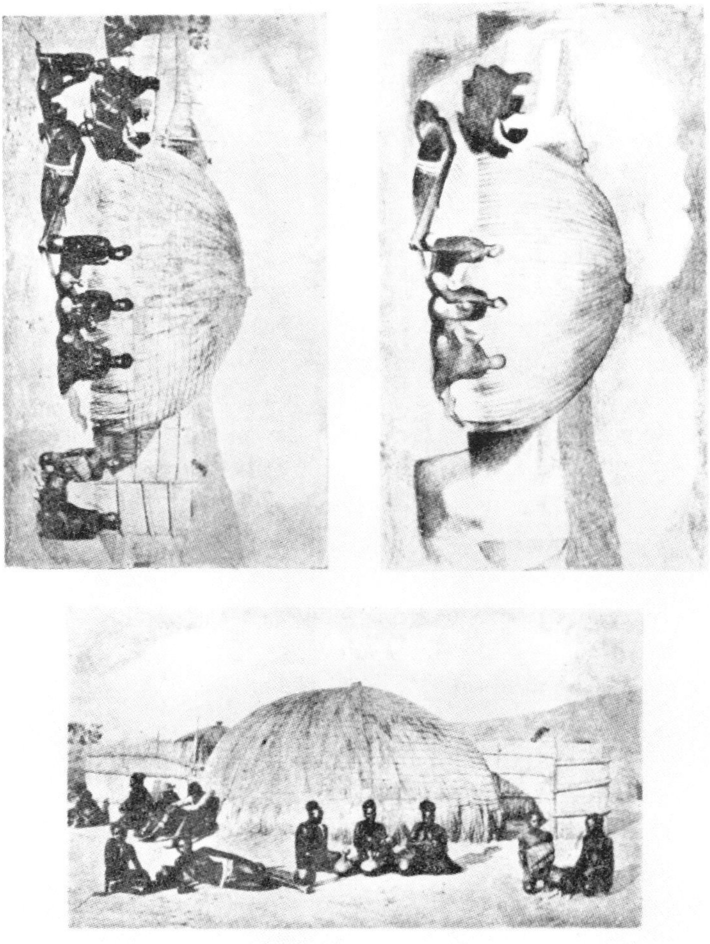

COMMUNICATION : Visage paranoïaque.

A la suite d'une étude, au cours de laquelle m'avait obsédé une longue réflexion sur les visages de Picasso et particulièrement ceux de l'époque noire, je cherche une adresse dans un tas de papiers et suis soudain frappé par la reproduction d'un visage que je crois de Picasso, visage absolument inconnu.

Tout à coup, ce visage s'efface et je me rends compte de l'illusion (?). L'analyse de l'image paranoïaque en question me vaut de retrouver, par une interprétation symbolique, toutes les idées qui avaient précédé la vision du visage.

André Breton avait interprété ce visage comme étant celui de Sade, ce qui correspondait à une toute particulière préoccupation de Breton quant à Sade.

Dans les cheveux du visage en question Breton voyait une perruque poudrée, alors que moi je voyais un fragment de toile non peinte, comme il est fréquent dans le style picassien.

Salvador DALI

21. Salvador Dalí, 'Paranoiac Face', page layout from *Le Surréalisme au Service de la Révolution*, 3 (Dec. 1931)

Painting ends up as Surrealism's Achilles heel. It had two major flaws; in its automatist form it was compromised by its very aesthetic preconditions; at its most academically realist it could be seen as allied to bourgeois taste. Arguably, the ponderously 'surreal' scenarios of, say, the French artist Pierre Roy, or the Belgian Paul Delvaux, amount to little more than academicism.

Photography

If painting failed to match Surrealist aspirations, it is worth opposing its fortunes to those of 'straight photography' (as opposed to photomontage). In this book I have tended to employ photography, as the Surrealists themselves did, as much to document their opinions as to foreground its own status as an art form, but it could easily be asserted that it constituted the Surrealist medium par excellence. The very fact that photography is a mechanical medium meant that it constituted a 'modest recording device', to recall Breton's description of the Surrealist poets, which was uniquely qualified to automatically transcribe the surreality embedded in reality. It is important to recall that Breton's ideal, in the *Second Manifesto of Surrealism*, was always a fusion of the real and the surreal, by contrast to Dalí who sought, as he himself said, to 'systematize confusion'.

Photography is inherently surreal. As Susan Sontag has said, 'Surrealism lies at the heart of the photographic enterprise: in the very creation of a duplicate world, of a reality in the second degree, narrower but more dramatic than the one perceived by natural vision.' A camera will often pick up uncanny details completely by chance, making us aware of the strangeness of the familiar. The Surrealists themselves certainly capitalized on this. Breton, for instance, asked the photographer J.-A. Boiffard to produce photographs of seemingly humdrum Parisian locations for his novel *Nadja*. As noted earlier, this was an account of a love affair in which the emotions of the lovers, to say nothing of Nadja's incipient insanity, distil chance revelations from the everyday.

Surrealism undoubtedly had its share of staged 'artistic' photography. Pre-eminent were the contrived studio set-ups of the ex-New York Dadaist Man Ray who had gravitated to Paris, like Max Ernst, at the very moment of the formation of Surrealism. Man Ray brought his formidable studio skills to bear on seductive, classically composed, and highly fetishistic images of the female body (Figure 26). Photographic manipulation was also widely practised. Man Ray is again of central importance with his 'Rayographs', in which objects were placed on photographic paper in the darkroom and the whole ensemble exposed, so that ghostly 'negative' shapes were left behind, and 'Solarizations', in which the darkroom light was briefly turned on during the developing process, causing a halo of light to surround the contours of the photographed images.

Photographic manipulation also extended to processes such as double exposure and the overlaying or combining of negatives to produce internally riven and 'doubled' images. Such processes, as carried out by Man Ray or by the French photographer Maurice Tabard, have been seen by the American art historian Rosalind Krauss to be peculiarly suited to Surrealism. They seem to suggest that the reality which the mechanical nature of photography ostensibly records is inherently unstable: merely a collection of movable signs, like a text; a point which might remind us again of the poetic basis of Dada/Surrealist aesthetics. However, Krauss's argument notwithstanding, it is perhaps when photography is at its least self-consciously 'arty', as suggested earlier, that it is most genuinely surreal. If Surrealist painting looks a little conformist in comparison with Dadaist collage and photomontage, photography emerges as an eminently 'automatist' surrealist medium. Whereas Surrealist painting had a comparatively disappointing legacy, at least in the European countries where it grew up, producing legions of imitators but few heirs, some of the central figures of mid-20th-century photography – Henri Cartier-Bresson, Brassai, Bill Brandt, and André Kertesz – were decisively affected by Surrealism.

The readymade versus the object

Painting may suffer in comparison to photography within Surrealism, but at least it survived. By contrast, sculpture in the traditional sense played a modest role in both Dada and Surrealism, and a new genre of three-dimensional production usurped its place: that of the object. The historical starting point here is Marcel Duchamp and his readymades. The most notorious of these, *Fountain*, produced in New York in 1917, has already been discussed, but it was not the first of the pre-manufactured (hence 'readymade') objects which Duchamp appropriated as his own. That item was the *Bicycle Wheel* of 1913, produced in Paris just before Duchamp's move to America, and actually a combination of two objects: the wheel and fork of a bicycle, and a wooden stool. The wheel and fork have been inserted upside down into the stool to produce a movable 'sculpture' on a 'pedestal'.

It is clear from the above that sculptural terminology is appropriate, albeit ironically, to *Bicycle Wheel*. The object subtly parodies traditional sculpture in so far as it contests the hierarchical split between base and sculptural object; the stool is just as much a utilitarian object as the wheel and there is thus an equality between the work's structural elements. Duchamp has freed the objects from art's hierarchies and ironically re-aestheticized them at the same time. This use of real objects to replace sculpted forms certainly represented a massive challenge to convention, although Picasso had incorporated oilcloth and a rope in his *Still Life with Chair Caning* of 1912. As with the photomontage of the Berlin Dadaists there was an attempt to purge art of its familiar materials and to engage materially with the world of industrialized mass production.

Possibly the most important challenge posed by the *Bicycle Wheel* was at the level of authorship. Like the sequence of readymades by Duchamp that followed it, it raises a fundamental question about the very nature of art. If, as Duchamp once noted, art, etymologically speaking, means 'to make', Duchamp has exonerated himself completely from that obligation.

It was not until 1917, and the publication of a photograph of *Fountain* (Figure 3), that Duchamp turned the readymade into a conceptual provocation. Prior to this objects had been chosen almost as private 'philosophical toys'. As with *Bicycle Wheel*, the readymades were not necessarily single objects. By the early 1920s, possibly registering the literary preoccupations of the nascent Paris Dada group, Duchamp was producing elaborately poetic 'assisted readymades' such as *Fresh Widow* (1920), a down-scaled pair of French windows with squares of shiny black leather in place of its panes of glass. The interaction between title and object is crucial here, reminding us again of the verbal basis for Dada/Surrealist aesthetics. Spoken aloud, both words of the title *Fresh Widow* suppress the letter 'n', provoking a free-wheeling range of associations including sadomasochism. Man Ray, at that time one of Duchamp's New York Dada accomplices, shared his friend's black humour. His *Gift* of 1921 consisted of a flat iron with a row of tacks sticking out aggressively from its base. Dada assemblages such as these acquired a legendary status among the Paris Surrealists.

In 1924 the Surrealist leader Breton wrote an important essay entitled *Introduction to the Discourse on the Paucity of Reality*. In it he discussed an enigmatic book encountered during a dream:

> The back of the book was formed by a wooden gnome whose white beard, clipped in the Assyrian manner, reached to his feet. The statue was of ordinary thickness, but did not prevent me from turning the pages which were of heavy black cloth.

His conviction that such objects should be put into circulation to 'discredit' the 'creatures and things of "reason"' heralded the production, within Surrealism, of 'symbolically functioning objects'. However, this phase of activity had to wait until 1931.

Its immediate catalyst was a sculpture by the Swiss artist Alberto Giacometti, the one traditional sculptor within the Surrealist orbit, who had settled in Paris in 1922. His *Untitled (Suspended Ball)* of 1930–1, an enigmatic construction in which a sphere of plaster hung within a cage-like structure, a groove in its lower circumference skimming the sharp edge of a plaster crescent placed directly beneath it, had an enormous impact on the Surrealist group when a photograph of it was published in *Le Surréalisme au Service de la Révolution*. Breton, in particular, extolled its aura of unfulfilled desire.

The wave of object-production that followed this group revelation generated some of the most arresting works of visual Surrealism. Dalí surpassed himself with an elaborately fetishistic ensemble which he described as follows:

> A woman's shoe, inside which a glass of milk has been placed, in the middle of a paste ductile in form and excremental in colour. The mechanism consists of plunging a sugar lump on which an image of a shoe has been painted, in order to watch the sugar lump and consequently the image of the shoe breaking up in the milk.

After a time the group produced less complicated objects. *Fur Breakfast*, a cup and saucer lined in fur by the Swiss-born artist Meret Oppenheim – one of the few women to play a prominent role in this phase of Surrealism – is possibly the most famous of these and was the main attraction at the key exhibition of Surrealist objects at Charles Ratton's Paris gallery in 1936. But *Fur Breakfast* has become over-familiar. Another important piece by Oppenheim is *My Nurse*. This work also makes use of notoriously fetishistic items, namely shoes. It would be interesting to speculate on the different ways in which Dalí and Oppenheim use them, with the proviso that, much as Oppenheim's assemblage appears to speak to the contrary, psychologists have generally been unwilling to acknowledge the existence of female fetishism. Oppenheim once observed that the shoes evoked for her the idea of 'thighs squeezed

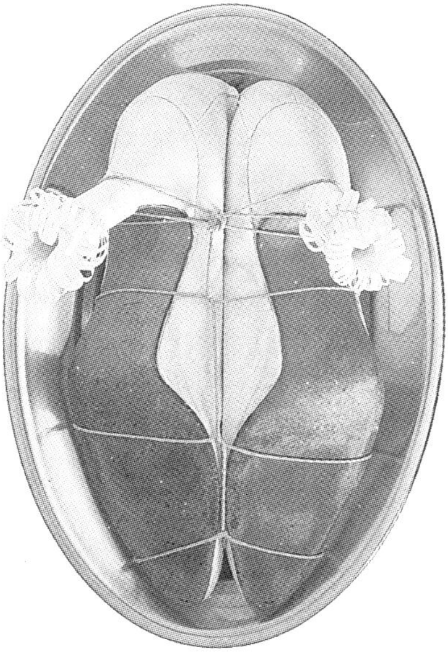

22. Meret Oppenheim, *My Nurse*, metal platter, shoes, string, and paper, 1936

together in pleasure', in belated recognition of the 'sensual atmosphere' which her childhood nurse had exuded. Possibly she is ironizing the whole issue of female fetishism here. Female fetishism, if it exists, would be predicated on the psychological function of fetishism for men, which is normally assumed to be heterosexual in basis. Dalí's object certainly upholds this. Surely there is more than a hint of a lesbian fantasy in Oppenheim's comment. One could easily see the trussed-up shoes, which double as a turkey on a platter, as constituting some form of bondage fantasy on the part of the artist.

If, returning to a contrast between Dada and Surrealism, we further compare Oppenheim's *My Nurse* with a Duchamp readymade such as *Fountain* (Figure 3), it is apparent that Oppenheim's Surrealist object openly insists on its psychological content while the Dada readymade mutely awaits our interpretation. *Fountain* has in fact been interpreted as a bi-gendered form, with its curves and the hole at the base giving a 'feminine' inflection to an otherwise 'masculine' receptacle. If the readymade might, ironically, be thought usable, were it not temporarily being designated as 'art', the Surrealist object proffers its own uselessness as something of potential value. Georges Bataille, who was a major critic of Surrealism's romanticizing tendencies in the 1920s and 1930s, once derided the impotence of aesthetics, declaring ' I challenge any art lover to love a canvas as much as a fetishist loves a shoe.' In this context *My Nurse* could be seen as serving precisely the needs of fetishism rather than those of art.

This comparison establishes a clear division between Dadaist and Surrealist aesthetics. The readymade serves to collapse the distinction between art and non-art. It implicitly acknowledges that art is something to be contested on its own terms. By contrast, the Surrealist object complies with art's conventions, however altered these may have become, in order to fulfil a new experiential function.

Nothing more powerfully illustrates the catalytic role envisaged for the Surrealist object than an incident famously recounted by André Breton in *Mad Love* (1937). Breton talks of how Alberto Giacometti had been facing an apparent psychological block in finishing the head of a sculpture, later to be called *The Invisible Object*. He and Breton had gone for one of their familiar Surrealist trawls of the Paris flea markets and had found themselves drawn inexplicably towards a peculiar metal half-mask which they were later to identify as a fencing mask. Giacometti later realized that the form of the object provided a solution as to how to complete the head of his sculpture. Here Breton is not so much talking of the Surrealist object as something that is closer to the Duchampian readymade, namely the 'objet trouvé' – the 'found object' which corresponds mysteriously to the dictates of 'objective chance'. His point is that Giacometti's unconscious desires had effectively predisposed him to finding the object. Breton would see romantic love functioning in an analogous manner. But the task of the Surrealist object was, in a sense, to render such a search unnecessary and to speak directly to our desires. Theoretically at least it serves to move us beyond aesthetics entirely.

Film

While the Dadaists sought to discredit or to redefine art, ironically creating new art forms (such as the readymade) in the process, the Surrealists paid less attention to artistic media as such, convinced that poetic content would render issues of form irrelevant. They sought a merging of art into life in the distinctively 'avant-garde' terms defined at the start of Chapter 1.

A way of emphasizing this distinction is to turn finally to the ways in which the movements made use of film. As a medium which had only come into being in 1895–6, when the Lumière brothers demonstrated their invention, film was the most unequivocally 'modern' of any of the media they employed. The Dada films that were made by Hans Richter and Viking Eggeling in Zurich or René Clair and Man Ray in Paris, or the Surrealist films of Dalí and Buñuel, were part of a massive wave of film experimentation in the early decades of the 20th century that drew heavily on the achievements of avant-garde art movements.

Dadaist film is characterized precisely by a self-consciousness about its material nature as film and a concern with forcing its audience to appreciate this fact. The German-born Richter and the Swedish-born Eggeling, who were comparatively late and relatively peripheral members of the Zurich Dada group, worked collaboratively to pioneer abstract film during 1919–21. Eggeling, who was to die in 1925, laboriously produced one major work, his *Diagonal Symphony* in which abstract forms evoked musical patterns and notation. Richter's work similarly responded to music, but was more inventive visually. In his *Rhythmus 23* (1923), for instance, a series of rectangular shapes merge together and split from one another, expanding and receding in the process.

As with the internal divisions of Dada in general, the abstracting tendencies of the Zurich-based filmmakers, which would eventually lead them into an alliance with International Constructivism, contrast with the greater emphasis on anti-bourgeois content in the Dada films produced in Paris. Possibly the most significant of these, René Clair's *Entr'acte* of 1924, makes use of narrative conventions, but its storyline is hardly 'continuous' in the manner of contemporaneous Hollywood silent films. The narrative effects of Clair's film are constantly disrupted by dramatically angled shots, superimposed images and slowed-down or speeded-up cinematography. Montage editing, a technique involving the dramatic juxtaposition of shots to create strong emotional or intellectual effects in the viewer, is also employed, but not in the doctrinaire fashion of contemporaneous Russian ideologues of film such as Serge Eisenstein. Clair's formal cinematographic concerns were constantly held in check by his collaborator, Francis Picabia. At this time Paris Dada had become completely exhausted and Breton was in the process of launching Surrealism. The ex-Dadaist Picabia's contribution to the film was therefore to intersperse Clair's more overtly experimental sections with slapstick sequences redolent of full-blown Dada irreverence. For instance, a lengthy semi-abstract sequence, in which the billowing skirts of a pirouetting ballet dancer are intercut with images such as the geometrical lines of buildings, ends when the dancer is revealed to be a bearded man.

Man Ray had also made a five-minute Dada film in Paris the previous year. His *Return to Reason* was more formally restrained than Clair and Picabia's *Entr'acte*, but no less anarchic. The artist scattered objects such as pins and thumbtacks on the celluloid and then exposed it in the manner of his photographic 'rayographs'. These strips worked in counterpoint with others in which objects such as the torso of a woman and a merry-go-round were shown slowly rotating.

All of the above Dada films resist any straightforward imaginative entry by the spectator. A different logic underlies the small group of Surrealist films produced between 1927 and 1930 by two pairs of collaborators: the French dramatist and poet Antonin Artaud and filmmaker Germaine Dulac, on the one hand, and the Spanish artist Salvador Dalí and filmmaker Luis Buñuel, on the other. In these, elements of narration and an emphasis on the emotions of the actors actively solicit the psychological involvement of the audience, although this is still frequently upset by dislocating or shocking images or by rapid montage editing, influenced as much by Buster Keaton in Buñuel's case as by avant-garde precedents. The Artaud/Dulac film *The Seashell and the Clergyman* of 1927, a Freudian study of the Oedipal rivalry between an older and a younger man for an enigmatic woman, was the first Surrealist film, strictly speaking, but its more gentle 'poetic' ambience was to be overshadowed by the visual pyrotechnics of the Dalí/Buñuel collaborations.

The first of these, the 17-minute *Un Chien Andalou* (An Andalusian Dog), was shot in one week in March 1929, just before Dalí joined the Surrealists. The opening sequence, which is notorious, shows a man (Buñuel himself) sharpening a razor next to a window. As he observes a wisp of cloud passing across the moon, he slices open the eye of a woman sitting passively next to him (an ox's eye in actual fact) (Figure 23).

This remarkable prologue has been interpreted in various ways. The blinding could be seen as a metaphorical assault on the audience's vision and, by extension, an assault on cinematic conventions as such – the 'cutting' of a film could well be indicated. But the image has also been interpreted by film historians such as Linda Williams in Freudian terms as a symbolic displacement of castration anxiety. Buñuel himself once said that the only way of interpreting the film would be psychoanalytically, and Williams builds up a convincing case by referring to other sequences in the film where the male hero's castration anxiety is evoked via mutilated body parts. In one of these we move, via a dramatic series of disorientating close-ups, from an image of a hand trapped by a door – with a stigmata-like

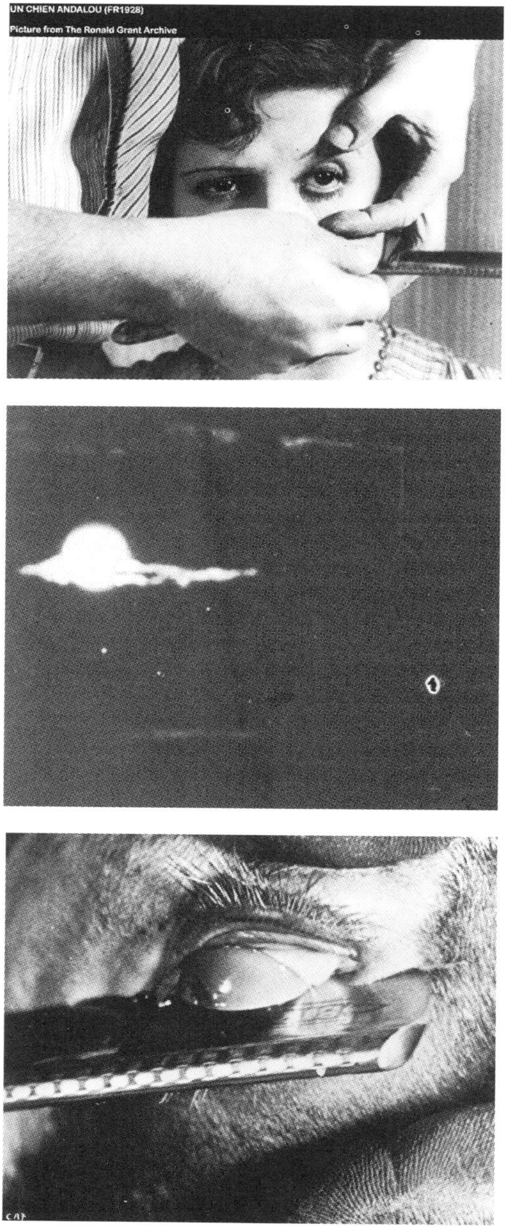

23. Luis Buñuel and Salvador Dalí, frames from *Un Chien Andalou*, film, 1929

wound in its palm pouring forth ants – to an image of a woman, seen from above, poking a severed hand with a stick.

If the dream-like images of *Un Chien Andalou* beg to be unpacked psychoanalytically, the second Dalí/Buñuel film, *L'Âge d'Or* (The Golden Age) of 1930, deals more squarely with the real world, although its images are no less shocking. Its central concern, in committedly Surrealist fashion, is the social repression of desire, particularly as an outcome of Catholic dogma. Its climax consists of a lengthy intertitle announcing the imminent emergence from the Selliny Castle of the libertines who have engaged in the Marquis de Sade's *120 Days of Sodom*. As the castle door opens we see that the first of the sodomites is Jesus Christ.

If Dadaist film drew attention to itself as film, usually with subversive intent, Surrealist film aimed to make the viewer forgetful of the medium, in order to 'transform consciousness'. Dada's legacy in terms of film history was an avant-garde or 'underground' tradition which reached fruition in the experimental films of 1950s and 1960s filmmakers such as Stan Brackhage or Andy Warhol. Surrealism, on the other hand, would have greater impact on mainstream film where the audience is characteristically primed for imaginative release. Buñuel himself had an extremely fertile later career, producing important films ranging from *The Exterminating Angel* (1962) to *The Discreet Charm of the Bourgeoisie* (1972), while key international filmmakers have continued to extend the Surrealist possibilities of the medium to the present day. Important figures here are the Czech film animator Jan Švankmajer and the American David Lynch whose *Mulholland Drive* (2001) demonstrates the extent to which lavish Hollywood production values powerfully enhance Surrealist effects. These are self-consciously 'Surrealist' practitioners, but mainstream film in general, with its thirst for ever more startling juxtapositions of imagery, has effortlessly absorbed the techniques of Surrealism.

The historical destiny of Dada and Surrealist film makes a broader point about the aesthetics of the movements. In Surrealism there was a tendency to allow the filmic medium to function 'transparently', in other words, not to intrude too insistently on the spectator's aesthetic expectations, in order to effect a psychic transformation. This was easier for mass culture to assimilate than Dada's insistence on the disruption and negation of the spectator's pleasure. In this respect one could point to the enormous impact Surrealism has had on graphic design and advertising right up to the present day. Numerous instances could be cited, but the series of playfully surreal Benson and Hedges cigarette advertisements of the 1970s are excellent examples. Critics such as Fredric Jameson have noted that the Surrealist cult of desire, along with the visual techniques fostered to give it expression, has been hijacked by the market system to cater to the 'pseudosatisfactions' of capitalist consumerism. In a sense this returns us to a question posed in the introduction, about our inability to have any real distance from the aesthetic consequences of Surrealism. It might be tempting to speak resignedly here of the way two committedly left-wing art movements, to drag Dada into complicity with Surrealism, failed to resist assimilation into capitalism. But that would be to foreclose matters before we have properly considered Dada and Surrealism's wider cultural and political aspirations. These, as we will see, were profoundly inimical to capitalist values. They are also the most fitting lenses through which to view their art.

Chapter 4
'Who am I?': mind/spirit/body

'How can anyone hope to order the chaos that constitutes that infinite, formless variation: man?' So asked Tristan Tzara in his 1918 Dada Manifesto. By contrast, André Breton began his Surrealist novel *Nadja* with the more hopeful but essentially troubling question 'Who am I?' Questions of identity, of the nature of consciousness or the relations between mind and body, were fundamental to Dada and Surrealism and fundamental also to disagreements between them. I want next to examine how such questions interconnected in their writings and art, and how they focus some of the more interesting debates among the theorists and artists concerned. If both movements espoused the pre-eminence of the irrational over the rational, how did they conceive of the irrational? If irrationalism was to be pursued, how did this contravene traditional humanist values, and to what degree was an anti-humanist programme desirable? Both Dada and Surrealism were opposed to conventional religion, mainly because many of their adherents had received stiflingly moralistic upbringings, but how could they undercut the mind–body dualism which is endemic to Western thought?

Their alternatives, as we will see, drew on various philosophical systems and modes of belief, often linked to mystical or hermetic thought. Opposing Judaeo-Christian distrust of the flesh, they were also drawn to a celebratory view of the bodily and the erotic.

Inevitably such views carried their own ideological baggage, and this will emerge as an issue during the discussion.

Irrationalism: for and against Freud

Tristan Tzara's 1918 Dada Manifesto declares: 'Logic is always false. It draws the superficial threads of concepts and words towards illusory conclusions and centres.' Convinced that any totalizing system of thought is in essence partial, Tzara, like the Dadaists in general, prefers to opt for a position of thoroughgoing relativism:

> If I shout:
> Ideal, Ideal, Ideal,
> Knowledge, Knowledge, Knowledge,
> Boomboom, Boomboom, Boomboom
> I have recorded fairly accurately Progress, Law, Morals . . . in order, finally, to say that . . . everyone has danced according to his own personal boomboom . . .

This relativism is partly ascribable to the influence of the German philosopher Nietszche, who affected nearly all of the major Dada theorists. Nietzsche's sense of human nature as something which is governed by irrational, essentially egotistical impulses was a common reference point for them, as was the thought of the French philosopher Henri Bergson who, in books like *Creative Evolution* (1907), had stressed the primacy of intuition in comprehending the nature of reality. Another common enthusiasm was the French poet Rimbaud, whose *Lettre du voyant* of 1871 had advocated 'a long, systematic derangement of all the senses' in order to turn the modern poet into a 'seer'.

Beyond these figureheads, it is helpful to draw a distinction between German and French Dadaist sources for irrationalist doctrine. Nietzsche's and Bergson's thought provided an overall psychologistic orientation, but it was Freudianism which most decisively asserted the irrational basis for human motivation in the early years of the 20th century, emphasizing the internally riven nature of human psychology and the formative importance of sexuality in human development. Freud was certainly read by members of the German Dada groups fairly early on (*The Interpretation of Dreams* originally appeared in German in 1900), but, as noted earlier, they were generally suspicious of the 'bourgeois' tenor of his thought, feeling that his therapeutic goals served to adjust man to his social position. Max Ernst in Cologne was a major exception to this rule, but the Berlin Dadaists in particular tended to be more sympathetic towards left-inclined 'anti-Freud Freudians' such as the writer Otto Gross. As Richard Sheppard has shown, Gross's psychological critique of the over-valuation of rationalism and the dangerous repression of irrational components of the personality was much more conducive to the Berliners in the face of daily street violence. It also helped them to focus their opposition to the effete rhetoric of *Geist* upheld by left-wing Expressionist writers, such as Ludwig Rubiner, in the face of ruptures in the German Left. By the same token, the ideas of Freud's colleague Alfred Adler, who saw human beings as motivated by a Nietzschean 'will to power' and felt that a too-high valuation of the masculine principle lay at the heart of the modern malaise, were much more suited to the Dadaists in Berlin with their hard-nosed acceptance of the coexistence of destructive and affirmative impulses in human nature.

In Paris, by contrast, the climate was more propitious for orthodox Freudianism. I have discussed Freud's take-up by the Paris Dadaists, establishing that Breton had been introduced to his ideas as part of his medical training (Louis Aragon's initiation was virtually identical) and that Freud symbolically presided over the *First Surrealist Manifesto*. Freud was certainly more attractive to Breton than Nietzsche, not least because, as the 1920s progressed, Nietzsche's emphasis on the individualistic 'will to power' sat uneasily next to Breton's growing Marxist commitments. However,

Freud's importance for early Surrealism should not be over-emphasized. Breton mainly knew Freud via explanatory digests by the French psychologists Emmanuel Régis and Angelo Hesnard and was better versed in French neurologists such as Joseph Babinski. Freud's works were only gradually translated into French, *The Psychopathology of Everyday Life* being one of the first to appear in 1922. A strong case could be made for Max Ernst's entry into Surrealism in that year as being the catalyst for in-depth knowledge of the details of Freud's case studies. Ernst had read Freud as early as 1911 when he studied psychology as part of his degree at the University of Bonn. In 1922–3, as a Surrealist, he was to paint several important works drawing on this knowledge. *Pietà or Revolution by Night* (Figure 4), with its alternative title annexing the revolutionary project of Surrealism to Freud's emphasis on dreams, is a case in point.

But why the 'Pietà' allusion? In traditional Christian iconography a 'Pietà' is a depiction of the Virgin Mary bearing the dead Christ in her arms. Here, however, we appear to have a form of reverse Pietà with a father, rather than a mother, depicted holding his son. From various clues, notably his moustache, the 'father' in the picture can in fact be identified as Ernst's own father Philippe. On one occasion in Ernst's childhood, Philippe, who was an extremely pious Catholic teacher as well as an amateur painter, had painted his son as the Infant Jesus, and from this we can assume that the figure he is holding represents Max Ernst/Christ. Given the reverse Pietà logic, the image of Philippe would thus blasphemously evoke God the Father. Given that the son has been petrified, with his face and hands painted grey, the implication is that the father has turned his son to stone.

All of this strongly suggests that Ernst took the basic mechanisms of the Freudian 'dream work' – particularly the processes of 'displacement' and 'condensation' by which a dreamer's repressed desires and anxieties are encoded in the 'manifest content' of the dream – as a means by which he could supply himself with an exotic psychobiography, scrambling elements of his own biography and aspects of Christian iconography together. His overall point of reference appears to be the central plank of Freud's account of childhood sexuality, the Oedipus Complex, which is predicated on the male child's unconscious fantasy of rivalry with the father for the mother's love, and the violent (castrative) retribution which would result. The 'latent content' of the painting would thus be that the father has taken revenge for the son's infringement of the incest taboo. Ernst, of course, was not reconstructing one of his own dreams but producing a form of self-analysis.

We should be wary, however, of too quickly reaching a finite interpretation. It is just as easy to read the Pietà as dealing with an 'inverted Oedipus Complex', which would involve a proto-homosexual attachment to the father, and in other Ernst paintings of the period, such as *Of This Men Shall Know Nothing*, further esoteric reference points such as alchemy worked in counterpoint to psychoanalysis. Although art historians have made efforts to see Freudian themes such as 'the uncanny' as all-pervasive within Surrealism, an artist such as Ernst was probably being far more ironic about Freudianism than such earnest interpretative schemas suggest. Ernst's Freudianism certainly set a precedent for the other Surrealists, but, possibly with the exception of Dalí, they rarely played Freud by the book. The 1930 French translation of the psychoanalyst's *Jokes and their Relation to the Unconscious* may, for instance, have chimed in with the Surrealists' fascination in that period with black humour but in 1928 Louis Aragon had been openly satirical about Freud being fashionable in France, claiming in his book *Treatise on Style* that the sentimental 19th-century novel *Paul and Virginia* 'would pass for an astonishing new work today, provided that Virginia made a few comments about bananas and Paul absentmindedly yanked out a molar now and then'. Freud in turn was sceptical about Surrealism. Asked by Breton in 1937 to contribute to an anthology of dream accounts, he refused on the grounds that the straight transcription of a dream without the associations of the patient would be meaningless for him. The Surrealists' poetic interests were far removed from the actual concerns of psychoanalysis.

A broader question would be the overall status of the unconscious as a model for the Surrealists. What did it say about human nature in general? The notion of the unconscious presupposes that man is governed by an internal 'other'. To a degree the Surrealists romanticized this notion of a labyrinthine, potentially conflicted, inner self. In the tradition of Romanticism proper, they developed a cult of insanity. Breton was an avid collector of works by psychotic artists such as Joseph Crépin and Hector Hyppolite, and Ernst again galvanized visual Surrealism by famously bringing a copy of Hans Prinzhorn's book *The Artistry of the Mentally Ill* to Paris in 1922 as a gift for his friend Paul Eluard. In 1930, in a collaborative text entitled *The Possessions*, Breton and Eluard attempted to simulate states of psychosis. However, the Surrealists coped badly with insanity when it came too close. Little was done actively to help Nadja, the muse of Breton's first novel, after she succumbed to the insanity whose 'poetic' early signs had captivated him. Similarly Breton seems to have been deeply unnerved by the case of Antonin Artaud. This incendiary poet and subsequent theorist of the 'Theatre of Cruelty' had briefly been placed in charge of a short-lived 'Bureau of Surrealist Research' in 1925 but he and Breton fell out as it became clear that Artaud's and Breton's conception of revolution differed profoundly. For Breton revolution was essentially an intellectual position. For Artaud it demanded a visceral, soul-wrenching submission to unreason. When he eventually became insane, Breton offered little support.

If they proved unequal to the risks of an actual immersion in the unconscious, the Surrealists' theoretical engagement with it meant they were well placed to carry out a dissection of bourgeois mores, particularly with regards to sexuality. How far they were able to overcome their own bourgeois assumptions in doing this will concern us as we continue. But we would probably have to concur with the Dadaists in asserting that social adaptation of a kind ultimately underlay Breton's understanding of the unconscious. As the place where desires are attained, in dialectical counterpoint to the insufficiencies of daily existence, the unconscious for Breton was an avenue onto a qualitatively transformed experience of life. At the same time Breton felt that everyday life should be transformed on a Marxist model. From the point of view of many Dadaists, his faith in a new dialectical contract between the conscious and the unconscious was underpinned by a rather suspect humanism. By contrast the Dadaists advocated anti-humanist attitudes.

Anti-humanism

One of the central themes of Dada in Berlin and New York was man-as-machine. Feeling that mankind had definitively thrown in its lot with mechanization, Dadaist artists in both cities developed a highly sophisticated iconography of 'mechanomorphs', human–machine hybrids. In Berlin in May 1920, George Grosz produced his *Daum marries . . .* (Figure 13) which alluded to his own recent marriage. Depicting his new wife Daum (a play on her nickname Maud) to the left, and himself, as an automaton, to the right, Grosz's picture, according to Wieland Herzfelde, amounted to an attack on marriage as a bourgeois institution. Marriage, according to Herzfelde, 'unfailingly transforms the man into a constituent part of itself, into a small cog within a larger system of wheels and gears' so that, whilst the woman is partly set free, the man 'addresses other sober, pedantic and calculating tasks'. This verdict may be laced with misogyny, but it reveals the extent to which the Dadaists understood mechanization to be all-pervasive. Interestingly the iconography of marriage was widespread in Dada. In 1919 another Berlin Dadaist Hannah Höch had produced a feminine take on the theme, depicting a couple shackled by modern gadgetry (Figure 18). In New York at that time Marcel Duchamp was laboriously working on his definitive statement on the man-machine conjunction, *The Bride Stripped Bare by her Bachelors, Even*. As noted previously, this complex work on glass opposes a 'Bride' floating above to her earthbound 'Bachelors' below. Both the bride and her spouses are depicted as machines. As with Herzfelde's interpretation of Grosz, the Bride retains some autonomy, while the Bachelors are seen as masturbatory husks.

Whatever attitudes to marriage are involved here, it is evident that romantic love, in Duchamp's work in particular, is reduced to a mechanical operation. The human body is posited as a machine which has no natural relation with the soul or mind. On one level we could see the ghost of the French philosopher Descartes lurking behind all of this. Cartesian dualism, which formed the basic philosophical premise for modern scientific method, notoriously asserted that mind, as a thinking substance, is disembodied, leaving the body to be considered, by the likes of La Mettrie, purely as a mechanism. It could be, then, that the Dadaists were upholding the Cartesian viewpoint, although tinged with an intense irony. Duchamp's New York Dada ally, Francis Picabia, for instance, produced some extremely cynical responses to sexuality, *Portrait of a Young American Girl in a State of Nudity* of 1915 (Figure 11) equating female sexual availability with the operations of a spark plug.

Most of Picabia's work of this period speaks of an essentially anti-humanist distrust of spirituality and deep inward feeling. To some extent his attitudes were shared by the Berlin Dadaists. Raoul Hausmann, for example, asserted that 'Dada is the full absence of what is called Geist (Spirit). Why have Geist in a world that runs on mechanically?' But it is important to realize that it was the Expressionists' rhetoric of the struggle of modern man's soul with the machine that was the real butt of Hausmann's critique. In fact the Berlin Dadaists generally had a more positive conception of the machine than the New York group, perceiving a mechanical aesthetic to be a means of undermining individualism and advocating collectivity. They sought a robust materialism and shunned humanist platitudes, but, apart perhaps from Grosz, they by no means upheld mind–body dualism in the way that the New Yorkers, however satirically, appeared to do. As we shall see later, the German-speaking Dadaists, in Zurich as well as Berlin, often leaned towards a mystically tinged monist philosophical attitude, whereby dualities like body and soul were brought into a paradoxical unity. In this respect they might have agreed with André Breton's conception of Surrealism had his thought not been so heavily impregnated with idealism. But what exactly does 'idealism' mean here? Let us turn back to Surrealism.

In the *Second Surrealist Manifesto* of 1929 Breton famously asserted: 'Everything tends to make us believe there exists a certain point of the mind at which life and death, the real and the imagined, past and future . . . cease to be perceived as contradictions.' This quotation partly helps to add meaning to the 'Sur' of 'Surrealism' in terms of its transcendental tone, but it is most interesting as an indicator of Breton's fundamental commitment to Hegelian dialectics. Breton had been introduced to the early 19th-century German philosopher's thought around 1912, and later admitted that he had largely 'intuited' its meaning. Fundamentally Hegel was instrumental for Breton in reconciling his early emphasis on the exploration of the unconscious with the commitment to change in the material world that came with his, and Surrealism's, allegiance to Communism after 1926. It was the idealist cast of Hegel's thought that was most crucial. In Hegel's elaborately abstract philosophy, mind or spirit comes to know itself via a progressive series of dialectical syntheses. For Breton the Surrealist image similarly operates via the collision of contradictory terms to produce a new, 'higher' unity.

Breton was an idealist in that he advocated the self-realization of the mind in its dialectical relationship with matter, but did this also add up to the kind of covert liberal humanism that many Dadaists would have found objectionable? The answer to this comes not so much from the Dadaists themselves but from Breton's most incisive intellectual combatant, Georges Bataille.

As noted earlier, Bataille was never part of the Surrealist group, but rather its interlocutor and scourge. After Breton had expelled various members of the group in 1929 – notably Michel Leiris, André Masson and Robert Desnos – several of them transferred their allegiance to Bataille's journal *Documents*. In many ways *Documents*, which ran from 1929 to 1930, had a similar 'scientific' aura to the Surrealist journals, but its quasi-academic articles concentrated more closely on issues such as ethnology and archaeology, offset against jazz and other aspects of popular culture. Most importantly, given the current discussion, an attack was mounted from its pages, in Bataille's writings in particular, on the idealist presuppositions of Breton's thinking. At times this is allegorical rather than direct. In the much-cited essay *Big Toe*, the big toe is said to be the part of man's constitution which separates him from the anthropoid ape. It is also that part which enables man to stand upright, with his mind on higher things. But, Bataille argues, man considers the toe, which is 'stuck in the mud', to be something base and ignoble. Feet, he asserts, are only adequately valued by fetishists. Bataille therefore seeks a reversal of values which, in other writings, will constitute a call for the celebration of the base or excremental aspects of human nature as opposed to the evasions of idealism.

More than anything Bataille sees Breton's conception of Surrealism as being bound to concepts of 'taste' and aesthetic beauty, despite the claims made in the *First Surrealist Manifesto* regarding the dethroning of conventional morality. In an essay titled *The Deviations of Nature* published in *Documents*, 2 (1930) Bataille dwelt on mankind's fascination with 'freaks' of nature such as Siamese twins. This text can in fact be read as a veiled commentary on the humanist emblem of the androgyne; the fusion of male and female beings common in the alchemical allegories to which the Bretonian Surrealists, as we shall see, were drawn. Alluding, though indirectly, to the androgyne as a yet further instance of an idealist synthesis, Bataille dwells on natural occurrences where the conjunction of two human beings does not produce something ideal

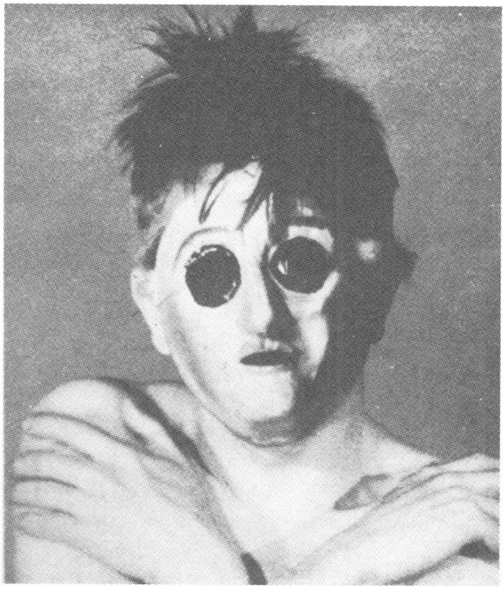

24. J.-A. Boiffard, *Carnival Mask*, photograph reproduced in *Documents*, 2 (Paris, 1930)

but something monstrous. Throughout *Documents* we find a constant play on the monstrous as a means of countering the ideal with blunt materiality. For instance, as illustrations to an article on masks by Georges Limbour, which asserts that the only Western equivalents for the ritual power of tribal Oceanic masks are items such as gas masks, there is a remarkable suite of photographs of carnival masks by J.-A. Boiffard. Presumably redolent of gaiety, one of them initially appears to have had its eyes burned out.

In 1929 there was a direct clash between Breton and Bataille when Breton lent on Surrealism's latest recruit, Salvador Dalí, to refuse permission for Bataille to reproduce his key painting of that year *The Lugubrious Game* alongside an exegesis of it written by Bataille for *Documents*. Bataille had to be content with a schematic diagram of the picture, but his commentary, which dwelt on the anxieties about masturbation and castration informing Dalí's painting, reveal the extent to which Dalí, with his self-avowed obsessions with onanism, scatology, and putrefaction, was the exemplary Bataillean artist. Breton seems to have turned a blind eye to the truly 'convulsive' aspects of Dalí's work, although he was not slow, around the same period, to take objection to the unsublimated nature of Antonin Artaud's Surrealism. Although Dalí might legitimately have been claimed by Bataille, he remained, for the time being, in the Breton camp. Other artists would choose to desert Breton more or less definitively. One of these was André Masson whose leaning towards Nietzschean thought and violent imagery, in works such as the 'Massacre' drawings of 1933 in which men are depicted slaughtering women, was too much for Breton.

Bataille's anti-humanist critique of Breton might appear to resonate with the Dada critique of Surrealism's 'Pope' but Bataille's position was not identical with Dada. In his later years Bataille would actually appear much closer to Surrealism than he had in the heady 1920s, mainly because he endorsed their overall perception that part of modern man's dilemma consists in the absence of myth, or what he termed 'the sacred', to deal with the darker, anarchic impulses of human nature. When, with the coming of war in 1939, Dada and Surrealism could be seen retrospectively as bracketing two world wars, the need to deconstruct the idea of humanist Man became ever more urgent for their intellectual heirs, and Bataille's legacy was taken up by the likes of the French post-Structuralist thinker Michel Foucault. But Bataille's own anti-humanism hardly presented a 'solution'. There was even a period in the 1930s when it led him close to Fascism. Another way in which both Dada and Surrealism attempted to bypass both humanist values and mind–body dualism was via mystical or hermetic thought.

The mystical and the hermetic

'The *dada* hovered above the face of the waters before God created the world, and when he spake: let there be light! lo there was not light, but *dada*.' This joint proclamation by members of the Berlin Dada group reflects Dada's parodic attitude to conventional religion. We have already discussed examples of virulent anti-Catholicism on the part of the Surrealists. What the Surrealists, like the Dadaists, particularly abhorred was the Judaeo-Christian split between soul and body. Although Duchamp and Picabia, as we have seen, used the language of dualism to satirize modern man's technologism, the Dadaists in particular invoked pre-Socratic or non-Western philosophical principles, in which the spiritual and the material were held in equilibrium. This was part of a larger critique of the modern psyche.

The sources the Dadaists drew on here were very diverse. In Zurich Hugo Ball was particularly attracted to the Greek Pre-Socratic thinker Heraclitus, who had stressed that everything is in perpetual flux, while Hans Arp was drawn to Christian mystics such as the 17th-century German writer Jacob Boehme, and Chinese Taoist philosophers such as Lao Tzu. We know that Arp read out passages from Boehme at one of the 'Dada Soirées' in Zurich in 1917, significantly choosing sections which stress the importance of maintaining balance in the midst of flux. In terms of the Chinese influence, it is possible that he transposed the principles of the ancient pre-Taoist oracle of change, the *I Ching*, to produce his collages in which rectangles are arranged 'according to the laws of chance' (Figure 15). A central influence on Taoism, the *I Ching* had been concerned with predicting patterns of change at work in nature and, by extension, in the human world. When consulting it, the interlocutor submits him/herself to chance by throwing yarrow sticks (or coins these days) to produce a series of abstract 'hexagrams' which then correspond to one of the book's oracular pronouncements. In dropping his rectangles of paper, Arp was similarly opening himself up to nature's laws rather than man's, although there was clearly no predictive dimension.

In Berlin Raoul Hausmann also appears to have been reading Lao Tzu around 1918, but in addition he was attracted to the thought of the German Darwinian biologist Ernst Haeckel who had discerned a single principle, his 'Law of Substances', as uniting spirit and matter. All of this supports the historian Richard Sheppard's conviction that the Dadaists' irrationalism and anti-art iconoclasm was fundamentally keyed to a deeply philosophical quest. One pole of Dada, mainly in Zurich, although this extends to non-Communist Berliners such as Hausmann, was concerned with the interaction between models of nature as chaotic and models of it as inherently patterned. The other pole, that represented by Duchamp and Picabia in New York and Paris, or George Grosz and Walter Serner in Berlin, was more fundamentally existential and inclined towards nihilism. This certainly corresponds with the received wisdom whereby Dada in Zurich is essentially more 'constructive' than its New York or Paris counterparts.

Turning to Surrealism, we find little of Arp's or Hausmann's nature mysticism, not least because Expressionism, which had contained the vitalist impulse for their interests, had little impact on the French movement. Instead, Surrealist models of anti-dualist thought often tended to derive from medieval and post-medieval Western hermetic traditions. Alchemy in particular was of major interest to nearly all of the major writers and theorists in the movement. Combined with allusions to astrology and the four elements, it crops up constantly in visual Surrealism. Fundamentally alchemy was concerned with transmutation and thus we find it informing the multivalent imagery of, say, André Masson. In his *Birth of Birds* (Figure 16) the image of a bird soaring up from the woman's vulva has direct associations with images of symbolic birds either flying upwards or downwards in engravings of the alchemical vessel, the place where transformations of matter were effected, while the whole drawing employs metamorphic imagery to thematize birth. Masson, incidentally, is possibly closer to the nature mysticism of Arp than almost any other Surrealist and was deeply affected by Heraclitus. However, in Miró's work (Figure 19) we can also find allusions to a teeming, mystically patterned universe, this time in line with the philosophies of Ramon Lull, the 13th-century Christian mystic whose Catalan roots Miró shared.

It is important to stress that alchemy was redolent for the Surrealists of a particular late medieval worldview and had few of the associations with the occult that it has in the popular imagination. In general the Surrealists had little interest in the supernatural, especially in so far as it was associated with 19th-century crazes such as spiritualism. Breton was at pains to point out that the trances undergone by the Surrealists during the 'mouvement flou' had nothing to do with communication with the dead. Surrealism's finest critic Walter Benjamin stressed that what interested the Surrealists was the 'profane illumination' to be obtained from material existence rather than any recourse to religion or the 'beyond', or drugs for that matter, and we should bear in mind that Surrealist interests often had to be squared with Marxism.

Despite this, we know that Breton had an early fascination with the thought of the French 19th-century writer on magic, Eliphas Lévi, although Lévi himself was a materialist, dedicated to the reconciliation of spirit and matter. This returns us to the Surrealist understanding of alchemy. On the one hand, the group were attracted to the sheer oddity of old hermetic engravings allegorizing the spiritual import of the physical processes of alchemy. Max Ernst's illustrations for the 'collage novels' he produced in the late 1920s and early 1930s owe much to such precedents. On the other hand, the Surrealists anticipated the sophisticated way the psychologist Carl Jung would interpret alchemy in his 1944 book *Psychology and Alchemy*. Here Jung argued that whereas Christianity emphasized redemption from sin, implying a distrust of the flesh, the Hermeticists had used alchemical allegory as a form of commentary on Christianity, emphasizing the reconciliation of matter and spirit through the conjoining of the male and female principles in the symbol of the androgyne. All of this clearly corresponds with the Surrealists' overall attack on Catholicism, and it is not surprising that the androgyne has wide currency in their art and writing. We should, however, recall the essay by Georges Bataille discussed in the last section where the fusion of opposites produces monstrosity rather than reconciliation. This was the flip side of Surrealist metaphysics.

If alchemy summoned up an alternative philosophical worldview, an important strand of Surrealist art dealt with undermining the categories by which knowledge itself, in the post-Enlightenment world, has been organized. In this respect the Surrealists were particularly interested in the 16th- and 17th-century tradition of the 'Wunderkammer' or 'cabinet of curiosities'. Within their confines, such cabinets had presented alternative modes of ordering and classifying objects, both man-made and natural, to those employed in the museums that would eventually replace them. Principles of analogy or whimsical association took precedence over principles of species and genus. The Surrealists flirted with alternative taxonomic systems in various contexts. Their own personal art collections tended to be organized so that paintings by, say, Dalí or De Chirico were displayed on a par with exotic natural objects or 'primitive' artefacts. By the same token, Dalí produced a 'Surrealist object' in 1936 consisting of a tray of objects, including a shoe, several decorated pastries, and a small ornament of a couple having sex, which was painstakingly assembled according to a personal, fetishistic logic, and Joseph Cornell, the one rather late fully fledged American addition to the Surrealist movement, devoted his entire career to the production of open boxes, usually no more than 18 by 12 inches square, in which objects such as clay pipes, apothecary jars, and star charts evoked a miniaturized world of reverie.

This aspect of Surrealism can be updated a little by looking at a striking image by Jan Švankmajer, the Czech animator and filmmaker mentioned in the last chapter, who practises a sophisticated late form of Surrealism. In the early 1970s Švankmajer produced a large series of etchings, under the collective title *Natural Science*, in which sections of illustrated plates of animals and their skeletons are yoked together to produce disturbing hybrids. There is a deliberate homage here to Max Ernst, who published a portfolio of frottages titled 'Histoire Naturelle', but

25. Jan Švankmajer, *Natural Science*, etching, 1973

Švankmajer reinvigorates the Ernstian legacy. Švankmajer also produced outrageous mock-scientific notes to accompany his aberrant taxonomies. In the case of 'Fellaceus Oedipus' (Figure 25) we are told of a monstrous Australian animal species in which the female lays eggs from which male progeny emerge by breaking the shells with their penises. The mothers proceed to fellate their newborn male young, swallowing their sperm to fertilize more eggs.

They then castrate their offspring by shutting their jaws, ensuring that all adults are effectively 'females'.

The black humour involved here and the knowing play on psychoanalytic ideas are fully in line with mainstream Surrealism, but Švankmajer's perverse scrambling of natural data is keyed very precisely to his identity as an artist within the Czech Surrealist tradition. Prague had been home to possibly the largest late 16th-century Wunderkammer, that of Rudolf II, and Švankmajer's work looks back ironically to the marvels of this collection. This in turn says something about the way in which an alternative knowledge-system inevitably springs from 'local' rather than 'universal' roots. It also comments obliquely on the presuppositions of a Paris-centred notion of Surrealism, a theme which resonates with the Surrealist discourse around colonialism which, during the 1930s and 1940s, served to temper the movement's Francophile tendencies.

Despite the ingenuities of Surrealist subversions of categorization, it might be asserted that they were still playing to the rules of Western intellectual traditions. In counterpoint to this, there was an atavistic return to the 'primitive', in both Dada and Surrealism, which could be seen as combating Western presuppositions about human nature more directly. This would return us again to the anti-humanist current of Bataille's thought; his interest in opposing the radically unassimilable to the idealist habits of Western thought. But it is a discussion which will have to wait until the next chapter. What is clear from the above is the extent to which the Dadaists and Surrealists employed mystical and hermetic models of thought to contest Western dualism from within. What they sought, as the Surrealists constantly affirmed, was emancipation. But Bataille would no doubt have countered that this emancipation worked in favour of the spirit or mind. What was envisaged for the body?

The bodily and the erotic

St Paul, in his Letter to the Romans 7: 21–4, asserted: 'My inner being delights in the Law of God. But I see a different law at work in my body . . . It makes me a prisoner to the law of sin which is at work in my body'. This kind of religious denigration of the body brought about a violent 'return of the repressed' in Dadaist and Surrealist art. For instance in March 1920, in the early days of Paris Dada, Francis Picabia published a reproduction of an ink splash, with the title 'Holy Virgin', in his journal *391*. Apart from being an example of a chance process, which, like Arp's earlier Zurich collages, was also 'abstract', this Dada ink-pellet had blasphemous implications. According to Catholic doctrine the Holy Virgin did not experience 'venereal pleasure' in conceiving Christ, and effectively remained 'intact'. What Picabia's splash evoked as much as anything was the grossly physical outcome of an all-too-human defloration.

This compelling example of the re-emergence of tabooed aspects of bodily experience speaks to a wider concern in both Dada and Surrealism with the rejection of conventional moral criteria. But did all of this simply amount to an Oedipal assault on the paternal culture or was some new role for the body envisaged?

In Dada, it is surprising to find that the body is rarely seen in sensual terms. Dance admittedly played a fairly prominent role in certain of the Galerie Dada performances of the Zurich group. The Hungarian-born dance pioneer Rudolf von Laban, who, in defiance of classical precepts, based his dances on the organic movements of the body and on principles of tension and relaxation, devised a number of contributions to Dada evenings, with his star dancer Mary Wigman specializing, as one critic noted, in 'elegant deformation'. Dada's founder Hugo Ball, who was an enthusiastic proponent of new forms of dance, wrote about an abstract dance entitled *Song of the Flying Fish and the Sea Horses* performed at the Dada Gallery in 1917 by Sophie Taeuber, the partner of Hans

Arp: 'It was a dance full of flashes and fishbones, of dazzling lights . . . The lines of her body break, every gesture decomposes into a hundred precise, angular, incisive movements.' However, these innovatory dances, which bespeak an attempt to rid the body of constricting habits of expression, and which were at one, in terms of Laban ideology, with experiments in alternative lifestyle involving nudism and vegetarianism, were not, in the strictest sense, motivated by Dada concerns. They sit a little oddly next to the edgier, more anarchic aspects of Dada performance, including the 'negro dances' of the male Dadaists.

Beyond this, the bodies we find in, say, George Grosz's Berlin Dada graphics (Figure 13) are ravaged by urban existence and the effects of war. In a poem of mid-1917, reflecting on a nervous breakdown suffered as an outcome of his war service, Grosz described himself as a 'machine whose pressure gauge has gone to pieces' and most of the Berlin Dadaists registered the effects of traumatizing war-induced disorders such as 'shell shock' on the bodies and facial expressions of the figures they depicted. Hausmann's sound poetry might even be understood as mimicking the stuttered recovery of speech by war neurotics undergoing therapy. By the same token, the mechanized beings of Duchamp or Picabia invoke bodily alienation. A separate case should perhaps be made for Duchamp's *Large Glass*. Given that its mechanomorphic sexual participants are fuelled, according to the notes he made to accompany the work, by forms of energy such as gas and electricity, it could be seen as envisaging a newly 'productive' bodily economy, albeit one provocatively set up in dialogue with the sphere of nature.

Like the Dadaists, the Surrealists produced images of wounded or injured bodies, opposing the French government's attempts to restore national confidence after the war with stubborn reminders of the violence done to the (male) body during the conflict. Figures propped up by crutches became a recurring motif in Dalí's work, particularly his 1933–4 illustrations to Lautréamont's *Chants de Maldoror*, one of Surrealism's 'bibles', in which the book's narrator,

Maldoror, is himself an emasculated, mutilated travesty of masculinity. When it came to representing the female body, however, the Surrealists openly celebrated it, in line with their heterosexual impulses. Although frequently fragmented, the Surrealist body is thus more often pledged to pleasure, or pleasurable pain, than trauma. 'The omnipotence of desire', wrote Breton, 'has remained, since its beginnings, Surrealism's sole act of faith.' In line with the pseudo-scientific tendencies of the movement, a series of twelve 'Researches on Sexuality' were conducted between 1928 and 1932 in which group members were quizzed, in remarkably frank fashion, about their sexual practices and preferences:

> André Breton: Valentin, what do you think of the idea of masturbating and coming in a woman's ear ?
> Albert Valentin: I wouldn't dream of it. . . .
> Pierre Unik: The ear is made for the tongue, not for the cock. . . .
> Georges Sadoul: And in the nose?
> Paul Eluard: I wouldn't like that. I hate noses. A complex. I'm against.

These sessions, only two of which were published in *La Révolution Surréaliste*, brought out the profoundly masculine and homophobic biases of the movement. Breton threatened to leave the room when one session's discussion veered too close to an acceptance of homosexuality. On another occasion, Louis Aragon, who emerges as more open-minded, particularly with regard to homosexuality, ventured that the discussion concerned was 'partially undermined' by the 'predominance of the male point of view'.

A male viewpoint inevitably dominates the enormous amount of erotic art, both visual and verbal, produced by the movement. One of the most uncompromising examples is perhaps Georges Bataille's *The Story of the Eye*, a pornographic novel first published under the pseudonym of Lord Auch, in 1928. Although not strictly a Surrealist production, its delirious and disturbing fantasises of sex and violence, which at one point involve its male and female protagonists raping and murdering a priest, are closer to Surrealism than his other writings of the period. In 1957 Bataille would see eroticism as 'assenting to life up to the point of death', a philosophical position which, although faintly redolent of late 19th-century fin-de-siècle linkages between sex and death, is more profoundly indebted to the thought of the Marquis de Sade. There is little in the work of female Surrealists comparable with this. Of the small group of women who achieved prominence in the Surrealist orbit in the 1930s, only Meret Oppenheim (Figure 22), Toyen (Marie Cernunová) of the Czechoslovakian group, and the Argentinian/Italian painter Leonor Fini emerge as committed proponents of female erotic experience. Fini, who constantly bridled at the patriarchal attitudes of Breton in particular, overturned male erotic stereotypes in images of languorous androgynous male bodies presided over by female deities. In 1944 she illustrated an edition of Sade's *Juliette*, celebrating, in highly personal terms, the independence of a sexualized 'Sadean woman'.

The Marquis de Sade, who was eulogized by Breton in the Second Surrealist Manifesto as 'Surrealist in Sadism', is a crucial figure for appreciating Surrealist attitudes towards sexuality. The notorious 18th-century French aristocrat and pornographer had initially come to the Surrealists' attention via Guillaume Apollinaire, and was lauded by the group for having placed an ethical value on man's rights to libidinal gratification. Sade had been imprisoned for much of his life for 'perverse' practices, notably sodomy. Although in-depth knowledge of Sade's philosophical position did not emerge until the mid-1930s, as the result of investigations by the Surrealist-affiliated poet and historian Maurice Heine, the Surrealists' reading of him can be grasped by looking at Man Ray's 1933 photograph 'Monument to D. A. F. de Sade'.

Man Ray has imposed an inverted crucifix on this photograph to rhyme with the cleft of the buttocks, but the crucifix clearly also has phallic/penetrative implications relating to the Sadean practice of

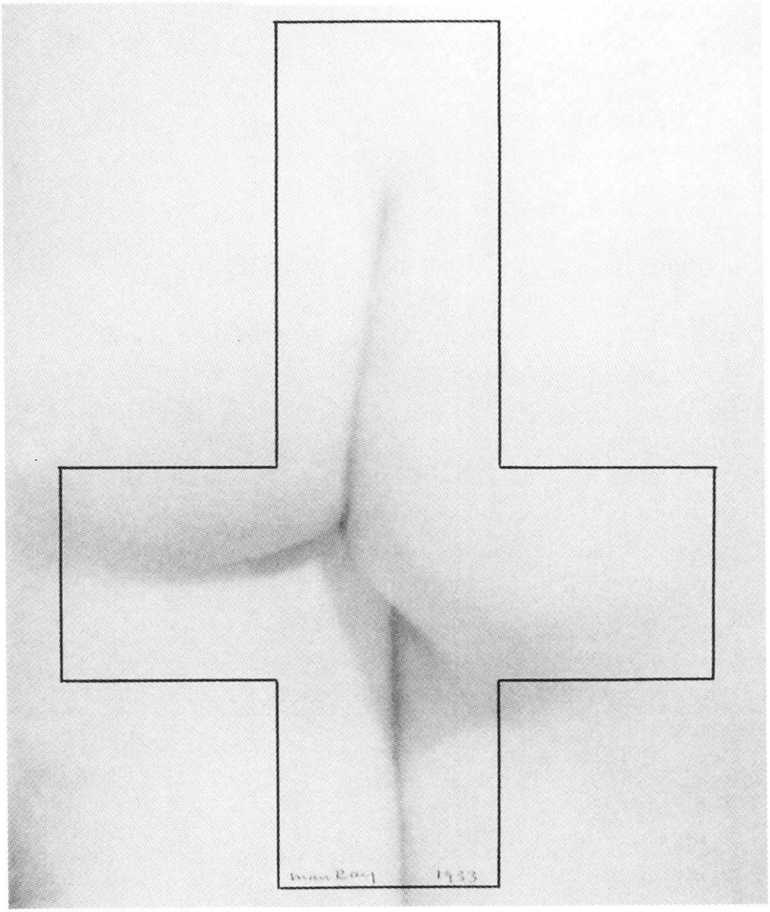

26. Man Ray, 'Monument to D. A. F. Sade', photograph, 1933

sodomy. In their 'Researches on Sexuality' the Surrealists pronounced themselves advocates of (heterosexual) sodomy, seeing it as an act which, in gratuitously satisfying desire, symbolically flouts the idea that sex, particularly as understood by the Church, is a procreative 'duty'. At the same time it is significant that France, during this period, was obsessed with its declining birth-rate and that procreation was indeed considered to be a patriotic duty. Clearly, then, Man Ray's image implicitly brings anti-procreative, anti-religious, and anti-nationalist convictions together. Whatever questions we might raise about the coercive and violatory nature of the activities which Sade promoted, and it is important to stress that the Surrealists generally conceived of sex in reciprocal terms, Sade was basically understood by them to strike a blow for the body's rights vis-à-vis those of Church and State.

More than anybody, the German artist Hans Bellmer exemplifies the Surrealists' interest in unfettered and subversive sexuality. Coming to the attention of the group when, in 1934, a remarkable spread of photographs relating to his first *Doll* mannequin were published in the lavish art magazine *Minotaure*, Bellmer's work was uncompromisingly based around fantasies centring on adolescent or pre-adolescent girls. Heavily influenced by a production he saw in Berlin in 1932 of Jacques Offenbach's opera *Tales of Hoffmann*, in which a female automaton plays a major role, Bellmer was to construct two doll mannequins in 1933 and 1935 respectively. The first, which was four and a half feet tall, is no longer extant, but the numerous photographs of it reveal a cross between a heavily abused child's doll and some form of adult sex toy. Its arms are missing, its plaster torso is half-open, one 'normal' leg is constructed from plaster, the other is simply a piece of dowelling terminating in a wooden club foot. The Surrealists, in the wake of certain paintings by Giorgio de Chirico, had turned the mannequin into something of a cult – a cult, incidentally, which, in so far as it extends to the automaton, has interesting relations with the Dadaists' fascination with mechanomophs – but Bellmer's work enters into much more unsettling psychic territory. His second doll would renounce any singular 'identity' and consist of numerous ball-jointed parts, many of them duplicated several times, which Bellmer assembled together for photographic set-pieces. Profoundly disturbing, one of the photographs reveals an unaccountable creature standing before us, in a woodland setting, its upper body consisting of a further pair of legs. In the background a male figure slips behind a tree, eluding our gaze.

Not surprisingly, Bellmer's works have generated a plethora of critical responses, from those who see the works as irredeemably misogynistic to those who, given the fact that the dolls were produced in Berlin in precisely the period that the Nazis were coming to power, read them as oblique responses to notions of bodily and sexual 'normality' promoted in Nazi ideology.

However, the overriding impression is surely one of a compulsive fetishization of the female body. The multiplication of parts such as breasts or legs, locked together in a monstrous algebra, ultimately stems, as Bellmer was well aware, from the classical Freudian notion of the fetish. In a key essay of 1927, building on earlier writings, Freud argued that the male fetishist's fixation on an object or part of the body in lieu of the whole, derives from a particular 'moment' in the formative passage through the Oedipus Complex. This is the moment when the male child unconsciously disavows the mother's lack of phallus, as evidenced by her apparent 'castration'. The fetish thus stands in for the missing maternal phallus and symbolically allays the reminder of castration evoked by the sight of female genitalia. The more the fetish object is asserted, via multiplication or displacement onto other fetish objects, the more the threat recedes. Interestingly, a number of Bellmer's delicate drawings of the 1940s show young girls lying back, entranced, as erect penises emerge from their vaginas. These drawings deal overtly with the fantasy of the maternal phallus. All of this, of course, suggests that Bellmer's art was, although intensely personal, also deeply knowing.

Much of the erotic art of Surrealism has a fundamentally fetishistic character. A representative example would be the concentration on the female torso, hair and neck in Magritte's *The Rape* (Figure 20). But if violation or dehumanization of the body results from this, as Magritte implies in his title, we are surely left asking some important ethical questions. If this section, and this chapter in general, has shown how Dada and Surrealism developed a new iconography of the body to counter dualist thinking, there can be no denying that this process was predicated on a male viewpoint. Female commentators have justifiably argued that women's bodies, and, by extension, femininity, are often demeaned via the objectification and fetishization visited on the female body in the service of male psychosexual 'liberation', and Surrealism in particular has comparatively little to offer in the way of a counterbalancing female viewpoint. Dada, simply by virtue of being less heavily concerned with eroticism, seems less directly culpable. Here, though, we are starting to think not so much of sexuality or eroticism in general terms, but of gender positioning. We are starting to think, in other words, of the 'politics' of Dadaist and Surrealist representations.

Chapter 5
Politics

'Everything remains to be done, every means must be worth trying, in order to lay waste the ideas of *family, country, religion*.'

This dramatic declaration from André Breton's *Second Surrealist Manifesto* powerfully evokes the uncompromising nature of Dadaist and Surrealist politics. But rhetoric aside, how realistic were the radical political aspirations of these movements? In what follows I will often look to current perspectives on Dada and Surrealism to make their ideological blindspots apparent. The first two sections deal with questions of gender and race. It is here, perhaps, that we most keenly experience our historical distance from these movements. Yet the Dadaists often explore gender issues in ways that are still relevant to us, while the Surrealists were highly prescient in beginning to question Eurocentric assumptions. Considerations of gender and race will lead on to a discussion, in the last section, of the overall political affiliations of Dada and Surrealism. What were their commitments, in an intensely volatile period of Europe's political history, in terms of actual ideologies and political organizations? Were they truly 'engaged'? Do they end up, in spite of all that they stood for, merely as 'art movements'?

Gender

I have already discussed the ubiquity of a male, fetishistic viewpoint in Surrealist representations of sexuality. But does this amount to saying that the Surrealists had a predominantly negative attitude towards women in general? And how does their attitude compare to their Dada predecessors?

The art historian Whitney Chadwick has certainly argued persuasively that women in the orbit of the Surrealist movement tended to be idealized as muses, and thus stereotyped in the male imagination as archetypes such as the sorceress or child-woman rather than credited with autonomy of their own. Such women, who were often girlfriends or wives of the artists, such as Breton's insane muse Nadja or Dalí's wife Gala, existed, in Chadwick's words, to 'complement and complete the male creative cycle'. Even women who acquired prominence within Surrealism as artists frequently had to do so on the coat tails of a relationship with a male Surrealist; several of the major female entrants into the movement of the mid-1930s to early 1940s, namely Meret Oppenheim, Leonora Carrington, Leonor Fini and Dorothea Tanning, had romantic attachments to Max Ernst. In the case of Jacqueline Lamba, who was Breton's wife in the later 1930s, it was necessary to go through a divorce before she could shake off her status as muse and pursue her own artistic path.

If Surrealism smothered women with idolatry, in line with its cult of desire, Dada often provided more breathing space for female creativity. The relationship between Hans Arp and Sophie Taeuber in Zurich is a case in point. Arp and Taeuber worked collaboratively on some of the earliest Zurich Dada abstractions, produced around 1915–16 in advance of the founding of the Cabaret Voltaire. Certain of these were wool hangings, designed by Arp but worked by Taeuber who at that time taught design at the Zurich Art School. By exhibiting textiles, with their associations with the applied arts or crafts, in a fine art context, Arp and Taeuber could be seen as strategically introducing a technique connotative of 'feminine' decoration into a formerly 'masculine' domain, and thus not only challenging the traditional predominance of oil painting in a Dada spirit, but also questioning a male-centred conception of creativity. Admittedly Arp often took the credit for these works, but the strategic import of the gestures remains undiminished.

Women flourished in other Dadaist relationships. Raoul Hausmann and Hannah Höch's in Berlin, although stormy owing to double standards on Hausmann's part, which involved him preaching about free love while refusing to abandon his marriage, nevertheless gave Höch considerable creative freedom. Certain of her photomontages debunked marriage (Figure 18) and others explored the position of the 'New Woman' of early 1920s Weimar Germany, registering the way in which images of women participating in sports or popular culture served the commercial interests of advertisers as much as the political requirements of feminism. Beyond this, male Dada tended to be as masculinist as Surrealism.

To return to the male Surrealists, we should be wary, however, of hasty judgements regarding their approach to women. It could be argued that they unthinkingly reproduced the attitudes of their times in relation to women colleagues, whilst often projecting positive attitudes towards femininity in their work. In this respect, it is worth returning to a psychoanalytic theme, that of Hysteria. This condition, which was almost exclusively limited to female patients, had notoriously been investigated in the late 1870s by Freud's teacher, Charcot, who had held public lectures at the Paris Salpêtrière during which patients obligingly fell into the swooning states characteristic of the illness. Although Freud eventually deduced that hysterical symptoms were indicators of sexual repression, the Surrealists chose to downplay the condition's pathological dimension, celebrating it as a 'means of expression' in *La Révolution Surréaliste* in 1928. Not surprisingly, feminist theorists have criticized the Surrealists for overlooking the social marginalization, subordination, and suffering involved in such supposedly 'poetic' states. However, Elizabeth Roudinesco, a historian of psychoanalysis, has linked the Surrealists' veneration of hysterics to their advocacy of female criminals such as the Papin sisters (Figure 10) or Violette Nozières. The latter had been the focus of considerable interest in France in 1934, having poisoned both of her parents and proved spectacularly deranged in the subsequent trial. In applauding such women, Roudinesco sees the Surrealists endorsing a dangerous, subversive femininity which was the precursor of a specifically modern form of liberated female consciousness.

The idea that the Surrealists' claustrophobic veneration of femininity was actually politically enabling extends to the art historian Rosalind Krauss's argument that even the explicitly fetishistic, objectifying images of women in Surrealist art can be seen in proto-feminist terms. If, according to Krauss, fetishism is understood as a 'perversion' of a 'normal' relation to sexuality, it implicitly valorizes the artificial over the natural and suggests that, far from being a natural given, the category 'woman' is a social construct. On this view, Bataille's transgressive pursuit of hybridity, or Bellmer's obsessive conglomerations of sexual parts, are oddly liberating in their refusal to idealize an essential 'femininity' and their acknowledgement that representation is in any case fundamentally unnatural. However, feminist opponents of Krauss have been quick to argue that being linked to artifice does not necessarily liberate women; after all, fashion advertising is pre-eminently based on artifice. Furthermore Susan Rubin Suleiman suggests that the Kraussian emphasis on fetishism is itself based on patriarchal assumptions in so far as fetishism, in Freudian terms, involves the male unconscious blocking out the possibility of female castration via the substitution of objects connotative of the maternal phallus. The logic of the phallus is thus left in place. It follows from this that Surrealism inevitably upholds a masculinist symbolic system, and that it would be counter-productive, in terms of gender politics, for women to subscribe to male structures of representation.

Female Surrealist artists certainly challenged fixed ideas about their gender. An important figure here is Claude Cahun. Born Lucy Schwob in Nantes, France, she adopted her pseudonym in order to reinforce the sexual ambiguity that is often the subject of the searching self-portrait photographs she produced in the 1920s and 1930s. This ambiguity fooled historians for many years. Cahun does not even appear in the index of Whitney Chadwick's book *Women Artists and the Surrealist Movement* (1985) and had to wait until the late 1980s to be rediscovered. Her photographs present her in a variety of guises – from body-builder to Japanese puppet – such that her femininity becomes something manifestly 'constructed'. In one self-portrait (Figure 27) her severely mannish appearance clearly hints at her lesbianism. Aware that women in visual representations are often the object of the (male) gaze, Cahun meets our look head-on. Meanwhile her mirrored double gazes elsewhere.

Another recently rediscovered woman artist, this time with links to New York Dada, is the Baroness von Freytag-Loringhoven. The Baroness, who had indeed been married to a German Baron but ended up in New York penniless and obliged to pose for artists for a living, was an intriguingly eccentric figure. She often walked through Greenwich Village wearing a coal scuttle on her head or with cancelled postage stamps stuck to her face. But her contributions to the movement were arguably minor, with the notable exception of *God*, a readymade of 1917 consisting of plumbing pipes held upright in a mitre box, and she seems to have been the butt of the humour of Duchamp and Man Ray, 'starring' in a scurrilous, and ultimately abortive, film project conceived by the pair in 1921 which involved her having her pubic hair shaved. It is important, then, to be wary of over-zealous revisionism. There is a danger of skewing a figure's actual relation to historical circumstances. The rediscovery of previously neglected women has been a hugely important enterprise in Dada and Surrealist scholarship, but it has its own problems. It may seem appropriate to write artists such as the Baroness into narratives of Dada and Surrealism rather than ghettoizing them as 'special cases'. That has

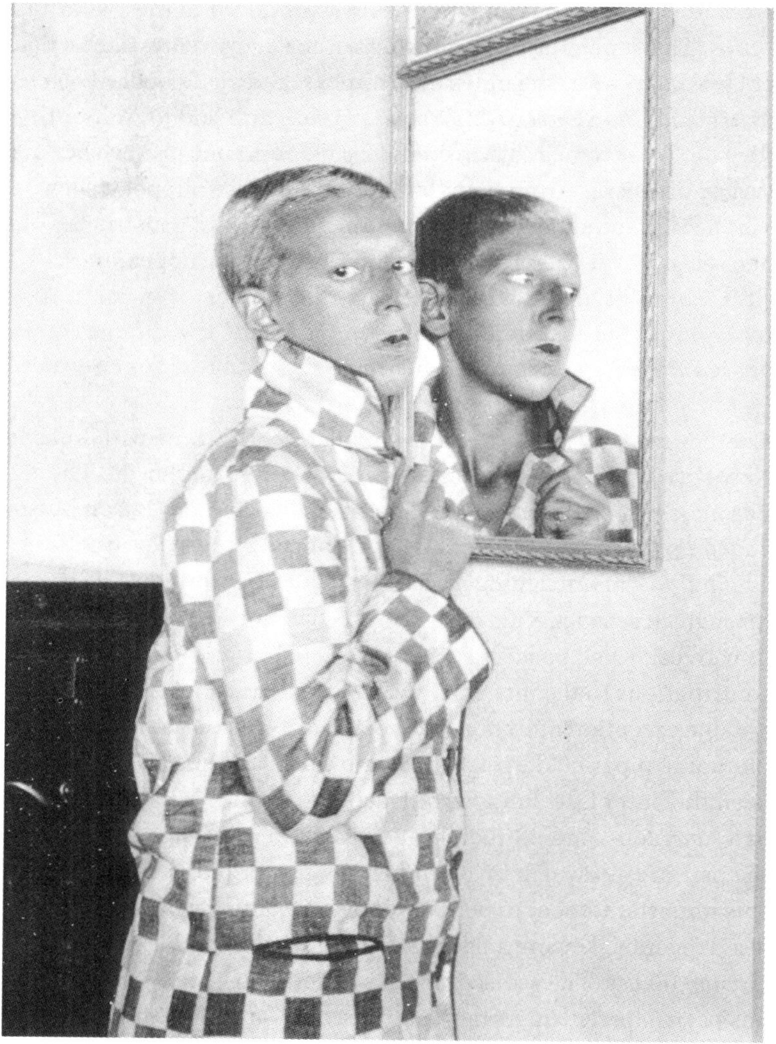

27. Claude Cahun, *Self-Portrait*, photograph, 1928

partly been my strategy in this book. But does that process reinforce their historical submission to male-centred cultural ideologies?

Historians may, in any case, have failed to appreciate the degree of self-reflexivity involved in the work of certain male Dadaists and Surrealists. However much their attitude to women makes them children of their times – women in France did not receive the vote until after the Second World War – these men may still have understood their own masculine identities to be in some way unstable or open to question.

Masculinity is expressed in complex ways in Dada and Surrealist art. Potency, and its procreative outcomes, is a theme which is often touched upon, though surprisingly rarely discussed in the literature. Max Ernst, for instance, produced two semi-abstract Surrealist paintings in 1934 entitled *Blind Swimmer* in which the title itself poetically alludes to the male organ and to the passage of sperm, while simultaneously evoking the sheer ineluctability of libidinal energy. Blindness in Ernst's work is linked to the theme of inward-turned visionary experience, and this suggests a degree of sublimation of the blatantly sexual implications of the theme. We can see a similar process at work in André Masson's *Birth of Birds* (Figure 16) where procreation is made analogous to the generation of images in the (male) artist's unconscious: the vulva gives birth to soaring birds which, on the most elementary metaphorical level, evoke 'flights of imagination'. If we compare this representation of birth to one by a female Surrealist-affiliated artist, the Mexican painter Frida Kahlo, some significant differences emerge (Figure 28). Kahlo's strikingly original image, in which she pictures herself emerging from her shrouded mother's body, was stimulated partly by her mother's death and partly by the death of her own unborn child. In effect she gives birth to herself. Her work implicitly repudiates the lyricism of male evocations of procreation, asserting that birth is physically messy and emotionally traumatic.

However idealistic the male Surrealists were in their attitudes to

28. Frida Kahlo, *My Birth*, painting, 1932

reproduction (and it would be tempting to resurrect the discredited psychoanalytic concept of 'womb envy'), it is clear that they reflected on their own reproductive capacities, and those of women, with some candour. Much as they fetishized women, they were remarkably revealing about specifically masculine ways of conceptualizing sexuality. In that sense, their approach can be aligned with our current interest in 'deconstructing' masculinity. This concern is most urgent, however, within Dada.

More than anybody, Marcel Duchamp in New York had explored the phenomenon of sexual difference in his *Large Glass*. Masculinity, or rather male insufficiency, was one of its central themes. In his notes for the work Duchamp asserted enigmatically that the Bachelors in its lower half, who are trapped in what he describes as their 'malic moulds', 'will never be able to pass beyond the mask'.

In 1921–4 Duchamp himself slipped into the guise of a female alter-ego, Rrose Sélavy, in a series of photographs taken by Man Ray. These images sit interestingly alongside the 'self-portraits' we have looked at by Claude Cahun (Figure 27). In comparison to Cahun's gender-shifts, Duchamp's seem somewhat half-hearted. In one of them Rrose's facial complexion looks suspiciously rough, as though Duchamp is acknowledging the ineffectiveness of the masquerade. To recall Susan Rubin Suleiman's point about the patriarchal basis of Dada/Surrealist iconography, this could be interpreted as indicating that Rrose secretly possesses the phallus: in psychoanalytic terms, she is a 'phallic mother'. This might give a straightforwardly misogynistic inflection to the episode, but it might equally be argued that Rrose represents some ironic response to the emergence of the newly liberated 'femme homme' (mannish woman) in France and America in the early 20th century, which, to a degree, Claude Cahun embodies, although her self-images post-date those of Duchamp. Duchamp seems to have toyed with a male separatist ethos in his life as much as his work, staunchly preserving his bachelor status, as well as allegorizing a male-directed art discourse in works such as *Fountain* (Figure 3). All of this may be seen as a dandyish response to female separatism. Rather than harnessing the feminine to 'transform life' along Surrealist lines, he implies that the male artist should redefine his own gender.

Questions of race: 'Primitivism' to anti-colonialism

If Dada attitudes to gender seem more in tune with our current political attitudes than those of Surrealism, a different case can be made regarding racial issues. It is necessary first, however, to consider the question of 'primitivism'. So-called 'primitive art' held a wide fascination for artists in the early 20th century, ranging from Picasso to the German Expressionists. A particular cult developed around African masks. They suggested ways of radically simplifying the human form (Picasso is famously said to have talked of them as 'raisonnable') but also of returning, atavistically, to primal 'origins' as part of a modernist critique of the over-sophistication of European culture.

This attitude spilled over into Dada. Looking again at Janco's painting of the Zurich-based Cabaret Voltaire (Figure 2) the artist has recorded the presence of a large mask hanging on the wall behind the stage, while the Dadaists on stage could conceivably be wearing the gaudily painted masks, crudely assembled from cardboard and twine, that Janco himself produced for their performances. We know from Hugo Ball's diaries that 'negro dances' were part of the staple diet of Dada manifestations. The performers seem to have understood them in ritual terms, as bound up with the phenomenon of 'possession': Ball writes: 'not only did each mask seem to demand the appropriate costume; it also called for a quite specific set of gestures, melodramatic and even close to madness'. Few of the Dadaists, however, would have appreciated the exact cultural contexts for the pieces, except perhaps Tristan Tzara, who later wrote articles on African and Oceanic art. In Berlin Hannnah Höch produced a series of photocollages around 1925–30 entitled *From an Ethnographic Museum* in which she provocatively placed photographs of black tribal masks on white European female bodies as a critique of normative Western notions of 'beauty'. These works implicitly valued African aesthetics over European ones, but still assumed, in doing so, that Africa was exotically 'other'.

Turning to Surrealism, 'primitive' artefacts were decisive sources of inspiration for artists such as Max Ernst, André Masson, Alberto Giacometti, and Victor Brauner. This time, the objects were the work of American Indians, Eskimos, and Oceanic peoples. African art was less popular with the Surrealists, partly because of its formalist uses in Cubism, whereas Oceanic artefacts in particular were admired for the disorientating liberties they took with anatomy, as well as their elaborate symbolism. In 1929 the Surrealists published a redrawn map of the world in the Belgian Surrealist magazine *Variétés*. On the map France and the USA were completely absent and Polynesia, Mexico and Alaska assumed gigantic importance. In their works the artists displayed an almost scholarly eclecticism. Giacometti drew on the formal characteristics of Mallanggan figurines from New Ireland as sources for the aggressively disjointed insectoid forms, trapped in an enclosing scaffolding, in his wooden sculpture *The Cage* of 1931. Max Ernst's plunderings were positively voracious, ranging from allusions to Easter Island bird-figures in his paintings of the late 1920s to the use of American Indian Kachina dolls as reference points for his totemic sculptures of the early 1940s.

The scope of the Surrealists' borrowings developed in tandem with the remarkable expansion of ethnographic literature in France as the 1920s progressed. Most of the artists were well versed in the likes of Lucien Lévy-Bruhl and Marcel Mauss, as well as the English anthropologist Sir James Frazer. In France the concern with 'ethnography', comparable to social anthropology in Britain, extended as much to 'belles lettres' as it did to academic specialization, and French cultural life in the 1920s and 1930s saw a massive transformation in attitudes towards 'the primitive' symbolized by the supplanting of the old Trocadéro museum in Paris, with its jumbled collection of tribal exotica, in favour of the Musée de l'Homme (founded in 1937) with its concern for ethnic specificity and the non-hierarchical display of divergent cultural objects.

This important shift was a driving force behind *Documents*, the organ of the dissident Surrealist group around Bataille. Indeed, among its founders and editorial board were Paul Rivière, who set up the Musée de l'Homme, Paul Rivet, co-founder of the Paris Institut d'Ethnologie, and Michel Leiris, former Bretonian Surrealist and trained ethnographer. Its pages are characterized by the cavalier switching between culturally 'high' and 'low' objects and practices, in the context of a relativizing cultural continuum, that the American cultural historian James Clifford has dubbed 'ethnographic Surrealism'. As one of the series of unconventional 'dictionary definitions' published in the journal, 'man', for instance, is summed up as follows by an English chemist:

> The bodily fat of a normally constituted man would suffice to manufacture seven cakes of toilet soap. Enough iron is found in the organism to make a medium-sized nail . . . The phosphorus would provide 2,200 matches.

Such startling juxtapositions of information have their own exoticism, of course, but in this instance they serve to displace the authority of the Eurocentric notion of 'man', predicated on white skin colour and Cartesian rationality, that had previously been upheld over and against the notion of 'the primitive'.

We have here an opening onto a profoundly anti-colonialist spirit in Surrealist-related discourse, but we have to turn back to 'official' Surrealism, and to André Breton's responses to the rise of the 'négritude' movement in the French West Indies, to appreciate the extent to which Surrealism became actively politicized in relation to ethnicity. The Surrealists had shown opposition to French colonialism as early as 1925 when, as one of their first explicitly political acts, they had publicly supported the Riff tribesmen in their struggle against the French authorities in Morocco. In 1931 they protested against the large pro-colonial exhibition mounted in Paris to celebrate France's territorial might. As well as distributing a leaflet warning people against visiting the event, they mounted an alternative exhibition titled 'The Truth about the Colonies'. One of the vitrines in the show pointedly commented on Western conceptions of tribal objects as 'fetishes', displaying a Catholic statuette of the Virgin and Child next to a collecting box in the form of a black child, with the label 'European fetishes', a succinct allusion to the West's religious and economic fetishism. The late 1930s, however, saw anti-colonial sentiment stepped up via newly established links between the Surrealist movement and writers who were themselves from colonial backgrounds. The prime mover here was the poet Aimé Césaire.

Originally from Martinique, Césaire had studied in Paris in the later 1930s but returned to his home country in 1939. From 1941 onwards, he, along with his wife Suzanne and the philosopher Réne Ménil, published a journal titled *Tropiques* which combined opposition to the Vichy government in Paris and admiration of the libertarian principles of Surrealism with the beginnings of an ideology of 'négritude': an assertion of black identity in the face of the 'assimilationist' ideology underpinning French policy towards its colonies. In 1941 André Breton, at that point in the process of fleeing the German Occupation of France and en route for the USA, visited Martinique, and discovered both Césaire and *Tropiques*. He subsequently asserted that *Return to my Native Land*, a long poem that Césaire had produced in 1938–9, was 'nothing less than the greatest lyrical monument of our times'. This was by no means the end of Breton's relationship with the colonies. In 1945, this time just prior to his return to France from America after the Second World War, he visited Haiti to lecture on Surrealism. Haiti had seen a slave rebellion as early as 1804, but had, since 1915, been under US domination. Breton's presence seems to have worked as a catalyst for dissent among young intellectuals and a revolution broke out, although the Surrealist leader's only overtly political gesture appears to have been refusing to meet the American-backed president of the country. For once, then, Surrealist rhetoric contributed to an actual revolution.

To return to Césaire's poetry, or more particularly *Return to my Native Land*, it is worth underlining the extent to which, far from Paris, Surrealist techniques of incongruous juxtaposition were harnessed to convey a people's resentment at their past suppression and yearning for a new language:

> but can you kill Remorse with its beautiful face like that of an English lady stupefied to find a Hottentot's skull in her soup tureen? ... I want to rediscover the scent of great speeches and of great burning. I want to say storm. I want to say river. I want to say tornado. I want to say leaf ...

This level of passion is matched in the visual arts, by the work of

29. Wifredo Lam, *The Jungle*, oil painting, 1943, Museum of Modern Art, New York

another Surrealist-influenced figure who returned to his colonial birthplace after a lengthy immersion in European culture: Wifredo Lam. Originally from Cuba, Lam had trained in Madrid, and been heavily influenced as a painter by meeting first Picasso and then the Surrealists in 1938. His return to Cuba, via Martinique in the company of Breton, led to the production of a major painting, *The Jungle*.

Consisting of a frieze of naked figures hemmed in by a claustrophobic vegetation, the picture employs a generic 'primitivizing' vocabulary derived from Surrealism to cross-relate the innocently exotic forests of the French 'naïve' painter Henri

Rousseau and the formally disjunctive vision of women in a brothel represented by Picasso's seminal pre-Cubist masterpiece, *Les Demoiselles d'Avignon* of 1907. Making us aware of what colonialism has done to the jungle, Lam wrote:

> Rousseau . . . does not condemn what happens in the jungle. I do. Look at my monsters and the gestures they make. The one on the right proffering its rump, obscene as a whore. Look, too, at the scissors in the upper right hand corner . . .

The fact that Surrealism was called upon to articulate the early stirrings of négritude might seem to suggest that it was politicized in relation to ethnic identity. However, the impetus for such gestures had come from outside rather than inside the mainstream Paris-based movement. As late as 1938, the 'official' Surrealists, and Breton in particular, were still capable of exoticizing other cultures. Mexico, for instance, was perceived as the revolutionary country par excellence, having undergone a people's revolution in 1910–17. When Breton visited it in 1938, keen to endorse an international expansion of Surrealism, in line with the development of outposts in Czechoslovakia, Britain, and elsewhere, it was not so much the work of the Socialist Realist Diego Rivera he admired, but that of Rivera's wife Frida Kahlo. Her work, he asserted, was Surrealist, although she had no knowledge of the movement. Kahlo, by contrast, saw her paintings, which were primarily autobiographical, as essentially realist in spirit. Their reference points were highly specific to Mexico. In *My Birth* (Figure 28) the excruciating personal references described earlier were reinforced by the fact that the image was painted as a Catholic ex-voto on tin, as well as being a form of invocation to the Aztec goddess Tlazoltéol, sacred to women who die in childbirth. Breton, for whom identity was essentially something to be questioned rather than striven for, must have seemed insensitive to her quest for Mexican roots, and she appears to have been bored by his theorizing. Fundamentally, he exoticized her, describing her once as 'a ribbon around a bomb', in accordance with customary male Surrealist attitudes.

Certain critics of Surrealism, such as the Cuban writer Alejo Carpentier, have seen its rhetoric as 'universalizing' and its desire to reconcile contradictions, as in Breton's Hegelianism, as tantamount to the *denial* of 'difference', especially in cultural terms, although we have seen that Surrealism was also predicated on a dominant male subjectivity. For Carpentier, European Surrealism simply hankered after the conditions of other cultures, while locations such as Latin America and the Caribbean, where the remnants of magical belief still survived, were its true homes.

With this viewpoint in mind we might even question the latitude of the internationalist ethos espoused by both Dada and Surrealism. Dada, despite the diversity of its locations, was highly Westernized, although recent research on the Eastern European connections of the movement – involving the recognition that Janco and Tzara in Zurich both had ongoing connections with the avant-garde in their native Romania – and the fact that a Japanese movement flourished between 1920 and 1925, suggests that we may soon be seeing Dada as having a broader global scope. In the 1930s Surrealism could be seen sprouting up in locations such as Yugoslavia, Denmark, the Canary Islands, and Japan once again, with an international exhibition being held in Tokyo and Kyoto in 1937, but its overall viewpoint was essentially eurocentric. In 1955, Breton looked back on the Surrealists' veneration for non-Western cultures, and conceded sadly that 'The inspiration we were able to draw from their art remained ultimately ineffective because of a lack of basic organic contact, leaving an impression of rootlessness.' The least we can do is feel the pathos, and admire his honesty.

Political alignments

Dada and Surrealist engagement with the politics of gender and race sprang naturally from their concern for individual liberty, but what about the connections these movements had with the world of 'hard' politics? If we think of Dada as emerging concurrently not just with the First World War but also the Russian Revolution, and

Surrealism as developing simultaneously with the rise of Hitler, we might wonder how their focus on individualism and irrationalism could possibly measure up to such momentous political events and options. However, true to the avant-garde impulse to forge links between aesthetic and social experience, both movements established political alignments.

In the case of Dada, it is almost entirely to the Berlin grouping that we must look. The Dadaists in New York and Paris were largely disillusioned with party politics, and generally leaned towards anarchist or anarcho-syndicalist ideas in line with their strongly individualist positions. The Zurich group also favoured anarchy. Ball in particular had a deep intellectual involvement with the writings of its Russian ideologue Mikhail Bakunin, although he would eventually reject the anarchist presupposition that man is fundamentally good, and make a dramatic reversion to Catholicism. As Zurich Dada came to an end and Walter Serner and Tristan Tzara became increasingly negative, certain members of the group, temporarily buoyed up by the possibility of a revolution in Germany, became involved with utopian projects such as the 'New Life' exhibiting group, which looked to the Middle Ages for its ideal of breaking down arts and crafts distinctions, as Arp and Taeuber had already been doing. However, when news arrived from Berlin of the murders of Rosa Luxembourg and Karl Liebknecht, the Zurich group became terminally disillusioned, settling for abstraction rather than politics. Schwitters in Hanover made this an article of faith. In Berlin, however, political realities had to be faced up to.

As already stated, the Berlin group broke down into an anarchist and a Communist faction. The anarchist contingent, notably Raoul Hausmann and Johannes Baader, were, like the Zurich group, attracted to the ideal of small-scale communities, and suspicious of organized political formations; hence Hausmann would write: 'Communism is the Sermon on the Mount organized practically, it is a religion of economic justice, a beautiful insanity'. It is to Herzfelde–Heartfield–Grosz, as card-carrying members of the

German Communist Party (KPD) that we should look to see whether Dada could translate into political ideology.

Looking at *Everyman his own Football* (Figure 12), the journal which this faction published shortly after the murders of Luxembourg and Liebknecht, and which also shows them, fairly uniquely, working in tandem with the anarchist wing of the group, there can be little doubt about their political sympathies. We find within the publication assertions that 'The Revolution is in danger' and a cartoon by George Grosz shows members of the new majority Socialist government in Berlin, depicted as puppets of the Catholic Church, stirring up mass fears of Bolshevism. Walter Mehring recalled how the Dadaists themselves touted this journal through the working-class districts of the city, accompanied by a small band. It sold a remarkable 7,600 copies on 15 February 1919 before being officially banned.

Herzfelde's left-wing publishing house, Malik-Verlag, next published several issues of a journal entitled *Die Pleite* (Bankrupt!). The markedly pro-Soviet stance of this magazine landed Herzelde in prison for two weeks. After he came out, issue 3 of the journal bore a cover by Grosz referring pointedly to the massacre of the Spartacists, in which the Defence Minister Gustav Noske, a sword in one hand and a glass of champagne in the other, stands in a street littered with corpses. The sarcastic caption beneath reads: 'Cheers Noske – the Proletariat is disarmed!'

A powerful satirical edge is displayed here, but the Herzfelde–Heartfield–Grosz faction did little to serve the Communist cause in Germany after the overthrow of the Spartacists. Herzfelde was frequently critical of the KPD, ridiculing its anti-intellectualism and lack of leadership. The Dadaists looked elsewhere for their ideals; mainly to Soviet Communism, but also to the machine-age mystique of the USA, the subject of some idealization in certain Heartfield and Grosz photomontages. Heartfield would later contribute brilliant attacks on Hitler's rise in Communist publications, but at its height Berlin Dada did little to endorse Communism in Germany. The KPD in turn was lukewarm towards Dada. The main criticism levelled at the movement was that it was producing advanced, revolutionary art before a revolution had occurred. How could the proletariat possibly understand its language?

If this criticism appears to hobble Dada's politics, it proved to be the recurrent bugbear of the Surrealists' concerted attempt to align themselves with the French Communist Party (PFC) in the period 1926–35. Like the Dadaists, the Surrealists were fundamentally individualists, but Breton deliberately modelled Surrealism as a movement, with its constant appeals to group solidarity and its expulsions, on the principle of a political collective. Essentially, he sought to reconcile Freud and Marx. Man's mental freedom, Breton believed, should be sought concurrently with a revolution on the social plane. (Little on the whole was said about women's rights.) In terms of actual politics, however, this was like attempting to square the circle.

The Surrealists' first serious setback came in 1927, when, as they attempted to establish links with the PFC, one of their own members, Pierre Naville, questioned their assumption that a mental revolution could precede a material one. Although the Surrealists officially joined the Party that year, they were constantly viewed with suspicion because of their bourgeois 'art for art's sake' attitude and a lack of demonstrable proletarian links. In the *Second Surrealist Manifesto*, taking up the position of Trotsky, whose expulsion from Russia the Surrealists deplored, Breton asserted that, whilst Surrealist art could hardly be considered 'proletarian' it was nevertheless revolutionary, pointing the way to what proletarian art might be in a post-revolutionary situation. The Party remained unconvinced, and Breton, having been hauled before various committees, was duly assigned to a gas worker's cell in Paris and asked to report on the economic conditions of heavy industry in Italy; a task, of course, to which he felt unequal.

In 1932 matters came to a head with the so-called 'Aragon Affair'. Louis Aragon had begun to diverge from official Surrealist policy when, in 1930, he had represented the group at a congress of revolutionary writers in Kharkov in Russia and had assented to criticisms of their Trotskyism while misrepresenting their views in other respects. In 1931 his increasing commitment to the Party call for 'proletarian literature' led to him publishing a poem titled 'Red Front' in the communist magazine *Literature of the World Revolution*. The poem exhorted the working classes to revolutionary struggle with phrases like 'Kill the Cops' and 'Fire on the trained bears of social democracy'. It was essentially propagandist, and far removed from Surrealist taste, but when the French authorities, keen to crack down on Communism, threatened an unprecedented indictment of the poet on grounds such as incitement to murder, the Surrealists staunchly defended him. Later, however, when called on by the Surrealists to endorse a text by Breton defending Salvador Dalí against an attack in the Communist press, Aragon was unwilling to defy the Party openly. As a result he split decisively from Surrealism. He was subsequently to commit himself to the aesthetic position favoured by international Communism, as it moved in late 1934 from 'proletarian literature' to 'Socialist Realism'.

The Socialist Realist credo, whereby art should be socialist in content and realist in form, effectively ended any possibility of Surrealist compliance with Communist policy. In 1935 the group were officially excommunicated from the Party. Other outposts of Surrealism fared better than this, incidentally. In Czechoslovakia, the group's theoretician, Karel Teige, edited the Communist Party journal, ensuring that articles on Surrealism appeared in it regularly. This group was not to break with the Party until 1938.

Back in France, the years of the 'Front Populaire', when Communists and the parties of the Left joined forces to oppose the rise of Fascism, saw the Surrealists continuing to hold an anomalous position, being virulently anti-Fascist but suspicious of nationalist inclinations on the Left. For a short period Breton and his old antagonist Georges Bataille joined forces under the banner of 'Contre-Attaque', with Bataille in particular speculating wildly on how the forces unleashed in the masses by Fascism might be harnessed to bring down capitalism. In 1936 Benjamin Péret, alone of all the Surrealists, went to join the anarchists in the Spanish Civil War.

In a sense the finale to the story of Surrealism's frustrated attempts at political alignment is the manifesto, entitled 'Towards a Free Revolutionary Art', which Breton co-authored with Leon Trotsky (although Trotsky asked Diego Rivera to sign the declaration on his behalf) when, in 1938, the Surrealist leader visited his political hero in Mexico. With the world on the brink of capitalist collapse, tyrannized by Fascism, Breton and Trotsky definitively reiterated a doctrine of artistic inviolability in the service of Marxism: 'The independence of art – for the revolution. The revolution – for the independence of art.' The sorry aftermath to this was that, when Breton returned to France, he found that one of his oldest allies Paul Eluard had been writing for a Stalinist journal, precipitating another definitive split at the heart of the Surrealist movement. A defeated Breton was to go into exile in the USA for the duration of the Second World War. On his return in 1946 he would find that Eluard, along with Aragon and the former Dadaist Tristan Tzara, had become the literary heroes of the Resistance, while Jean-Paul Sartre and Existentialism were poised to dominate French cultural life. Surrealism, and Breton's principled intransigence in relation to commitment, was a thing of the past. Indeed the general mood was one of bitterness. Tristan Tzara asked: 'What is Surrealism today and how does it justify itself historically when we know that it was absent from this war, absent from our hearts and from our activities during the Occupation?'

This chapter on Dada and Surrealist politics might appear to be ending on a down beat. The most obvious conclusion to this final section would seem to be that, however successful it was culturally, Surrealism failed in political terms, although its engagement with colonialism is a significant legacy. Dada, by dint of largely eschewing conventional politics, could hardly be said to have failed; its own negativism in any case allowed for that. However, Surrealism's idiosyncratic melding of Marx and Freud was only found wanting in relation to 1930s Communist ideology, and not everybody would see that as a fair test. Surrealism's idealist and fundamentally impractical brand of politics remained out of favour for many years after the Second World War, but it had a significant renaissance in aspects of New Left thought in the 1960s. If we look to Surrealism's reception by the French Situationists, for instance, who were to play a small role in the 1968 uprisings in Paris, we can see a new valuation being placed on its political instincts. The Situationists inherited from Surrealism, via the Marxist theorist Henri Lefebvre who had himself been closely associated at one stage with the movement, the overall conviction that everyday life, including dreams, sexual relations, the negotiation of urban space, and so on, is the terrain on which revolution should occur.

In 1970 Raoul Vaneigem, a Situationist theorist who has received less attention in recent years than Guy Debord, and who had much to say about the movement's debt to Surrealism, wrote a short book (originally under the pseudonym J.-F. Dupuis) entitled *A Cavalier History of Surrealism*. Here he lamented Surrealism's implicit assumption that it could 'reach the masses' via the Communist Party, not least since this made the movement subservient to a political bureaucracy that would turn Surrealism's dream of cultural revolution 'on and off like a tap'. Interestingly he points to Breton's post-war turn to the writings of Charles Fourier, a French utopian socialist of the early 19th century, as the means by which Surrealism might have been truer to its political inclinations. Fourier was wildly eccentric in certain respects: Breton noted fondly in his *Anthology of Black Humour* how Fourier 'held that the cherry was the product of the earth's copulation with itself and the grape the product of the earth's copulation with the sun'. But Fourier was convinced that civilization is built on the repression of 'the passions' and based his monolithic social scheme of 'Phalansteries' (communes) on the principle of 'passionate attraction'. It is hardly surprising that Breton, who particularly balked at the Communist Party's dour advocacy of 'labour', was drawn to Fourier's idea that work should be an outcome of 'attraction', with people matched to tasks they naturally relish: the Phalanstery latrines for instance would be cleaned out by hordes of children who enjoy filth. Breton's distinctive personal melding of sexual libertarianism and systematicity was similarly catered for by the elaborately orchestrated orgies envisaged by Fourier for the Phalansteries.

That such dreams should end up as Surrealism's final ideological refuge seems thoroughly appropriate. Fourier's Byzantine projections are almost a parody of the political bureaucracies the Surrealists had had to deal with, but they were at least predicated on the sovereignty of desire; the true starting point for Surrealist politics. As it was, in adjusting to Communist imperatives, the social aspirations first of Dada, and then of Surrealism, were dragged down by compromise.

Chapter 6
Looking back on Dada and Surrealism

The afterlife of Dada and Surrealism is a subject in its own right, and can only be touched on schematically here. Art, literature, and ideas in general, as well as advertising, film, and TV, were affected by the movements to such a degree that one would virtually end up writing a history of post-1945 culture.

In terms of art, Dada could be said to have had the most wide-ranging post-war impact, a fact which is paradoxical given Dada's anti-art inclinations. For numerous European and American artists of the 1950s and 1960s, Dada performances and the Duchampian readymade represented a radical challenge as to what visual art might be. Ironically, they usually ended up extending the frontiers of art as a result. One important American tendency of the 1950s, involving the artists Jasper Johns and Robert Rauschenberg and the experimental musician John Cage, was fleetingly termed 'Neo-Dada'. Arguably, the works produced had little of Dada's anti-bourgeois acidity. Rauschenberg's assemblage *Bed* of 1955, consisting of a bed raised upright with its pillow and coverlet smeared and dripped with paint, has a confrontational edge due to the way the artist denies the object's normal function, but the productions of Neo-Dada quickly became icons of a new artistic latitude. This process is emblematized by Johns's *Painted Bronze* of 1960, consisting of two casts taken from ale cans mounted on a plinth. Essentially this is a reversal of the idea of the readymade back into the terms of art. Its implications were not lost on the ageing Duchamp who commented frustrated in the 1960s that he had thrown his readymades into the public's face in a spirit of defiance, only to find them admired for their aesthetic beauty.

If the works of Johns and Rauschenberg can partly be seen as elaborate extrapolations from the idea of the readymade, other variations on Duchamp's gesture were rife in the 1950s and 1960s. These ranged from examples of 'Nouveau Réalisme' in France, with its key practitioners being Yves Klein, Daniel Spoerri, and Arman, to American variants of Pop Art; notably the work of Andy Warhol in which the logos of products such as Coca Cola were utilized with little modification, thus constituting 'readymade' subject matter. By the later 1960s and 1970s the terms of Duchamp's reception had shifted in favour of his conceptual approach to art, whereby, to recall the mock-defence of *Fountain* in *The Blind Man*, 'Whether Mr Mutt with his own hands made the fountain or not has no importance. HE CHOSE IT.' The physical production of art objects was now widely under question, and texts or photographs documented a wide range of conceptual propositions by artists such as Douglas Huebler and Robert Barry. It is important, though, to realize that, in these and many other cases, the Duchampian inheritance rarely went far beyond the issue of 'nomination': the designation of something as art if the artist so decrees. Conceptual Art would develop a variety of thematic and philosophical concerns that ranged far beyond Duchamp. At the same time, Dada in general became a significant precedent for tendencies such as 'Fluxus' (at its height 1962–5) and various aspects of Performance Art. It could even be asserted that the entire structure of 1960s avant-gardism, with its internationalist ethos and its reliance on the dissemination of cheaply produced ephemeral publications, was beholden to Dada's example.

Dada's consequences for the aesthetics of the immediate post-war period were far more decisive than Surrealism's. Admittedly, the proto-abstract or 'automatist' side of Surrealist art – as in the art of Masson or Miró – was profoundly important for certain Abstract Expressionists in America in the mid to late 1940s, notably Arshile Gorky and Jackson Pollock. However, after this important phase, it is surprisingly difficult to perceive debts to Surrealism in the mainstream art of the 1950s, 1960s, and 1970s. There are significant exceptions within Pop Art, such as James Rosenquist's disorientating juxtapositions of fragmentary imagery or Claes Oldenburg's 'Soft Sculptures' in which familiar forms such as light switches or drum kits undergo sexually inflected metamorphoses from hard to soft. But often the movement's legacy persisted in the work of offbeat fantasists rather than central innovators. At the same time certain outstanding individuals, such as the French-born sculptor Louise Bourgeois, chose to build up discrete bodies of work exploring themes such as sexuality rather than the aesthetic problems synonymous with late Modernism. As the formal underpinnings of Modernist art were eroded during the 1980s and 1990s, Surrealism came into its own as a forerunner of post-modernist sensibility. In 1986 the art historian Hal Foster ventured that 'much contemporary criticism and art, much theory and practice of our postmodern present is partly, genealogically, a theory and practice of "Surrealism"', a comment related to his sense of a return to earlier moments of avant-gardism in late 20th-century art on the model of Freud's 'return of the repressed'.

Foster's observation seems borne out by the rise of American artists such as Robert Gober or, more recently, Matthew Barney, who clearly look back to the baroque extravagance of Surrealist iconography, using its abject or fetishistic bodily imagery to express contemporary anxieties about issues such as AIDS, in Gober's case, or to resurrect myth, in Barney's. Gober's *Untitled* of 1991 consists of a wax cast of the lower half of a male body, wearing underpants, socks, and plimsolls. When shown in galleries it is placed facing downwards on the floor with the stomach flush against the wall so that the figure appears to be disappearing through the wall. More disturbingly, a series of drainage holes are inserted into the buttocks and legs of the figure. Gober thus uses Surrealist devices to make a complex metaphorical statement relating to male sexuality, disease, and mortality which, at the time the piece was made, resonated powerfully with widespread concern about the AIDS epidemic. At the same time, the Surrealist tradition provided another American artist, Cindy Sherman, with a more direct means of attacking the US establishment's moral retrenchment in the face of work such as Gober's. Drawing on the disturbing 'poupées' of Hans Bellmer, she produced a sequence of photographs in 1992 in which highly detailed medical mannequins were arranged with their genitalia prominently displayed. Given that the American government was at that time attempting to curb the use of explicit sexual imagery, Sherman was making a provocative gesture.

In Britain Surrealist-related issues have become ubiquitous in contemporary art, although their guiding rationale is less clear. The Surrealist fascination with classificatory systems can be found for instance in the work of Susan Hiller, who, as early as the mid-1970s, produced a work entitled *Dedicated to the Unknown Artists*, in which she collected together over 200 seaside postcards, with the inscription 'Rough Sea', depicting waves lashing the British coast. The work amounted to kind of pseudo-anthropological survey of the popular representations of an island-bound race. Cornelia Parker, a nominee for the prestigious Turner Prize in 1997, inclines more to the Surrealist's fascination with the tradition of the 'Wunderkammer' or curiosity cabinet. Hence her photographic work, *Grooves in a Record that Belonged to Hitler* of 1996 invites the spectator to peer at a close-up photograph of the surface of a long-playing record as though some residue of its one-time owner's dark motivations might be discerned in its grooves. Other artists keep alive the Surrealists' interest in incongruous juxtaposition. The Scottish artist Douglas Gordon's *Between Darkness and Light (After William Blake)* of 1997 consists of two films, *The Song of Bernadette* and *The Exorcist*, projected simultaneously on either side of a transparent screen, so that the films – which deal with good and evil respectively – enter into dialogue with each other. Such works might be said to be allied with the 'softer' poetic side of Surrealism. However, certain artists synonymous internationally with the so-called 'yBa' (young British artists) phenomenon have produced work which is comparable in its gritty intensity to that of Americans such as Gober. Sarah Lucas, whose work was discussed at the start of this book, is a case in point.

If we look at Lucas's photographic work *Get Off Your Horse and Drink Your Milk* of 1994 (Figure 1) in relation to one of its generic reference points, René Magritte's Surrealist icon *The Rape* of 1934 (Figure 20), we can see that she presents an aggressively feminine take on Magritte's self-reflexively misogynistic image. Lucas prods at a Surrealism gone flabby through its assimilation into the market place. She replaces the markers of virile masculinity with symbols of infantilization (milk bottles, digestive biscuits) and therefore effects a meeting between the 'high' cultural sphere to which Surrealism belonged and the vernacular sphere of street culture, where issues of male and female identity are continually contested.

For Sarah Lucas Surrealist devices are simply part of the currency of mass culture. Although she clearly shares the Surrealists' interest in sexuality, Surrealism is referenced as much in terms of the intensification of commodity culture during the last century, largely through advertising, as anything else. In fact this essentially ironic or revisionary attitude lies behind many of the works I have been discussing. Numerous artists have taken Surrealism as a jumping-off point for their explorations of identity politics but few would wholeheartedly endorse Surrealism. For many it has become too easily identified with images on posters by the likes of Dalí and Magritte. Its populist currency has all but obliterated its underlying value.

Is it possible to find a truly sympathetic continuation of the Surrealist project? The answer lies not so much with mainstream (post)modern art as with counter-cultural formations or artistic-cum-political manifestations which have something of the self-consciously 'avant-garde' impetus that was identified at the start of this book as characterizing Dada and Surrealism. In this sense, Surrealism's immediate historical progeny would be a group of politicized art formations that emerged in the period before 1968; namely COBRA, an alliance of Belgian, Dutch, and Danish artists, architects, and writers, which lasted from 1948 to 1951; Lettrism, a French movement led by Isidore Isou, and later, as the Lettrist International by Guy Debord, which existed from 1946 to 1957; and Situationism, a mainly French phenomenon spanning the years 1957–72. As noted earlier, Situationism, which by the mid-1960s had actually shed its artistic interests, could be understood as the inheritor of Surrealism's politics of everyday life. Opposed to the modernist rationalization of the city, the Situationists indulged in a kind of wandering, theorized by them in terms of 'dérive' or 'drift', and called in their writings for a 'unitary urbanism' whereby the spaces of the modern metropolis would be reorganized to fulfil the requirements of fantasy or play. There was a direct debt to Surrealism here. In an essay of 1950 entitled 'Pont-Neuf' André Breton had written of the ambiences attaching to streets in cities, such that in familiar streets one could demarcate 'zones of wellbeing and malaise'. We find an echo of this in an important 'report' of 1957 by the Situationist leader Guy Debord, where, envisaging how the 'emotional effects' of an experimental city might be orchestrated, he writes:

> One of our comrades has advanced a theory of states-of-mind quarters according to which each quarter of a city would be designated to provoke a specific basic sentiment to which the subject would knowingly expose himself.

By the middle 1960s the utopian tenor of Situationist thought was shared by various counter-cultural formations. In many ways this could be seen as the last great moment of the Surrealist impulse. The pages of the 1960s British underground magazine *Oz*, with their delirious mergers of New Left and anarchist politics, psychedelia and sexual provocation, might thus stand as the last, debased, glimmerings of Surrealist ideology. With both Situationism and the counter-cultures of the 1960s it is appropriate to invoke the notion of avant-gardism that was used to define the historical nature of Dada and Surrealism earlier in this book. To a certain extent, the political interests of counter-cultural groups overlapped in this period with art movements such as Fluxus. With this in mind, cultural historians have made tentative use of a notion of the 'neo-avant-garde' to characterize this momentary return to attempts to merge art and life.

It follows from this that if we were looking for a meaningful contemporary legacy for Surrealism, and for Dada as well, we would need to find current equivalents for the artistic-cum-political approach of the historical avant garde or neo-avant-garde. Numerous commentators on post-1970s culture have noted, however, that an avant-garde stance no longer seems viable, not least because it is difficult to imagine any one group having the kind of position on the periphery of social processes that Dada and Surrealism once possessed. Artistic radicalism has been assimilated into the structures of late capitalist culture. Few ambitious artists today would be satisfied with waiting for major exhibitions until the end of their lives, as was the case with, say, Duchamp or Heartfield. Counter-cultural groups of various kinds have sprung up in the wake of the late 1960s, but they have been attached to particular causes such as ecology or women's rights, and have thus avoided the totalizing ethos of Surrealist ideology. The sheer heterogeneity of our current globalized culture means that the idea of speaking 'for humanity' – which is what the Surrealists frequently assumed they were doing – in any event seems absurd.

If the avant-garde is a thing of the past it may also be because credible cultural figureheads of the calibre of a Tristan Tzara or André Breton have simply not emerged. There is no shortage of major French intellectuals who have acknowledged the decisive formative importance for them of Surrealism. The list would include Roland Barthes, Michel Foucault, Jacques Lacan, Julia Kristeva, and Jacques Derrida. Such figures, however, have felt more comfortable with academic cult status than active cultural leadership. The very idea of such leadership seems hubristic and out of kilter with our age.

Aside from this speculation about Dada and Surrealism's 'survival', it is finally worth asking more bluntly whether the movements actually deserve to survive. Is Sarah Lucas's acceptance that Surrealism is now simply part of commodity culture a recognition that, ultimately, the movement was a historical dead-end?

To focus this issue it is worth returning to the critique of Surrealism by the Situationist, Raoul Vaneigem, as discussed at the end of the last chapter. Vaneigem had a number of valuable things to say in his *Cavalier History*. He argued, for instance, that Bretonian Surrealism often fell short of liberating man on the moral plane. The free play of desire and so on could be seen merely as 'stimulants to the regeneration of the old order'. By contrast Vaneigem advocates the thinking of more extreme Surrealists such as the Sade scholar Maurice Heine, who, in one text, counterposed the dubious pleasures of torture to what Vaneigem describes as the 'negation of a slow reification'. It is better, in other words, for man to become instrumentalized at the hands of another man than by the State. Vaneigem's sense that Surrealism was essentially too humanist, too 'romantic', leads him to make the telling point that its fundamental aversion to modern industry and its anti-functionalism (an attitude, incidentally, which Dada hardly shared, although it was deeply ironical towards the machine) meant that Surrealism was incapable of binding modern technology to its vision. As a result, that vision, in Vaneigem's words, 'became co-opted by the dominant mechanisms of deception and fascination'. It is hard to know precisely what Vaneigem would have wanted the Surrealists to do, beyond embracing mass reproduction in the way that Walter Benjamin advocated, but he makes the valid point that Surrealism's understanding of modernization was insufficient for it to resist commodification. This critique was in line with Vaneigem's position as a Situationist, opposed to what Debord called 'The Society of the Spectacle'; a world where capital had congealed into an enveloping sensorium.

It is undoubtedly this sense that Surrealism lacked the resources to resist its own assimilation into capitalism that makes one wary of advocating its 'continuation'. Indeed, in its popular forms, Surrealism can be understood as constituting the ideology it professed to oppose, caught in a distorting mirror. In an essay entitled 'Looking Back on Surrealism' the Marxist theorist Theodor Adorno adapted the insights of his colleague Walter Benjamin to suggest that Surrealism, in being predicated on the use of montage, recirculated an image-culture from an earlier stage of capitalism, thereby producing a revelatory jolt of recognition for its viewers. However, its reliance on these obsolescent materials gave it a lifeless, simulacral cast. In Marxist terms, it exemplified man's 'reification' under capitalism.

But can we say that Dada has survived any better than this? At the risk of appearing anachronistic, I want to finish with Vaneigem's polemical *The Revolution of Everyday Life*, written in the build-up to 1968, in which Dada, rather than Surrealism, provides the model of radicalized cultural practice. Seeing Dada's nihilism as the jumping-off point for social revolution, Vaneigem castigates Surrealism for not 'beginning again with Dada's initial nihilism, without basing itself on Dada-anti-Dada, without seeing Dada historically'. We might, of course, be tempted to castigate Vaneigem for not understanding *Dada* historically. We have seen that Dada did not simply amount to nihilism. It was far more mystical than the Situationists would have liked. But its reserves of awkwardness and its love of paradox and effrontery, which even today make it 'difficult' for many, are an antidote to Surrealism's relatively untroubled assimilation into the spectacle.

As well as clarifying their historical and philosophical contours, this book has continually weighed Dada and Surrealism against one another. Surrealism has necessarily taken up more of the discussion because, as well as lasting longer as a movement, its theoretical premises were far more rigorously formulated. It seems appropriate, however, to finish with a reversal of the historical formulation by which Dada 'evolved' into the more self-consciously revolutionary Surrealism and to tilt the balance in favour of Dada's short but incendiary moment. As Vaneigem, with an exuberance now foreign to us, declares: 'The beginning of Dada was the rediscovery of lived experience and its possible delights – its end was the reversal of all perspectives, the invention of a new universe.'

References

Chapter 1

Tristan Tzara, 'Zurich Chronicle', in R. Motherwell (ed.), *The Dada Painters and Poets* (Belknap, 1989), p. 236

Hans Arp, 'Dadaland', tr. H. Richter, in *Dada: Art and Anti-Art* (Thames & Hudson, 1965), p. 25

Hugo Ball, *Flight Out of Time*, tr. A. Raimes, ed. J. Elderfield (University of California Press, 1996), p. 63

Richard Huelsenbeck, 'Dada Lives', *Transition*, 25 (Fall 1936), 77–80

Richard Huelsenbeck, 'Dada Manifesto 1918', in R. Motherwell (ed.), *Dada Painters*, pp. 244, 243

Tristan Tzara, 'Dada Manifesto' (1918), in *Seven Dada Manifestoes and Lampisteries*, tr. B. Wright (John Calder, 1981), p. 5

Francis Picabia, 'Cannibal Manifesto', in R. Huelsenbeck (ed.), *Dada Almanach*, new edn. presented by M. Green (Atlas, 1993), pp. 55–6

André Breton, 'Après Dada', *Comedia* (March 1922)

André Breton, 'First Surrealist Manifesto', in *Manifestoes of Surrealism*, tr. R. Seaver and H. R. Lane (University of Michigan, 1972), pp. 26, 10

Chapter 2

André Breton, 'Rather Life' (Clair de Terre, 1930), from André Breton, 'Selected Poems', tr. Kenneth White (Cape Editions, 1969)

Hugo Ball, *Flight Out of Time*, pp. 70–71

Salvador Dalí, 'The Conquest of the Irrational', tr. H. Finkelstein, in *The Collected Writings of Salvador Dalí* (Cambridge University Press, 1998), p. 265
George Orwell, 'Benefit of Clergy: Some Notes on Salvador Dalí' (1944), *Essays*, ed. J. Carey (Everyman, 2002), pp. 654, 660
Marcel Duchamp, 'The Richard Mutt Case', *The Blind Man*, 2 (1917)
André Breton, 'Marcel Duchamp', tr. M. Polizzotti, in A. Breton, *The Lost Steps* (University of Nebraska Press, 1996), p. 86
Benjamin Péret, 'The Chicago Eucharist Congress', from *Remove Your Hat and Other Writings*, tr. D. Gascoyne and H. Jennings (Atlas, 1986), p. 37
Walter Benjamin, 'Surrealism: The Last Snapshot of the European Intelligentsia', in W. Benjamin, *Reflections*, ed. P. Demetz, tr. E. Jephcott (Harcourt Brace Jovanovich, 1978), p. 182
George Grosz, letter to Otto Schmalhausen, 15 December 1917, from H. Knust, *George Grosz* (Hamburg, 1979), pp. 56–7
Louis Aragon, *Paris Peasant*, tr. Simon Watson Taylor (Pan Books, 1980), p. 52

Chapter 3

Hugo Ball, 'Dada Manifesto' (1916), in *Flight Out of Time*, p. 221
Kurt Schwitters, 'Murder Machine 43', in K. Schwitters, *Poems Performance Pieces Proses Plays Poetics*, ed. J. Rothenberg and P. Jorris (Temple University, 1993), p. 29
Paul Eluard, *L'Amour la poésie* (Gallimard, 1922), p. 122
André Breton, 'Free Union', tr. R. Howard, in Maurice Nadeau, *The History of Surrealism* (Penguin, 1978), pp. 309–10
Benjamin Péret, 'Quatre à Quarte' from 'De Derrière Les Fagots' (1934), tr. A. Balakian in her *Surrealism: The Road to the Absolute* (Unwin Books, 1972), p. 151
Tristan Tzara, 'Dada Manifesto 1918', in *Seven Dada Manifestoes*, p. 5
Excerpt from the trances from André Breton, 'Entrée des Médiums', tr. M. Polizzotti, in A. Breton, *The Lost Steps*, p. 94
Hans Arp, 'Dadaland', in his *On my Way: Selected Poetry and Essays* (Wittenborn, Schultz, 1948), pp. 46, 40
Tristan Tzara, 'Dada Manifesto 1918', in *Seven Dada Manifestoes*, p. 9

Susan Sontag, *On Photography* (Penguin, 1977), p. 52
André Breton, 'Introduction to the Discourse on the Paucity of Reality', tr. B. Imbs, in A. Breton, *What is Surrealism? Selected Writings*, ed. F. Rosemont (Pluto, 1978), p. 26
Salvador Dalí, *This Quarter* (Paris, 1932), p. 199
Meret Oppenheim (on 'My Nurse'), text by Jennifer Mundy, *Surrealism: Desire Unbound* (Tate Publishing, 2001), p. 45
Georges Bataille, 'L'Esprit moderne et le jeu des transpositions', *Documents*, 8 (1930), 490–1

Chapter 4

Tristan Tzara, 'Dada Manifesto 1918', from *Seven Dada Manifestoes*, pp. 5, 8
Louis Aragon, *Treatise on Style*, tr. A. Waters (University of Nebraska, 1991), p. 72
Wieland Herzfelde, catalogue of the First International Dada Fair, Berlin, 1920
Raoul Hausmann, 'Dada in Europa', *Der Dada*, 3 (April 1920)
André Breton, Second Manifesto of Surrealism, in *Manifestoes of Surrealism*, p. 123
Berlin Dada members, 'Legen Sie Ihr Geld in Dada!', *Der Dada*, 1 (June 1919)
André Levisan (on Mary Wigman), *Theatre Arts* (Feb. 1929), 144
Hugo Ball, 'Occultism and Other Things Rare and Beautiful', as quoted by Hans Arp, 'Dadaland', in *On my Way*, p. 40
George Grosz, 'Kaffeehaus', *Neue Blätter für Kunst und Dichtung*, 1 (Nov 1918), p. 155
André Breton, *Qu'est ce que le surréalisme?* (Paris, 1934), p. 25
Excerpt from the 'Recherches sur la sexualité', eleventh session, 26 January 1931, tr. J. Imrie, in J. Pierre (ed.), *Investigating Sex: Surrealist Discussions 1928–1932* (Verso, 1992), pp. 196–7. Aragon's comment was from the second session, published in *La Révolution Surréaliste*, 11 (Mar. 1928).

Chapter 5

André Breton, Second Surrealist Manifesto in *Manifestoes of Surrealism*, p. 128

Whitney Chadwick, *Women Artists and the Surrealist Movement* (Thames & Hudson, 1985), p. 13
Marcel Duchamp, *The Bride Stripped Bare by her Bachelors, Even* (The 'Green Box' notes), tr. George Heard Hamilton (Percy Lund, Humphries & Co. and George Wittenborn, 1960), unpaginated
Hugo Ball, as quoted in Hans Richter, *Dada: Art and Anti-Art*, p. 23
Documents, definition of 'man', tr. I. White, in Robert Lebel and Isabelle Waldberg (eds.), *Encyclopaedia Acephalic* (Atlas, 1995), p. 56
Aimé Césaire, *Return to my Native Land*, tr. J. Berger and A. Bostock (Penguin, 1969), p. 49
Wifredo Lam, as quoted in Max-Pol Fouchet, *Wifredo Lam* (New York, 1976), p. 199
André Breton, 'The Presence of the Gauls', in his *Surrealism and Painting*, tr. Simon Watson Taylor (Icon Editions, 1972), p. 333
Raoul Hausmann, 'Pamphlet gegen die Weimarische Lebensauffassung' (164/1: 44), as cited by Richard Sheppard, *Modernism – Dada – Postmodernism* (Northwestern University Press, 2000), p. 336
André Breton, Diego Rivera, and Leon Trotsky, 'Towards a Free Revolutionary Art', tr. in Charles Harrison and Paul Wood, *Art in Theory 1900–1990* (Blackwells, 1992), p. 529
Tristan Tzara, 'La Surréalisme et l'après-guerre' (Paris 1948), tr. in Helen Lewis, *Dada Turns Red* (Edinburgh University Press, 1990), p. 164
André Breton, 'Charles Fourier', in his *Anthology of Black Humour*, tr. M. Polizzotti (City Light Books, 1997), p. 39

Chapter 6

Hal Foster, 'L'Amour Faux', *Art in America* (Jan. 1986), p. 128
Guy Debord, 'Excerpt from Report on the Construction of Situations and on the International Situationist Tendency's Conditions of Organisation and Action' (June 1957), as reprinted in Iwona Blazwick (ed.), *An Endless Passion . . . an Endless Banquet* (ICA and Verso, 1989), p. 26
Raoul Vaneigem, *The Revolution of Everyday Life*, tr. J. Fullerton and P. Sieveking (Rising Free Collective, 1979), p. 177

Further reading

Many key primary sources have been cited as references. The following are also useful.

Edited collections

Robert Motherwell, *The Dada Painters and Poets* (Harvard University Press, 1989); Lucy Lippard, *Dadas on Art* (Prentice Hall, 1971); Franklin Rosemont (ed.), *André Breton: What is Surrealism? Collected Writings* (Pluto Press, 1978); Mary Ann Caws, *Surrealist Painters and Poets* (MIT Press, 2001).

English translations of important works

Richard Huelsenbeck, *Memoirs of a Dada Drummer* (University of California Press, 1991); André Breton, *Nadja* (Grove Press, 1960) and *Mad Love* (University of Nebraska Press, 1987); Georges Bataille, *Visions of Excess*, ed. A. Stoekl (Manchester University Press, 1985) and *The Story of the Eye* (Penguin, 1982).

Reprints of Dada and Surrealist journals

Dada (Zurich Reviews, Jean-Michel Place, 1981), *391* (Editions Pierre Belford, 1975), *La Révolution Surréaliste* (J.-M. Place, 1975), *Le Surréalisme au Service de la Révolution* (J.-M. Place, 1976), *Minotaure* (Flammarion, 1981), *Documents* (J.-M. Place, 1991).

Chapter 1

Although contested now, Peter Bürger, *The Theory of the Avant Garde* (University of Minnesota, 1984), is the key work on its topic. The best general history is Dawn Ades, *Dada and Surrealism Reviewed* (Arts Council of Great Britain, 1978), with its emphasis on both movements' publications, but see also Matthew Gale's chronology, *Dada and Surrealism* (Phaidon, 1997). In terms of Dada, a major eight-volume study is in progress, with each volume dedicated to a different centre (ed. Stephen Foster, G. K. Hall & Co., 1996–). Richard Sheppard's *Modernism – Dada – Postmodernism* (Northwestern University Press, 2000) collects his important essays on Dada together. For branches of Dada see: Francis Nauman, *New York Dada 1915–1923* (Harry N. Abrams, 1994); Michel Sanouillet, *Dada à Paris* (Flammarion, 1993); Robert Short, 'Paris Dada and Surrealism,' Dada: *Studies of a Movement*, ed. R. Sheppard (Alpha Academica, 1979); and the essays in Stephen Foster and Rudolf Kuenzli, *Dada Spectrum: The Dialectics of Revolt* (Coda, 1979). On Surrealism, see Maurice Nadeau's pioneering *The History of Surrealism* (Penguin, 1973); Gérard Durozoi's monumental *History of the Surrealist Movement* (University of Chicago Press, 2002); and the relevant sections of Briony Fer, David Batchelor, and Paul Wood, *Realism, Rationalism, Surrealism: Art between the Wars* (Yale University Press, 1993) and Christopher Green, *Cubism and its Enemies* (Yale University Press, 1987).

Chapter 2

Aspects of the first two sections were suggested by Debbie Lewer's essay on mapping Zurich Dada in B. Pichon and K. Riha (eds.), *Dada Zurich: A Clown's Game from Nothing* (New York, 1996); Philip Mann's *Hugo Ball* (University of London, 1987); Annabelle Melzer's excellent *Dada and Surrealist Performance* (Johns Hopkins University Press, 1976); Lewis Kachur's *Displaying the Marvellous* (MIT Press, 2001) and chs. 6 and 7 of Bruce Altschuler's *The Avant Garde in Exhibition* (Abrams, 1994). On Arthur Cravan see Roger Conover *et al.*, *Four Dada Suicides* (Atlas, 1995). For Marcel Duchamp the standard biography is Calvin Tomkins, *Duchamp: A Biography* (Chatto & Windus, 1997) but see also Dawn Ades,

Neil Cox, and David Hopkins, *Marcel Duchamp* (Thames & Hudson, 1999).

The best monograph on Salvador Dalí is Dawn Ades, *Dalí* (Thames & Hudson, 1982). Aspects of the last two sections are indebted to Robin Walz, *Pulp Surrealism* (University of California Press, 2000); Sherwin Simons, 'Advertising Seizes Control of Life . . . ', *Oxford Art Journal*, 22/1 (1999); and Roger Cardinal, 'Soluble City', *Architectural Design*, 2–3 (1978). For Hal Foster on modernity and Surrealism see his *Compulsive Beauty* (MIT Press, 1993), ch. 6.

Chapter 3

Clement Greenberg's Modernist attack on Surrealism is his 'Surrealist Painting', *Horizon* (Jan. 1945). For poetry see Anna Balakian, *Surrealism: The Road to the Absolute* (Unwin Books, 1972). Dawn Ades's essay on the 'mouvement flou' in T. A. R. Neff (ed.), *In the Mind's Eye: Dada and Surrealism* (Museum of Contemporary Art, Chicago, 1984) is excellent. See also Harriet Watts, *Chance: A Perspective on Dada* (UMI Research Press, 1980) and Alastair Grieve's essay on early Arp, 'Arp in Zurich' (in Foster and Kuenzli, *Dada Spectrum*). The standard survey of photomontage is by Dawn Ades (Thames & Hudson, 1986) but see also Maud Lavin's excellent *Cut with the Kitchen Knife: The Weimar Photomontages of Hannah Höch* (Yale University Press, 1993). The attacks on Surrealist painting were Max Morise, 'Les Yeux enchantés', *La Révolution Surréaliste*, 1 (Dec. 1924) and Pierre Naville, *La Révolution Surréaliste*, 3 (15 April 1925). There are numerous monographs on individual Dadaist and Surrealist artists, but see William Camfield, *Francis Picabia* (Princeton University Press, 1979) and *Max Ernst: Dada and the Dawn of Surrealism* (Prestel, 1993); Hans Hess, *George Grosz* (Yale University Press, 1985); Jacques Dupin, *Joan Miró* (Thames & Hudson, 1962); William Rubin and Carolyn Lanchner, *André Masson* (Museum of Modern Art, New York, 1976); and David Sylvester, *Magritte* (South Bank Centre, London, 1992). For Surrealist photography see Rosalind Krauss and Jane Livingston, *L'Amour Fou: Photography and Surrealism* (Abbeville, 1985). For the Surrealist object and fetishism see Dawn Ades, 'Fetishism's Job', in

A. Shelton (ed.), *Fetishism: Visualising Power and Desire* (South Bank Centre, London, 1995) and for Meret Oppenheim, see Edward D. Power, 'These Boots Ain't Made for Walking', *Art History*, 24/3 (June 2001). On film see A. L. Rees, *A History of Experimental Film and Video* (British Film Institute, 1999); Rudolf Kuenzli (ed.), *Dada and Surrealist Film* (William Locker & Owens, 1987); and Linda Williams, *Figures of Desire* (University of California Press, 1981). For Fredric Jameson see his *Marxism and Form* (Princeton University Press, 1971), pp. 95–106.

Chapter 4

On Dada irrationalism see Richard Sheppard, *Modernism*, ch. 7. For Surrealism's psychoanalytic links see Elisabeth Roudinesco, *Jacques Lacan and Co: A History of Psycho-Analysis in France 1925–1985* (Free Association, 1990), part one. On Ernst's 'Pietà' see Malcolm Gee, *Ernst/Pietà or Revolution by Night* (Tate Gallery, 1986) and for psychoanalysis in Surrealist art, David Lomas, *The Haunted Self* (Yale University Press, 2000). Dada attitudes to the machine, and Cartesian dualism, are dealt with in my *Marcel Duchamp and Max Ernst: The Bride Shared* (Oxford University Press, 1998), chs. 1 and 2. For Bataille's thought see Michael Richardson, *Bataille* (Routledge, 1994) as well as Bataille's own writings as cited above. Richard Sheppard is again excellent on Dada and mysticism (*Modernism*, ch. 10) but see also Timothy O. Benson's essay 'Mysticism, Materialism and the Machine in Berlin Dada', *Art Journal*, 46/1 (Spring 1987). Alchemy in Surrealism is discussed in my *Marcel Duchamp and Max Ernst*. For Miró and Lull see also my 'Ramon Lull, Miró and Surrealism', *Apollo* (Dec. 1993). For the idea of the Wunderkammer see the final chapter of my *Marcel Duchamp and Max Ernst*, and for Joseph Cornell see Diane Waldman, *Joseph Cornell: Master of Dreams* (Harry N. Abrams, 2002). Jan Švankmajer's text on 'Fellaceus Oedipus' appears in *Jan Švankmajer: Transmutation of the Senses* (Central Europe Gallery and Publishing House, 1994), pp. 23–4. Ideas of traumatic mimickry in Berlin Dada are developed by Brigid Doherty in 'See: We are All Neurasthenics: Or, the Trauma of Dada, Montage', *Critical Inquiry*, 24 (Autumn 1997). For the effects of World War 1 on male Surrealist imagery see Amy Lyford: *Surrealist*

Masculinities (forthcoming, University of California Press). On Surrealist sexuality see Jennifer Mundy (ed.), *Surrealism: Desire Unbound* (Tate Publishing, 2001), which includes an excellent essay on Sade by Neil Cox, and Xavière Gauthier, *Surréalisme et Sexualité* (Gallimard, 1971). Recent monographs on Bellmer are by Sue Taylor, *Hans Bellmer: The Anxiety of Influence* (MIT, 2000) and Therese Lichtenstein, *Behind Closed Doors: The Art of Hans Bellmer* (University of California, 2001).

Chapter 5

See Naomi Sawelson-Gorse (ed.), *Women in Dada* (MIT, 1998) and Whitney Chadwick, *Women Artists and the Surrealist Movement* (Thames & Hudson, 1995). For Elisabeth Roudinesco see her *Jacques Lacan and Co*, and for Krauss's women-under-construction argument see Rosalind Krauss and Jane Livingston, *L'Amour Fou*, ch. 2. For Susan Rubin Suleiman see her *Subversive Intent* (Harvard University Press, 1991), chs. 1, 7. Recent essays on Claude Cahun and Frida Kahlo appear in Whitney Chadwick (ed.), *Mirror Images: Women, Surrealism and Representation* (MIT Press, 1998). For the Baroness see the biography *Baroness Elsa*, by Irene Gammel (MIT, 2002). For masculinity in Surrealism see my 'Male Shots', *Tate: The Art Magazine*, 26 (Aug. 2001). On Duchamp as Rrose Sélavy see Amelia Jones, *Postmodernism and the En-Gendering of Marcel Duchamp* (Cambridge University Press, 1994), ch. 5, and my 'Men Before the Mirror: Duchamp, Man Ray and Masculinity', *Art History*, 21/3 (Sept. 1998).

For a general essay on 'primitivism', and a more specific one on Giacometti, see Evan Maurer and Rosalind Krauss in William Rubin (ed.), *Primitivism in 20th Century Art* (Museum of Modern Art, New York, 1984), vol. ii. The best introduction to ethnography and Surrealism is James Clifford, *The Predicament of Culture* (Harvard University Press, 1988), part two, but see also Denis Hollier, 'The Use-Value of the Impossible', *October*, 60 (Spring 1992). On anti-colonialism see Michael Richardson and Krzysztof Fijalkowski, *The Refusal of the Shadow: Surrealism and the Caribbean* (Verso, 1996). A useful essay on Wifredo Lam is Robert Linsley, 'Wifredo Lam: Painter of Negritude',

Art History, 11/4 (Dec. 1988). For Alejo Carpentier on Surrealism see the prologue to his novel *The Kingdom of the World* (André Deutsch, 1991). For Eastern European and Japanese Dada see Gerald Janecek and Toshiharu Omuka (eds.), *The Eastern Dada Orbit* (G. K. Hall & Co., 1998). Dada politics are discussed in Richard Sheppard, *Modernism*, ch. 12, and the important essays by Christopher Middleton in section 1 of his *Bolshevism in Art* (Carcanet New Press, 1978). John Willett's *The New Sobriety* (Thames & Hudson, 1978) is a classic study. In terms of Surrealism, see Steven Harris: *Surrealist Art and Thought in the 1930s: Art, Politics and Psyche*, Cambridge University Press, 2004. Helena Lewis, *Dada Turns Red* (Edinburgh University Press, 1988) is useful, despite some factual errors, while Michael Richardson and Krzysztof Fijalkowski, *Surrealism Against the Current: Tracts and Declarations* (Pluto, 2001) collects a number of important political texts. On Fourier see André Breton's *Ode to Charles Fourier*, tr. K. White (Cape Goliard, 1969) and Raoul Vaneigem's *A Cavalier History of Surrealism*, tr. D. Nicholson Smith (AK Press, 1999).

Chapter 6

For the general take-up of Dada and Surrealism in post-1945 art see my *After Modern Art 1945–2000* (Oxford University Press, 2000). Theodor Adorno's essay 'Looking Back on Surrealism' is in his *Notes to Literature* (Columbia University Press, 1991). For Situationism and Surrealism see Peter Wollen's essay in *on the passage of a few people through a certain moment in time* (MIT, 1991) and Vaneigem, as in references.

Dada: the main centres – key individuals and events

Zurich

Hans/Jean Arp (Alsatian, 1887–1966)
Hugo Ball (German, 1896–1927)
Viking Eggeling (Swedish, 1880–1925)
Marcel Janco (Romanian, 1895–1984)
Hans Richter (German, 1888–1976)
Walter Serner (Czech, 1889–1942)
Sophie Taeuber (Swiss, 1889–1943)
Tristan Tzara (Romanian, 1896–1963)

Feb 1916: Opening of Cabaret Voltaire
April 1916: The name 'Dada' invented
June 1916: First Dada journal, *Cabaret Voltaire*
March–May 1917: Galerie Dada
July 1917: First issue of *Dada* journal
1918: Tristan Tzara's *Dada Manifesto*
April 1919: Serner's *Last Loosening Manifesto*

New York

Arthur Cravan (Swiss, 1887–1920)
Marcel Duchamp (French, 1887–1968)
Elsa von Freytag-Loringhoven (German, 1874–1927)
Francis Picabia (French, 1879–1953)
Man Ray (American, 1890–1976)

June 1915: Duchamp arrives in New York
January 1917: Picabia's journal *391* first published from Barcelona
April 1917: Duchamp's *Fountain* rejected by jury of 'Independents' exhibition
April 1917: Arthur Cravan delivers drunken lecture at 'Independents'

Berlin	
Johannes Baader (German, 1875–1955) George Grosz (German, 1893–1959) Raoul Hausmann (German, 1866–1971) John Heartfield (German, 1891–1968) Wieland Herzfelde (German, 1896–1988) Hannah Höch (German, 1889–1978) Richard Huelsenbeck (German, 1892–1974) Walter Mehring (German, 1896–1981)	April 1918: Huelsenbeck founds Club Dada February 1919: *Jedermann sein eigner Fussball* published and distributed 1919: First issues of *Der Dada* and *Die Pleite* June 1920: International Dada Fair
Cologne	
Max Ernst (German, 1891–1976) Johannes Baargeld (German, 1892–1927) Heinrich Hoerle (German, 1895–1936)	1919: publication of journals, *Der Ventilator* and *Bulletin D* April 1920: Cologne Dada Fair
Hanover	
Kurt Schwitters (German, 1887–1949)	1920: Beginning of 'Merz'
Paris	
Louis Aragon (French, 1897–1982) André Breton (French, 1896–1966) Paul Eluard (French, 1895–1952)	1919: Beginning of journal *Littérature* André Breton and Philippe Soupault publish *Les Champs Magnétiques*

Paris	
Philippe Soupault (French, 1897–1990)	1920: Picabia's *Cannibal Manifesto* May 1921: Mock trial of Maurice Barrès 1922: Congress of Rome July 1923: Tzara's 'Soirée de la Cœur à Barbe' effectively signals end of Dada

Key Surrealist events

1924	First Surrealist Manifesto
	Opening of Bureau de Recherches Surréalistes
	Founding of the review *La Révolution Surréaliste* (runs until 1929)
1926	Formation of Belgian Surrealist group
1929	Second Surrealist Manifesto
	Breton expels several dissident members of Surrealist group
	Founding of Bataille's journal *Documents*
	Dalí and Buñuel's film *Un Chien Andalou*
1930	Under the title 'Un Cadavre' dissident Surrealists launch attack on Breton
	Launch of the journal *Le Surréalisme au Service de la Révolution* (runs until 1933)
	Aragon attends the Second International Congress of Revolutionary Writers, Kharkov, Russia
1932	Aragon breaks with the Surrealist group
1933	Founding of journal *Minotaure* (runs until 1939)
1934	Prague Surrealist group established
	International Surrealist Exhibition, London
	Exhibition of Surrealist Objects, Charles Ratton gallery, Paris
1938	Breton and Trotsky collaborate on the manifesto 'Towards an Independent Revolutionary Art'
	'Exposition Internationale du Surréalisme' at Galerie Beaux-Arts, Paris
1941	Breton and other refugees from Europe arrive in New York
1942	'First Papers of Surrealism' exhibition, New York
1946	Breton returns to France

Key figures associated with Surrealism

Writers

Louis Aragon (French, 1897–1982)
Antonin Artaud (French, 1896–1948)
Georges Bataille (French, 1897–1962)
André Breton (French, 1896–1966)
René Crevel (French, 1900–35)
Robert Desnos (French, 1900–45)
Paul Eluard (French, 1895–1952)
Maurice Heine (French, 1884–1946)
Georges Hugnet (French, 1906–74)
Michel Leiris (French, 1901–90)
Pierre Mabille (French, 1904–52)
Pierre Naville (French, 1903–93)
Paul Nougé (Belgian, 1895–1976)
Benjamin Péret (French, 1899–1959)
Jacques Prévert (French, 1900–77)
Raymond Queneau (French, 1903–76)

Artists

Hans Bellmer (German, 1902–75)
Luis Buñuel (Spanish, 1900–83)
Claude Cahun (French, 1894–1954)
Joseph Cornell (American, 1903–72)
Salvador Dalí (Spanish, 1904–89)
Giorgio de Chirico (Italian, 1888–1978)
Max Ernst (German, 1891–1976)
Alberto Giacometti (Swiss, 1901–66)
Frida Kahlo (Mexican, 1907–54)
René Magritte (Belgian, 1898–1967)
Man Ray (American, 1890–1976)
André Masson (French, 1896–1987)
Joan Miró (Spanish, 1893–1983)
Meret Oppenheim (Swiss, 1913–85)
Pablo Picasso (Spanish, 1881–1973)
Yves Tanguy (French, 1900–55)

“牛津通识读本”已出书目

古典哲学的趣味
人生的意义
文学理论入门
大众经济学
历史之源
设计，无处不在
生活中的心理学
政治的历史与边界
哲学的思与惑
资本主义
美国总统制
海德格尔
我们时代的伦理学
卡夫卡是谁
考古学的过去与未来
天文学简史
社会学的意识
康德
尼采
亚里士多德的世界
西方艺术新论
全球化面面观
简明逻辑学
法哲学：价值与事实
政治哲学与幸福根基
选择理论
后殖民主义与世界格局
福柯
缤纷的语言学
达达和超现实主义
佛学概论
维特根斯坦与哲学
科学哲学
印度哲学祛魅
克尔凯郭尔
科学革命
广告
数学
叔本华
笛卡尔
基督教神学
犹太人与犹太教
现代日本
罗兰·巴特
马基雅维里
全球经济史
进化
性存在
量子理论
牛顿新传
国际移民
哈贝马斯
医学伦理
黑格尔
地球
记忆
法律
中国文学
托克维尔
休谟
分子
法国大革命
丝绸之路
民族主义
科幻作品
罗素
美国政党与选举
美国最高法院
纪录片
大萧条与罗斯福新政
领导力
无神论
罗马共和国
美国国会
民主
英格兰文学
现代主义
网络
自闭症
德里达
浪漫主义

批判理论
电影
俄罗斯文学
古典文学
大数据
洛克
幸福
免疫系统
银行学

德国文学
戏剧
腐败
医事法
癌症
植物
法语文学
微观经济学
湖泊

儿童心理学
时装
现代拉丁美洲文学
卢梭
隐私
电影音乐
抑郁症
传染病